FÁBIO M. BARRETO

SNOWGLOBE

Copyright©2021 Fábio M. Barreto

Todos os direitos dessa edição reservados à editora AVEC.

Nenhuma parte desta publicação poderá ser reproduzida, seja por meios mecânicos, eletrônicos ou em cópia reprográfica, sem a autorização prévia da editora.

Editor: Artur Vecchi
Ilustração de Capa: Johnny Bijos
Diagramação e projeto gráfico: Vitor Coelho
Revisão: Sol Coelho e Gabriela Coiradas
1ª edição, 2021
Impresso no Brasil/ Printed in Brazil

Dados Internacionais de catalogação na Publicação (CIP)
(Câmara Brasileira do Livro, SP, Brasil)

B 273

Barreto, Fabio M.

Snowglobe / Fabio M. Barreto.
– Porto Alegre : Avec, 2021.

ISBN 978-85-5447-072-2

1. Ficção brasileira
    I. Título

CDD 869.93

Índice para catálogo sistemático: 1.Ficção : Literatura brasileira 869.93
Ficha catalográfica elaborada por Ana Lucia Merege – 4667/CRB7

Caixa Postal 7501
CEP 90430-970 – Porto Alegre – RS
 contato@aveceditora.com.br
 www.aveceditora.com.br
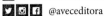 @aveceditora

Para Walter Barreto,
é o básico.

Saudades.

4

PREFÁCIO

De acordo com o oráculo moderno Google, a palavra "prefácio" vem do latim praefatio — aquilo que é dito (fatio) antes (prae). Gosto da ideia de estar escrevendo o prefácio de um livro do Fábio por dois motivos: 1) acompanhei boa parte do processo de criação dessa história muito antes do início da escrita em si, e 2) embora seja aquilo que é dito antes, o prefácio geralmente é a última coisa de um livro a ser escrita — e o que combina melhor com Fábio M. Barreto do que essa ideia de bagunçar a ordem das coisas?

A primeira questão acho que é a responsável pelo fato de que essa é a melhor coisa do Barreto que já li. A evolução natural da escrita — que só vem com muita mão na massa, estudo incansável e as famosas portas na cara — tem parte nisso, mas sinto que a razão principal de estarmos diante de um livro muito mais robusto é que essa história diz muito sobre o autor. E saber que o Fábio tentou abordar Snowglobe de diversas formas antes de enfim dar certo (porque, spoiler: deu muito certo!) só reitera a sensação. Já tinha lido várias coisas escritas pelo Fábio M. Barreto, mas acho que é a primeira vez que leio algo do Fábio M. Barreto, pelo Fábio M. Barreto — e para o Fábio M. Barreto. E que diferença faz!

E sobre o segundo ponto... Bom, não sei se você, leitor, conhece a história da escrita do manuscrito que deu origem a esse livro. Mas acho que dá pra ter uma ideia do contexto se eu disser que o Fábio fez a capa e colocou o e-book em pré-venda na Amazon muito antes de colocar o ponto final. Enquanto eu escrevo essas palavras, inclusive, o Sol e ele ainda estão terminando de preparar e revisar o texto. Pois é. Ou seja: é mesmo um livro de Fábio M. Barreto da primeira letra ao último ponto final — passando por cada momento dos poucos meses tumultuados que existiram entre um e outro. (Não à toa, o tempo é uma questão importante na história.) Espero que você curta Snowglobe tanto como eu — que, no meio do caminho, me questionei se não tinha me conectado sem querer ao iReality, de tão imersa na bagunça que fiquei.

Boa leitura!

Paulínia, setembro de 2019
Jana Bianchi
Autora de "Lobo de Rua" e editora da revista Mafagafo.

INTRATEMPOS I

SONHO

Erick sonhava um sonho que não era dele.

Mesmo assim, a areia molhada da praia, o cascalho ancestral sob os pés e a brisa gelada do oceano tocando seu rosto eram tão reais quanto a alegria onipresente. Mesmo assim, o chamado curto, agudo e vívido dos pernilongos-de-costas-brancas misturava-se às ondas desabando com violência e às vozes da família. Conversas e sorrisos felizes que só um dia alegre à beira do mar poderia gerar. Ele era apenas um bebê quando os pais e a avó rodaram pelos Estados Unidos, velejaram pela Costa Oeste e conheceram as sedutoras praias e vistas do Pacífico. Mesmo assim, lembrava de tudo.

Desde os nove anos, talvez antes, Erick sempre estivera lá, sonhando um sonho que não era dele, relembrando uma memória antes do seu próprio tempo, aproveitando uma felicidade emprestada, desejando mergulhar de cabeça no mar com o corpo de outra pessoa e se perder na imensidão azul.

Os limites de sonho improvável e memória impossível eram testados a cada novo episódio. E a ordem era sempre a mesma. O sonho revisitava repetidamente o mesmo dia, as mesmas ações, os mesmos erros.

Durante a manhã, ouvia os adultos falarem sobre descobertas e alegrias, festejarem um café da manhã paradisíaco e em como voltar a viver na selva de pedra depois de conhecer uma outra realidade. Eram todos crianças otimistas, alojadas nos corpos de adultos sedentos pela nova ideia — nebulosa para Erick e excitante para a família — e a próxima celebração de vitória. Nada poderia dar errado, uma transformação, um novo passo na evolução estava prestes a acontecer.

Então, fez-se o silêncio.

Erick relembrava da própria consciência e da improbabilidade nos momentos de dor, quando palavras faltavam e a mente flertava com medos e cedia à sedução da traição.

O receio chegava ao meio-dia com a apreensão. Erick era todos e não era ninguém, e a família beirava a ruína; uma das partes do todo havia desaparecido.

Ele ainda era um deles quando a noite caía. Erick pulava ondinhas brancas contra a água escura da maré alta e navegava acelerado no renascimento da esperança, conforme um ponto distante materializava-se no lado mais distante da praia e ganhava forma ao aproximar-se sob o brilho tímido da Lua.

No crepúsculo daquela jornada envolta em brumas, a família fragmentada reencontrava a unidade conforme sorrisos retornavam, perdões eram distribuídos e lágrimas corriam em frente às árvores esquecidas da praia reservada aos amantes e arrependidos.

O sonho era de outra pessoa, mas Erick não pensou duas vezes ao transformar cada vestígio daquele amor redescoberto em algo só dele; como se sempre tivesse sido e, dali para a frente, sempre fosse, parte dele.

PARTE

PASSAGEIRO ANACRÔNICO

De todas as viagens da nossa vida, a volta para casa é a mais dolorida.

Erick Ciritelli estava num relacionamento sério com passado porque queria voltar a ser feliz, e a felicidade dele estava muito longe daquele momento, dentro do vagão do metrô magnético da Linha Vermelha, rumo à casa dos pais na Zona Leste de São Paulo. Se pudesse inventar só mais uma coisa na carreira, escolheria algum instrumento capaz de acelerar os próximos dois meses de férias forçadas responsáveis por afastá-lo da pesquisa em Nova Iorque e colocá-lo em rota de colisão com os pais, a infância sem amigos e a dor da saudade que só as lágrimas eram capazes de aliviar.

Não foi a ficção científica da literatura e da TV e nem o desejo de ficar rico que fizeram Erick Ciritelli apaixonar-se pelo passado e seguir a vida como cientista. Bem, foi um pouco de tudo também, afinal, ninguém é de ferro. A culpa foi da família.

Idealmente, qualquer pessoa sensata daria fortunas, órgãos não vitais e até dias da própria vida para passar um dia, uma hora, ou um minuto com quem se amou e partiu. Erick Ciritelli não era uma pessoa ideal. Quando pode, prometeu algo impossível, abandonou a perspectiva de fortunas e dedicou todos os dias da vida, e incansáveis horas extras no trabalho, para mudar as regras da física e do tempo. Sacrifícios de corpo, honra e alma poderiam funcionar no mundo de fantasia, mas, na realidade, só a ciência ofereceria o que ele precisava.

E nem essa segurança salvaria Erick.

Se voltar para casa já castigava, falhar teria a velocidade e o impacto do machado do carrasco.

*

O metrô de superfície acelerava conforme as cores vívidas da infância de Erick mesclavam-se com a amargura alva das paredes dos laboratórios que o continham na vida adulta, como um filme em Super 8 exibido continuamente nas janelas do vagão.

Sem pensar, ele contrastava memória com realidade, saudade com resistência, sorrisos inocentes com as deliciosas cobranças matriarcais prestes a recomeçarem, devidamente potencializadas pelos anos de distância. "Vai casar quando? Por que você deixou ela ir embora? Eu gostava tanto dela. Por que não foi atrás dela? Quer dizer que nunca teremos netos? Desse jeito você vai é morrer sozinho!"

Por que a minha felicidade depende necessariamente de encontrar outra pessoa? Já tenho tudo de que preciso. Como ninguém entende isso? Os olhos castanhos e estreitos escondiam a revolta conforme percorriam os corredores de prédios residenciais tediosos, tão volumosos quanto baleias e esquisitos quanto ornitorrincos, que esmagaram seu passado. O preço do progresso atropelava tudo, e como quase ninguém se dava ao trabalho de revisitar as milhares de fotos e vídeos armazenadas em interfaces, até a memória desaparecia debaixo do concreto.

Erick perseguia sombras há muito esmaecidas. Ainda podia imaginar os detalhes do parque onde roubou o primeiro beijo, as paredes imortalizadas na memória por travessuras épicas, e acreditar no rosto umedecido pelas lágrimas espalhadas por todos os lados poucos dias antes de dizer adeus. Cada canto, cada rua, cada árvore centenária existiam rodeados por decisões audaciosas, reservadas apenas a crianças com tudo para provar e nada a perder.

Quinze anos de crescimento desordenado para todos os lados deram nova cara à cidade onde aprendera a viver e para onde prometera nunca mais voltar. Quinze anos sem visitar a casa dos pais. Uma eternidade sem se imaginar ali, atormentado diariamente no metrô lotado, no tráfego caótico ou na mente sempre inquieta.

Erick sorriu baixando a cabeça para voltar a concentrar-se na leitura, ainda assim permitindo-se revisitar uma citação do tio Walter, o padrinho e tio favorito. "O passado sempre dá um jeito de se meter no presente, Erickinho, é o básico. E do básico ninguém ganha." Baixou a guarda por um instante, afinal, filosofia de boteco e dominó têm seu valor, e ao abraçar a memória querida com tamanha voracidade, perdeu o futuro.

✶ ✶ ✶

Bipe.

✶ ✶ ✶

Vermelho escarlate. Cor sólida. Piscante. Um alerta. O alerta.

✶

Noutros tempos ou lugares, a camiseta vintage do The Who, o queixo quadrado e protuberante de *action figure* pirateado, o cabelo castanho mal-amanhado e a *duffle bag* de lona seriam suficientes para destacar Erick entre a multidão. Especialmente no Brasil. Em Nova Iorque, onde morava, seria facilmente encaixado nas fileiras das tribos de *hipsters* anacrônicos. Em São Paulo, era como se Cthulhu caminhasse entre nós mortais e cantasse canções terríveis ancestrais lidas de um livro proibido e ninguém acreditasse nele. Entre uma lembrança e outra, Erick fitava as páginas desgastadas da cópia física e autografada de *Deuses Americanos*, a única conexão dele com o pai, o avô e, se acreditasse na história, o bisavô.

Ele era a única pessoa no vagão não imersa no iReality.

Por causa do iReality, Erick poderia estar andando pelado pela cidade e quase ninguém perceberia. O filtro de impropriedade e decência distorceria a imagem ou faria de tudo para evitar que o usuário olhasse na direção do peladão. A interface do sistema de comunicação, interação e comércio responsável pela criação da Geração Zeta — batizada assim depois que a pesquisadora italiana Paola Bianchi foi a um amistoso entre os gigantes A.C. Milan e Sport Clube Corinthians Paulista e identificou os "zumbis" sociais movendo as mãos enquanto manipulavam a interface, sem, de fato, olhar para a partida ao vivo. O sistema projetava janelas virtuais calibradas para a retina de cada usuário. Durante o dia, elas eram praticamente invisíveis.

Se assim desejasse, Erick poderia comprar as mesmas roupas das pessoas ao redor dele no vagão, ou de qualquer outro usuário que ele estivesse assistindo no iReality em qualquer parte do mundo, e o drone de entrega provavelmente chegaria antes dele à casa dos pais. O iReality promoveu o grande equilíbrio social, afinal todos estavam conectados e interagiam virtualmente com o mundo ao redor. Mas, como toda criação humana, a alegria durou pouco e a disparidade retornou mais faminta. Ricos faziam implantes oculares, tinham acesso irrestrito e ficavam mais ricos. Pobres dependiam de óculos de acrílico e gastavam mais, pois nada que compravam durava muito tempo, e exceto pelas exceções de sucesso permitidas pelo sistema para continuar atraindo sonhadores, eles só ficavam mais pobres. Logo, o iReality tornou-se uma nova maneira de continuar com a velha exploração. Fortunas e celebridades foram reforjadas. Vidas perdidas e destruídas. Humanos sendo humanos.

Erick não gostava de distrações. Lia o livro para reavivar a memória. Durante o jantar com os pais, com certeza, ouviria citações — ou seria convocado a fazê-las ele mesmo —, e se estava ali para assumir o papel de filho pródigo, faria de tudo para agradar André e Elena. Inclusive ignorar as provocações da mãe, quando sorrir era a única defesa contra a vontade de virar a mesa, mandar as louças pelos ares, dar as costas e pegar o primeiro voo para qualquer lugar longe dali.

✶ ✶ ✶

O carro do metrô magnético recém-comprado da França tinha um *design* clássico. Paredes brancas levemente anguladas, barras de metal escovado e detalhes em laranja. O primeiro bipe transformou o ambiente limpo e leve num invólucro de tensão escarlate. Todos os painéis publicitários e telas interativas piscavam em vermelho, o burburinho e os movimentos frenéticos das mãos dos passageiros cessou e a composição reduziu a velocidade por quase um minuto antes de Erick estranhar.

O vermelho escarlate e brilhante das telas e painéis pouco fez para quebrar a concentração de Erick. A culpa foi do silêncio.

✶ ✶ ✶

Os zumbis estavam por toda parte e, por mais disfuncional que a sociedade houvesse se tornado, eram seres humanos. Outras pessoas traziam a sensação confortável de companhia, a certeza de não estarmos sozinhos. Mas quando a solidão real bate à porta e ouvimos apenas o eco de nossa própria voz reverberando no horizonte, qualquer companhia é bem-vinda. Erick isolou-se da família, sim. Porém, nunca se alienou das pessoas.

Odiava o silêncio.

✶ ✶ ✶

Erick, o jovem com alma local e jeitão de gringo, estava sentado no lado esquerdo da composição, no banco ao lado da janela. À frente dele, mais um banco para três pessoas — ocupado apenas por um velhinho adormecido que vestia o boné de uma marca de aguardente — e a porta. Olhou para a porta do lado oposto, onde um painel interativo repetia o mesmo comportamento dos demais: exibia uma tela vermelha. Ao centro da imagem, o logotipo da Global News Network piscava. Barras negras horizontais, no topo e no pé, mostravam a mesma mensagem: ALERTA. ISTO NÃO É UMA SIMULAÇÃO. ALERTA.

O silêncio dos outros passageiros só confirmava a leitura inicial. O iReality também estava mostrando a mesma coisa.

Erick, os passageiros, o condutor do metrô — que agora estava estacionado na plataforma majestosa da Estação Brás —, as senhorinhas japonesas de cabelo roxo, os lobisomens disfarçados de humanos, os humanos dispostos a serem alienígenas no próprio mundo e todos os bebês viciados em *tablets* viam a mesma coisa. Erick estava diante de algo que crescera ouvindo na escola, nas histórias da avó Elza e dos pais, mas nunca vivenciara: a transmissão global de emergência.

Era a terceira transmissão da História. E ele tinha razões para temer.

A Humanidade nunca se esqueceria da primeira vez.

✶ ✶ ✶

Era Dia de Ação de Graças. Uma quinta-feira de frio, a despeito do sol, de reuniões familiares e folhas caídas, de peru assado e *gravy*, de medo e angústia. Erick perdeu a conta de quantas vezes teve dificuldade para dormir pensando na repórter pega de surpresa pela explosão. Todo ano, no aniversário do atentado, os jornais e principais canais do iReality mostravam as cenas. A escola exibia os vídeos — sempre os mesmos vídeos. Professores falavam como se fosse pecado esquecer: de costas para a cena, Louise Sunday lutava para manter o microfone em posição contra o vento e o mar arredio. Havia desistido de controlar os cabelos revoltos. Ela estava a bordo de um iate de luxo, cobrindo o lançamento de uma nova fragrância de perfumes inspirada no estilo de vida do Havaí, e foi surpreendida por algo catastrófico. Atrás dela, um cogumelo atômico.

A bomba suja deveria ter detonado na Costa Oeste dos Estados Unidos, provavelmente em Los Angeles, mas foi interceptada pela Força Aérea e destruiu boa parte da maior ilha havaiana. A explosão devastou a cidade de Captain Cook, espalhou material radioativo por grande parte da ilha e desencadeou erupções no Kīlauea. Depois de uma evacuação atabalhoada e desesperada, a *Big Island* foi decretada como área proibida para seres humanos por pelo menos 200 anos e uma frota norte-americana cuidava do bloqueio naval e da zona de exclusão aérea permanente.

Mas não foi a única explosão.

No dia em que o terror voltou, atentados nucleares miraram as cidades de Hamburgo, Rio de Janeiro, Nova Iorque e Londres. O pequeno jato comercial que carregava a bomba rumo a Londres foi abatido no norte da Escócia e, a exemplo da ilha havaiana, dizimou o Parque Nacional de Cairngorms.

No dia em que o terror voltou, os domínios dos humanos ficaram menores.

Só o medo aumentou. Depois de quase três décadas de paz, a palavra terrorismo estampava as manchetes e o imaginário popular. Desta vez, ninguém mais ousaria baixar a guarda.

✳ ✳ ✳

Bipe.

✳ ✳ ✳

Doze anos mais tarde, a segunda transmissão começou. Telas vermelhas, mensagens piscantes correndo pelas extremidades das telas. Mesmo medo. Acidentes no trânsito, corre-corre em centros comerciais e famílias olhando pelas janelas em todo o planeta. Todos procuravam por cogumelos atômicos, tragédias, cataclismos na porta de casa ou do trabalho. A pequena Ariella Madbatton, surpreendida no meio da aula matutina de ciências da 6ª série em Sussex, jurou até morrer ter visto o céu se abrir, revelar uma cidade escura e cheia de luzes velozes e fechar instantes depois. Só os tabloides e as tias fofoqueiras acreditaram nela.

O sistema da transmissão global de emergência encerrou a contagem regressiva e uma nova imagem distorcida, avermelhada e tremida tomou conta da tela com um rosto de soldado. Como torcedores que veem a bola bater na rede pelo lado de fora do gol, sociedades gritaram. Antes mesmo de pensarem na lógica da afirmação, norte-americanos alardearam "Guerra! Estamos em guerra!"; a imagem mostrava um deserto, então os iranianos instantaneamente gritaram "هوا لعنتی"; e os brasileiros continuaram tomando cerveja, afinal, quando é que alguma coisa minimamente interessante acontecia por aqui? Além do mais, estaríamos em guerra com quem? O mundo vivia um momento de harmonia sem paralelos. O medo do terrorismo e de novas catástrofes deflagrado após o ataque ao Havaí serviu como argamassa milagrosa para unir nações, para quase sepultar diferenças. Ozymandias ficaria orgulhoso. Porém, a histeria não escuta a lógica. E a histeria reacendeu velhos medos, ou apenas cedeu aos anos de condicionamento forçado pelos filmes de Hollywood.

O homem na tela não era um soldado. Era um astronauta.

Ele entregou a maior dose de calmante já administrada coletivamente na Terra. Tenente-Coronel Taylor Rothfuss, o cruzamento perfeito e ficcional de um ser humano com um urso mal-humorado, segurava uma câmera portátil e tentava enquadrar o próprio rosto barbudo e redondo na imagem precária. Atrás dele, uma tempestade de areia varria uma superfície desértica e avermelhada. A tela informava: AO VIVO. "Um pequeno vídeo para um homem, um passo enorme para a colonização do sistema solar. Marte é nosso!", celebrou Rothfuss. Ele era um entre 40 astronautas, cientistas e pesquisadores que habitariam a Base Face Divina I, a primeira colônia terrestre em Marte. Toda a operação foi conduzida em sigilo. A transmissão terminou com o âncora da GNN aos prantos, tão surpreso quanto os espectadores.

"O Planeta Vermelho é nosso! Eu não acredito. Obrigado M.A.S.E.!". Como a maioria dos humanos, ele também adorava possuir coisas, mesmo que fosse de modo coletivo e, de fato, nunca devessem pertencer a ninguém.

Mas lá estava a M.A.S.E.

Sempre a M.A.S.E.

E ela era cheia de segredos.

✳ ✳ ✳

Antes do terceiro bipe inevitável, Erick fez um salto temporal.

Tecnologicamente falando, pelo menos.

Ele abandonou o século passado e a postura de passageiro anacrônico, unindo-se ao presente. Trocou os óculos de armação preta e grossa por um modelo de titânio fosco, sem lentes visíveis a olho nu. Apertou um botão invisível no bracelete de mesmo material no pulso esquerdo e ativou o iReality personalizado. Naquele momento, possivelmente era uma das poucas pessoas no Brasil todo a usar um modelo tão avançado. Diferente dos sistemas à disposição de consumidores, o aparelho de Erick era controlado por movimentos dos olhos e alguns comandos neurais — preferia imaginar-se como uma datilógrafa antiga, usando as mãos para controlar o teclado virtual projetado acima no colo, em vez de parecer um macaco tentando imitar um mímico descoordenado.

O metrô magnético deixara a estação com preguiça e ganhara um pouco de velocidade no mergulho para dentro do túnel entre as estações Bresser e Belém. No curto espaço de tempo até a iluminação artificial entrar em ação, a escuridão caiu e Erick observou as telas dos demais usuários ganharem vida momentaneamente. O escarlate dos painéis interativos aumentou dez vezes, pintando o vagão, as pessoas e os pesadelos com um sangue eletrônico. Erick era o único ponto dissonante, por conta da codificação de privacidade, com todas as telas embaralhadas e exibindo um chuvisco ininterrupto como o dos primeiros televisores.

Erick acionou tudo que pôde, contatou o pessoal do trabalho em Nova Iorque, os amigos pessoais, e, enquanto esperava, olhou ao redor mais uma vez, encontrando rostos preocupados, inseguros ou puramente irritados pela interrupção do serviço, dependendo da idade do usuário. Ninguém tinha o direito de parar tudo justo quando o gato estava prestes a sentar na cadeira de massagens, não é mesmo?

Erick engoliu em seco, uniu as mãos e estalou os dedos, esfregou os olhos e deixou o passado para trás.

✳ ✳ ✳

Bipe.

✳ ✳ ✳

Quem assiste televisão conhece a sensação. O participante do programa de auditório está vendado e precisa enfiar a mão dentro de uma caixa com algo nojento ou perigoso; ou o contrário, os olhos estão abertos, mas a caixa é enegrecida e misteriosa. Antes mesmo de qualquer contato com a caixa, a pessoa recua, trava e é tomada pelo pavor. O medo pode matar a mente, mas ele também condena a alma. O *gom jabbar* da TV aberta é contagioso.

Ninguém no lado do receptor estava preparado para a terceira transmissão.

A Humanidade pulou de roupa e tudo para dentro da escuridão.

✳

O que sentir? Medo? Empolgação? Como se comportar? Correr em busca de abrigo? Sonhar com as estrelas? Improvisar um chapéu de papel alumínio? Uma mistura de tudo? Erick flutuou entre todas as reações mais óbvias e contribuiu com algo tão inexplicável quanto pessoal: receio. Não por conta das experiências anteriores, mas por algo interno, praticamente um pressentimento. A nuca coçou. Ela sempre coçava em momentos críticos, antes de falhas, às vésperas de grandes vitórias e quando comia pastel de carne seca com catupiry na vendinha de quitutes brasileiros na 43th Street.

O emblema da GNN desapareceu, o vermelho dissolveu-se com elegância hollywoodiana e todos ouviram passos antes de verem o sujeito. Um homem negro de meia idade, corte de cabelo militar, óculos escuros, vestindo um casaco com abas levantadas até o pescoço, caminhava pelas ruas de Nova Iorque. Nada parecia destruído, ou em vias de. De um jeito ou de outro, qualquer um longe da Costa Leste dos Estados Unidos respirou aliviado. Seja lá o que a transmissão revelasse, não teria a ver com eles.

Estavam errados.

Mesmo com toda a integração promovida pelo iReality, o ser humano custa a aceitar a natureza interligada dos eventos e, invariavelmente, vincula as noções de segurança, economia e prosperidade à imagem residual daquele mapa colorido estampado no globo da escola ou no tabuleiro de *War*.

Erick compreendia isso. Foi uma das lições aprendidas na marra no primeiro ano longe de casa, do escopo de suas ações como pesquisador, da abrangência dos sonhos de todos os jovens promissores que, como ele, trocavam de CEP para poder transformar o lugar de onde vieram.

Eles também estavam errados. Se realizados, cada um daqueles sonhos transformaria tudo e todos. O que mudava era a intensidade e o tempo envolvidos no processo; só o enriquecimento mantinha-se isolado e não contagioso.

A espécie humana chegou onde chegou por mentes como a dele. Mulheres e homens capazes de agregar, de fazer a diferença, de influenciar os rumos do planeta, e se a Terra pegou o último desvio antes de despencar no precipício da catástrofe climática global, foi por causa da primeira geração forçada a compreender isso.

Um acontecimento digno de acionar a transmissão global de emergência, e localizado na Terra, não seria algo trivial, tampouco limitado por barreiras regionais. Nem toda notícia ruim vem embalada num cogumelo atômico ou pela voz insossa de políticos desnorteados. Erick observou, confirmou o *status* da transmissão e sentiu outra coçada na nuca quando atualizou a janela de contatos dos colegas de trabalho e amigos de Nova Iorque. Nenhuma resposta. Nem mesmo na rede interna da empresa, desenhada especificamente para burlar qualquer intervenção externa e funcionar em paralelo no caso de uma transmissão como aquelas.

O sistema estava funcionando. As pessoas só não estavam respondendo.

Fechou tudo e reabriu uma tela só para Andrew McNab, o melhor amigo. O único amigo. Nada, nem mesmo a mensagem padrão de "ligo de volta". McNab era setorista de tecnologia do *The New York Times*, ele sempre atendia. Especialmente quando Erick ligava.

Incrédulo, Erick coçou o nariz e tamborilou os dedos no ar, sem, de fato, acionar o teclado. Fechou os olhos, respirou fundo e digitou uma letra por vez, esperando arrepender-se antes de terminar o novo nome. Escreveu tudo. O nome dela, ali, na frente dele, provocou calafrios e substituiu a insegurança do momento pelo gosto salgado do fiasco do passado. Leu o nome mais uma vez. Apagou tudo.

A janela de McNab continuava inativa, como se ele não existisse. Na verdade, todas comportavam-se do mesmo jeito.

Um arrepio surpreendeu Erick. Tremeu momentaneamente. Algo estava errado.

Temer por Manhattan era inevitável. A cidade adotiva desde a partida de São Paulo, com os trilhos de metrô eternamente sujos, pedaços de pizza que não necessariamente tinham gosto de pizza, numa ilha que não necessariamente comportava-se como ilha, era, acima de tudo, um símbolo de esperança para o sonho impossível de Erick. Ele fitou a única tela operacional — tomada pela transmissão — e viu o homem caminhando na direção de uma banca de jornal na Columbus Circle. Erick conhecia aquela esquina, conseguia até mesmo ver o apartamento dele dali. Tinha saído dali há menos de 24 horas. *Onde foi parar a sapataria do Jacob?*

Erick permaneceu imóvel; um cervo tão desafiante quanto indiferente aos faróis do carro, ou à mira trêmula do caçador inexperiente, antes da decisão de partir em disparada para dentro da floresta ou permanecer congelado, enfeitiçado pela luz.

O vídeo mostrou alguns detalhes e a angústia de Erick só crescia. Nos postes verdes, faixas anunciavam *shows* da Broadway. Embora *O Rei Leão* e *Hamilton Reborn* continuassem em cartaz — tinha certeza —, elas também promoviam dois espetáculos implausíveis: *Que diabos é* "Dot, Dot, Com, Com?" e "Mentes Brilhantes e Onde Habitam — Baseada no Legado de J.K. Rowling"? *Como alguém ainda daria bola para aquela maluca?*

Nada daquilo fazia sentido.

O homem subiu o degrau da banca, entregou uma nota de cinco dólares à vendedora, ela estranhou e sofreu um pouco para encontrar moedas. Os demais clientes pegavam tudo e pagavam dentro do iReality, sem interagir com a garota de cabelo verde, *piercing* na sobrancelha e tatuagem das relíquias da morte no ombro direito. Ele recebeu o troco e arriscou um sorriso curto quando pegou um exemplar do *The New York Times*. Deu três passos para longe da banca, virou a câmera para si e tirou os óculos escuros.

Ele passou os olhos pela capa do jornal, lutou para conter uma tremedeira generalizada e passou a mão pelo rosto magro, começando pela testa e terminando no queixo. Os olhos lacrimejavam discretamente quando a voz de barítono, desproporcional ao estereótipo de militar sisudo, ribombou entre princípios de soluços na transmissão.

"Eu sou o Tenente Neil Castilho, sou piloto de testes da M.A.S.E. e deixei nossa base em Nova Iorque hoje, às nove da manhã, em ponto, e minha missão foi cumprida." E fixou o foco no topo do periódico. O mundo respirou fundo, leu e entrou numa nova Era.

A data mostrava o mesmo dia, do mesmo mês… e 40 anos no futuro.

"A viagem no tempo deu certo. Não acredito. Funcionou! Uau. Estou no futuro, pessoal! Glória a Deus!"

Ele estava no futuro e Erick havia acabado de ser sugado para dentro do primeiro nível do inferno.

⋆

O sorriso bobo de Castilho dissolveu-se e deu lugar ao logotipo de M.A.S.E. — um foguete estilizado decolando em direção a uma estrela portentosa —, e a imagem expandiu-se para revelar um púlpito no quartel-general da empresa, em Manhattan. Dois homens ocupavam o pódio. Castilho à esquerda, em posição de atenção, e o engravatado Peter Stanton à direita.

Peter Stanton pigarreou.

Peter Stanton ajustou o microfone.

Peter Stanton estava no comando.

Se a sociedade moderna vive como vive e sonha como sonha, a culpa é da M.A.S.E.

E o *show* da M.A.S.E. estava apenas começando.

⋆ ⋆ ⋆

Peter Stanton navegava com facilidade no centro das atenções, natural sob os holofotes e na mira das câmeras do pelotão de jornalistas meticulosamente organizados à frente dele. O nariz achatado deixava evidente a imperfeição, a barba bem feita invocava dedicação, o terno grafite impecável ostentava poder, o leve sotaque escocês e a boca de lua minguante o afastava do estereótipo do norte-americano todo-poderoso, tudo nele existia com um propósito, uma mensagem simultânea de várias camadas, para diversos públicos e todos os interesses.

Atrás deles, vários dignitários da empresa faziam pose e sorriam debilmente, entre eles a assessora de imprensa, com o iReality acionado, e, dando comandos discretos, dois ex-generais, agora diretores da companhia. Ao lado deles, levemente distante, mas ainda no enquadramento de todas as câmeras, um velho de olhos azuis e profundos focados em Stanton, julgando cada movimento, cada palavra, cada decisão, um diretor assistindo à edição do mesmo filme pela enésima vez e ainda procurando por defeitos. Stanton era conhecido por não errar e isso significava decorar dossiês, ensaiar cada movimento à exaustão, estar preparado para cada cenário.

"Senhoras e senhores, em nome da M.A.S.E. e dos incontáveis profissionais que dedicaram incontáveis horas desde nossa criação para atingir este objetivo e a quem tive a distinta honra de liderar nos últimos anos, confirmo que a primeira viagem no tempo foi concluída com êxito. O Tenente Castilho, cujos esforços serão eternamente lembrados pela nossa civilização, foi liberado pelo departamento médico e não registramos nenhuma mudança no corpo dele, mas em breve ele retornará para novos exames. O procedimento funcionou à perfeição e, agora, precisamos analisar cada detalhe para descobrir se a viagem pode ser replicada com a mesma segurança. Aprenderemos o possível com os dados colhidos graças à audácia e coragem do Tenente Castilho. Aliás, é um privilégio estar aqui na presença do nosso novo herói. E gostaria de convidar a todos para uma merecida salva de palmas para o Tenente Castilho", Stanton falou com orgulho, mas revelou o tamanho do ego com um sorriso rápido. Automaticamente, gesticulou na direção de Castilho, curvou-se em deferência e deu um passo para a lateral, fora do púlpito, deixando o viajante temporal no olho do furacão de *flashes* fotográficos, microfones e drones de reportagem zunindo por todos os lados.

Os espectadores sorriram junto e as perguntas começaram.

Castilho era o cordeiro dos deuses e sacrifício à plebe. Stanton era o beneficiário.

Erick sabia disso e permaneceu impassível, desconsiderando as palavras de Stanton e remoendo conforme a insegurança consumia o pouco que ainda restava da confiança. Ficou parado no vagão assim como o operador do trem, que estacionou na estação Belém. Os autofalantes anunciaram o nome da parada pela terceira vez e Erick percebeu ter chegado ao destino. Ele chacoalhou as sensações ruins, as impressões horríveis sobre mais uma jogada desleal da M.A.S.E., pegou a *duffle bag* e saiu do vagão.

Desviou de muitas pessoas imobilizadas por novas imagens do futuro e palavras do herdeiro de Neil Armstrong, mentes perdidas em devaneio, imaginando quando elas mesmas poderiam avançar e recuar no tempo ao bel-prazer. Grandes descobertas como a viagem no tempo, a colonização de um planeta ou uma tragédia nuclear distante têm o poder de ativar a criatividade das pessoas, de transformá-las em protagonistas de histórias fantásticas e improváveis. Marte, Lua, passado, futuro... tudo isso era, e sempre seria, restrito a poucos. Mas, como diz o samba, sonhar não custa nada e as massas de trabalhadores de São Paulo, a classe média de Los Angeles, os miseráveis de Nova Deli e os idosos rabugentos de Wellington aceitaram o presente de braços abertos.

Erick recusou o gracejo e subiu as escadas tentando destruir cada degrau, ou talvez as fundações da Terra e da sociedade da qual fizera tanto para se distanciar, e abandonou o ímpeto de fazer a primeira vítima instantes depois. No topo da escada, deu um encontrão numa mulher linda. Pele de caramelo levemente queimado, olhos verdes de tormenta, batom cenoura. A trombada quebrou a concentração da moça e a linha de raciocínio obstinada de Erick. A vingança precisaria esperar.

Era Rafaela. Dona da noite que nunca aconteceu, do beijo que relutou em se manifestar, do abraço mais doloroso, a mulher da vida dele. Bem, havia sido ela até as portas do avião fecharem 15 anos antes. O turbilhão de emoções e lembranças acelerou com força impetuosa contra Erick, e ele rechaçou tudo sem piedade. Erick cerrou os lábios e exalou fundo e bufou, tomou-a pelos ombros e colocou-a de lado.

— Desculpe, mesmo. Tenho que ir.

— Erick, eu... você não tinha... eu.

— Sinto muito, sério. Quem sabe uma outra hora.

Com um comando invisível, mandou o contato dele para a interface dela. Então, desviou da mulher que amou por tantos anos para perseguir uma vida que acabara de lhe ser tomada. Para fugir de um sentimento cada vez mais forte e arrebatador, contra o qual lutara a vida toda. Novamente, o passado tentou poupá-lo, dar uma alternativa, uma nova chance. Ele escolheu o mesmo caminho responsável pela solidão voluntária, pelo distanciamento dos pais, por nunca gostar de voltar a São Paulo — uma cidade que pulsava há séculos, sem saber o porquê; sem punir de vez ou recompensar o suficiente; eternamente escrava dos desejos e limitações de habitantes estressados por opção e sonhadores por necessidade. Se tivesse sido um erro, estava fazendo novamente.

Atravessou as catracas, tomou a saída da direita e viu os olhos negros do pai, André, divididos entre o iReality e o filho caminhando pelo viaduto sobre a Radial Leste.

Pela primeira vez em anos, alguém viu Erick chorar.

LASANHA E LÁGRIMAS

A pessoa pode sair da Zona Leste, mas a Zona Leste nunca sai da pessoa. Desnorteado, Erick revisitava o pastel de frango com catupiry, o combo suco de laranja gelado com pão na chapa, e até mesmo a histórica falta de opções culturais no bairro onde crescera. Agarrava-se a memórias capazes de acalentar o coração partido. Em cada lembrança, um pedacinho do amor represado da família Ciritelli surgia. E, naquele momento, o desejo, o passado e a torcida por um instante de paz manifestou-se na figura de André. Pirraça tem limite e só um cafajeste resistiria ao sorriso de um pai.

André abraçou primeiro, falou depois, e foi sincero nas duas coisas. A voz quebrada saiu entre as lágrimas.

— É verdade, filhão?

Erick recusou-se a desistir do abraço de André; o carinho durou além do habitual e aquém do necessário. O mundo podia ruir à volta deles

— e, figurativamente, era exatamente o caso — e o calor humano tão evitado por Erick serviria de escudo contra tudo. Não apenas isso. Era o abraço de pai, imbuído da mesma segurança, carinho, amor e afeto dos primeiros passos, quedas e mentiras. Resistir era inútil.

A resposta saiu abafada e distante, longe da habitual voz curta e bem enunciada — ele falava em pequenos socos certeiros.

— Não sei, pai. Por enquanto, sei tanto quanto você. — Erick mentiu. Esconder a verdade sobre as emoções turbulentas dos últimos cinco minutos era uma tarefa ingrata, ainda mais quando, do outro lado, estava um pai atento. Erick tentou mesmo assim. Decidira aceitar a cortina de fumaça do reencontro como um breve respiro para os próximos passos, as próximas horas, para o resto da vida dele.

Erick agarrou André pelos ombros, como se fosse ele o pai orgulhoso e feliz, e chacoalhou a versão mais velha, magra e alegre dele com carinho.

— E até a gente descobrir mais alguma coisa, isso aqui — a gente juntos — já está ótimo, né?

André concordou com um sorriso. Ele continuava o mesmo de sempre. Vestia-se de qualquer jeito, nenhuma peça de roupa combinava e a camiseta azul parecia mais manchada de tinta que a calça de moletom bege. Se faltava tato, ou noções básicas de moda, André esbanjava atenção e boa memória. Para coisas boas e para coisas ruins. O filho desconhecia limites, tampouco aceitava levar desaforo para casa. Na escola, na rua, no trabalho, nas festas de família. As mazelas da juventude fizeram isso com o garoto. André aconselhou o contrário, mas Erick escolhera a luta como modo de vida. Quando chegou em casa com o peito decorado com solas de sapato, calças rasgadas e lábio inchado depois de ter sido pisoteado pelos colegas do ônibus escolar, na quinta série, decidiu nunca mais recuar ou curvar-se a limites ou imposições. Ele estava no lado mais fraco da corda e ela sempre arrebentaria na cara dele. A batalha morro acima seria eterna, e ele não esperava ser poupado nem por um instante. Erick aceitara essas regras há muito. No fundo, até preferia daquele jeito.

André fitou os olhos impetuosos do filho e viu a tempestade cada vez maior.

Simulando um soco contra o queixo de Erick, André fez o que pais fazem: injetou amor em mais um momento de dor velada.

— Está sim. Vamos ficar juntos. O resto do mundo pode esperar.

Erick exalou um suspiro aliviado e sincero.

— Sim, pai.

— Ótimo, melhor que isso, só dois disso! Com fome? — André deu um tapinha nas costas do filho e eles começaram a descer a rampa em direção às poucas vagas de estacionamento gratuito na rua.

Erick afirmou com a cabeça. Eram quase cinco da tarde e fizera a última refeição ainda no Hemisfério Norte.

— Bom pra você. Ela fez lasanha pra um batalhão.

O brilho temporário no olhar de Erick recuou, ameaçando extinguir-se por completo. — E é claro que chamou família toda. Tô até vendo... — mas foi interrompido pelo pai.

Desta vez, ele trazia olhos severos e palavras firmes.

— Não. Só nós três. Ela sabe que você não gosta. Ela não quer te afastar. Não dessa vez. Ela te ama. — André fez uma pausa. Foi a vez dele de esforçar-se para mentir. O jantar íntimo havia sido ideia do pai, ou melhor, resultado da insistência dele. A família estava nos planos iniciais. — Filho, dê uma chance a ela. Baixe a guarda um pouco, não precisa brigar por tudo.

Erick ponderou, encarou o pai e, quando parecia pronto para falar, encontrou algo no horizonte, depois de uma selva de vendedores ambulantes e pedintes.

— Não acredito, você estava falando sério? Você ainda tem essa geringonça? Isso não é um carro, Sr. André, é uma relíquia neandertal. Que absurdo. Eu vou pegar tétano se esse bicho resolver me morder. Tem certeza que ele comeu hoje?

— Respeito com meu carro, moleque. Você aprendeu a dirigir no Possante. — O *sedan* azul originalmente elétrico ainda funcionava, contra os diagnósticos dos mecânicos mais otimistas do bairro. Enquanto não estava assistindo a futebol, filmes tão velhos quanto o carro, ou pintando telas em óleo — vez ou outra, uma aquarela —, André desmontava e remontava o carro. Ele mesmo trocou as células elétricas pelos conversores de plasma e executou todas as atualizações exigidas pelo governo para continuar guiando o 'melhor amigo'. Em alguns casos, imprimiu peças por conta própria, pois nem desmanches tinham material de reposição adequado. Ele foi parar no destaque de um canal de aficionados por carros e conquistou o respeito de milhares de pessoas no mundo todo. Foi a única vez que ele demonstrou algum apreço pela fama, tanto que mandou enquadrar a foto dele, todo sorridente, em frente ao Possante.

— Matusalém aprendeu a dirigir nele, pai! Jesus Cristo trocou o primeiro pneu, eu aposto. Vai, confessa, aproveita! Confessa que você herdou o carro de algum padre da Opus Dei. Se Jesus encostou nele, vai que acontece algum milagre. O mundo está acabando mesmo, é hora de ser honesto.

Como quem fala o que quer, escuta o que não quer, Erick foi surpreendido.

— Eu começo quando você começar — disse André.

O golpe da adaga de dois gumes atingiu ambos em cheio.

André pela surpresa em ter dito algo tão repentino. Erick pelo choque de realidade. A jocosidade dele desapareceu com o lembrete dos problemas deixados para trás, da paz encontrada na solidão noutro país, da dedicação doentia a sonhos impossíveis, quase mitológicos, mas menos dolorosos que a verdade. Não importava quantos anos passassem, o quanto evoluísse e aprendesse, para todos os conhecidos no Brasil, Erick seria sempre um garoto tão impulsivo quanto genial; Erick sempre teria 18 anos; Erick sempre estaria fadado a pagar por erros dos quais, na maioria das vezes, nem mesmo se lembrava. A distância ofertava o recomeço para ele. A família, os amigos e desafetos imaginavam apenas a continuação daquilo que amavam com raiva, gostavam com reservas e odiavam com fervor. O pior dos arquétipos, sem chance de redenção. Para eles, Erick era o mesmo. Para Erick, quase todos deixaram de existir.

— Desculpa, filhão. Vai ficar tudo bem.

Mas Erick aprendera outra coisa no isolamento. Quem respondeu foi o adulto que abandonara a família, renegara o possível e aceitara uma missão impossível, algo mais ousado que os sonhos de Ícaro e a ambição de Dédalo. Quem respondeu foi um homem feito e acostumado a trilhar sozinho pelo céu de brigadeiro ou por alamedas de lava.

— Não, pai. Não vai. Tudo já começou a desabar.

Os ombros de André desceram inconscientemente, mas ele tentou disfarçar ao continuar abaixando-se para entrar no assento do motorista, porém, sem esconder o pesar.

— Certo, certo. Vamos para casa logo. — Sabia que as férias de Erick durariam pouco. Ele esperava pelo pior nos próximos dias

O pior aconteceu 15 minutos mais tarde.

*

André estrangulava o volante do Possante, torcendo as mãos e expulsando o sangue dos punhos gelados e branqueados. O carro era um companheiro fiel, dividiria a dor com o eterno amigo. Os lábios apertados, lá dentro, dentes cerrados tentando quebrar as leis da física, ou uns aos outros. Erick permanecia impassível, olhos fixos nalgum ponto distante do horizonte. André olhou para ele, movendo levemente a cabeça em negação.

— Ela não vai gostar disso. Não, não. Ela não vai gostar nada disso. Nadinha.

Erick não reagiu.

— Você entende isso, né filho? Ela não vai gostar nem um pouquinho disso. Está errado. Muito errado. Não, não. Não é certo.

— Pai...

Uma reação era tudo que André precisava para deixar a represa transbordar.

— Você acabou de chegar, Erick. Você a-ca-bou de chegar. Ir embora, assim, sem tempo para uma conversa, sem ao menos passar uma noite... não tá certo. Não tá certo. Sua mãe vai ficar furiosa, sua mãe vai explodir de raiva, ela esperou tanto pela sua visita, e agora você vai embora? Eles não podem tirar você de m... dela assim. Ela não vai gostar. É injusto com ela.

— Pai...

— Não, filho. Não quero ouvir nenhuma justificativa. Ela vai espumar de raiva e vai sobrar para mim. Ela vai...

— Pai, volto assim que a crise terminar. A empresa ativou um protocolo de segurança. Eu preciso ir.

— Não, não precisa. Deixa alguém resolver, você não trabalha com um bando de gente? Deixe a mãe deles ficar preocupada dessa vez. E você prometeu que voltava da última vez que nos vimos. Você prometeu e já faz dez anos. Somos seus pais, temos o direito de ficar ao seu lado. Sua mãe precisa de você. Ela precisa te abraçar, reclamar das toalhas molhadas pela casa. Ela precisa ter você pela casa, nem que seja só um pouquinho. Ela precisa de você.

André pisou firme no freio, parando o carro a milímetros do caminhão à frente dele. A suspensão ativa do carro fez o trabalho dela e, mesmo assim, sentiram um pouco do tranco. André parou, mãos grudadas no volante, olhos fixos no painel, respirando só quando necessário.

— Que droga, Erick. Eu... eu preciso de você.

— Eu sei, pai.

— E vai embora mesmo assim.

— Sim, e você vai me odiar por isso.

— Odiar?

— Sim. Odiar.

— Eu só quero ter o direito de te amar, filho.

As lágrimas rolaram antes mesmo de Erick notar.

Na interface no pulso dele, uma contagem regressiva acelerava rumo ao zero. No marcador, pouco mais de duas horas restantes. Abaixo dos números, uma mensagem de texto: Protocolo Daedalus ativado. Isso explicava o blecaute nas comunicações e o isolamento. Quando a contagem terminasse, ninguém mais entraria ou sairia da empresa sem autorização.

E ele precisava estar lá dentro.

Ainda no caminho para a lasanha e mais lágrimas, o contador cravou nas duas horas e a interface abriu um campo de identificação. z. Erick disse um "sim". O rosto dele apareceu na tela. RECONHECIMENTO DE VOZ CONFIRMADO. AGUARDANDO CÓDIGO DE SEGURANÇA. Erick digitou 311082901978. A tela piscou brevemente e uma ficha completa tomou o campo de visão:

ERICK CIRITELLI

COORDENADOR DE CIÊNCIAS AVANÇADAS. PROJETO LONGSHOT

DESTINO: MANHATTAN

CONFIRMA?

O logotipo da M.A.S.E. pairava abaixo de tudo isso.

Não, Peter Stanton não cuidava do projeto da viagem no tempo, ele não passava de um burocrata com diploma básico de Harvard. Erick Ciritelli era o pai, o filho, o Espírito Santo e o futuro do salto temporal, e, ele sabia, ainda precisariam de mais 20 anos de pesquisa para um protótipo viável.

A viagem no tempo era uma farsa.

Ele precisava descobrir por que Stanton e a M.A.S.E. haviam decidido mentir para todo mundo. Mais do que isso, independentemente da veracidade do anúncio temporal, a vida de Erick havia perdido o sentido. Ele precisava de respostas, e elas estavam bem longe do conforto e do carinho dos pais.

Ele disse "confirma", a tela desapareceu e o contador voltou a ganhar espaço. Desta vez, a frase AGUARDE POR TRANSPORTE aparecia abaixo dos números.

Duas horas. Duas míseras horas.

Era tudo que teria com os pais e o mais próximo de uma vida normal.

* * *

Lasanha à bolonhesa tem gosto de sorrisos na infância. A preparação começava no dia anterior, com a avó de Erick intercalando as camadas de massa, embutidos, e mergulhando tudo em leite enriquecido. Os primos da família do lado do pai brigavam por pedaços de massa, Erick nem se incomodava. Ele ficava no canto, observando, sorriso matreiro no rosto, aguardando a hora certa.

Quando mais ninguém olhava, a avó enrolava uma fatia de presunto gordo e uma de muçarela num tubinho e presenteava o neto. Ele colocava tudo na boca antes de alguém ver. Ela voltava para a lasanha e as gargalhadas tomavam conta do ambiente. Segredo mantido. Os dois curtiam mais uma vitória.

Uma forma de lasanha suficiente para alimentar um time de futebol descansava e ainda evaporava sobre a mesa retangular na casa dos pais de Erick. Um sobrado tão antigo quanto o bairro e cheio de história para contar, a residência era convidativa, simples e efetiva. Era um lar de verdade. Sem a perfeição dos comerciais de margarina, nem os exageros da modernidade. As paredes precisavam de uma nova demão de pintura e muitos móveis tinham a mesma idade de Erick. Os pratos, com certeza, eram os mesmos: porcelana robusta adornada com pássaros, galhos e folhas na cor do céu sem nuvens num dia de sol.

O prato de Erick estava lambuzado de molho e alguns farelos avermelhados de parmesão fresco ralado. Ele contemplava a perspectiva de repetir uma terceira vez. À frente dele, Elena mal tocara na primeira porção. O garfo subia e descia contra a porcelana num mantra irritante. *Cling. Cling. Cling.* Ele encarou o rosto carrancudo da mãe e baixou a espátula. Elena só ficava calada em momentos de ira profunda. Desde a chegada, e do recebimento da notícia, permanecia impassível, deliberadamente distante. *Cling. Cling. Cling.* À ponta da mesa, André concentrava-se apenas na lasanha e reagia a cada *cling* como se fosse uma cirurgia de canal.

Erick cruzou os talheres, olhou para o cronômetro e precisou agir. Faltavam apenas vinte e sete minutos.

Cling. Clinnn...

— Estava uma delícia, mãe. Obrigado. Pena que não cabe mais.

A voz de Elena soou doce e isso só fez o lamento penetrar mais fundo ainda.

— Não senhor, pode comer tudo. É tudo seu, tudinho. Passei dois dias fazendo a comida, você vai comer. E vai engolir cada pedacinho. Vai dar dor de barriga, aí você vai lembrar de ter abandonado sua mãe, seu pai, sua família, de novo. Você vai lembrar que puxou para o lado errado da família. Vai lembrar de tudo que você fez de ruim. — Levantou-se, deu as costas para a mesa e pegou um pote *tupperware* do armário. — Aliás, você vai levar o resto com você. Você vai levar tudo, não quero mais ver essa lasanha na minha frente, meu filho. Se você também vai me abandonar, é melhor levar as lembranças junto, assim eu sofro menos, tá bom? Leva todas elas. Tudinho. Aí é só lavar a louça e esqueço de tudo isso. É o que você quer, não é? Esquecer que tem mãe.

— Não, mãe.

— Não vi ninguém apontando uma arma na sua cabeça, mocinho. É uma decisão sua. E ainda bem que ninguém faz uma proposta dessas pro seu pai, é capaz de ele também me abandonar. Todo mundo adora ir salvar o mundo e esquecer que eu existo.

André quase engasgou com um pedaço de lasanha e tomou um gole d'água emergencial antes de entrar em cena.

— Ei! Ei! Ei! Não vem me meter nesse angu de caroço, não. Estou bem aqui do seu lado, não vou a lugar nenhum. Para de inventar coisas, dona Elena. E tente entender o lado dele, ele precisa...

— Ele precisa é lembrar que tem família. É disso que ele precisa, André. Ele precisa saber que abandonar a gente é errado.

Erick preferiria encarar a sentença do martelo de Chernobog a passar dois minutos frente ao cruzamento de Dolores Umbridge e *Sharknado* com voz aveludada. Olhou para a mãe novamente. Rosto arredondado, óculos pequenos na ponta do nariz, pano de prato preso à cintura, mesmo depois de ter terminado de cozinhar há muito tempo, e nenhum sinal de tecnologia no corpo. Ela parecia uma mãe saída de um livro de receitas antigo, a manifestação de um arquétipo capaz de feitiços culinários. Revirou a memória pelo momento no qual trocou o amor que toda criança sente inconscientemente pela mãe por uma amargura duradoura. A mudança não aconteceu de supetão, como um soco inesperado, ela veio como um rio cada vez mais volumoso e turbulento, alimentado com fartura na fonte, muito além do campo de visão. Quando as corredeiras ganharam velocidade, a pequena ligação entre os dois ruiu e desapareceu sob a espuma da água revolta.

Sem encontrar respostas — e tentar punir-se por isso — contentou-se com os resquícios da própria culpa e a única influência possível. A partida de Elza. Espelhou-se na avó para quase tudo, inclusive na paixão por tecnologia e tendência de afastar a família em nome de um futuro sempre mais promissor que o presente. Elza e Erick compartilhavam a paixão pela ciência, por acreditar nos próximos passos da Humanidade, e a responsabilidade por um coração partido: o de Elena. Tal como Erick, Elza partira para trabalhar longe e, para a família, já havia morrido na prática antes de receberem a notícia. Não houve velório, nada de despedidas, apenas a confirmação de um vazio com o qual todos haviam se acostumado.

As comparações eram inevitáveis e sempre vinham à tona, com ou sem contexto. Com certeza, muitas delas transformaram-se em pedregulhos no fundo do rio, agitando a superfície e aumentando a velocidade da água arredia.

Erick até arriscou entrar na conversa, mas Elena, com dedo em riste, manteve a palavra.

— Você está errado, mocinho. E sabe por que...

— Porque a vovó foi embora, eu...

— Deixa sua avó pra lá. Você sabe por que a sua namorada foi embora? Porque você fez a mesma coisa com ela. Você a deixou de lado. Você tentou transformar a pobre coitada num monstrinho sem Deus no coração igualzinho a você, e quando ela tentou ser mais importante que a sua ciência, você fechou a porta. Eu ainda falo com ela, sabe? Ela me contou tudo. Daqui a pouco você só vai ter um monte de chaves enferrujadas na mão, filho, e ninguém mais vai conseguir entrar. Daqui a pouco, tudo ao seu redor serão portas fechadas e você sozinho, lá no meio, atormentado e pensando em tudo de que abriu mão quando afastou as pessoas. Você vai ficar só, no seu mundinho, cercado por máquinas frias e incapazes de dar o que você mais precisa.

— Eu sei do que eu preciso, mãe.

— Não, não sabe. Você nunca sabe.

— Mãe.

— Você sabe o que você *quer*. Quem sabe o que você *precisa* fica sempre do lado de fora.

Assim que terminou de falar, Elena levantou-se da cadeira, jogou o pano de prato sobre a pia e saiu da cozinha, fazendo questão de bater a porta, sumindo na escuridão da noite sem estrelas.

Pai e filho trocaram um olhar. André deu de ombros, resignado.

— Não olha pra mim, eu avisei.

— Eu não falei nada.

— Sorte sua.

— E agora?

— Agora você mete o rabinho entre as pernas, vai lá fora e fala com ela.

— Ela n...

Ela vai te ouvir. Ela precisava desabafar primeiro. E se ela quiser desabafar mais, você deixa. Aí, então, você fala.

— Ela vai tentar me convencer.

— Vai. E vai funcionar?

— Não. — Então cala a boca, escuta e lembra que ela é sua mãe. Ela é uma pessoa como outra qualquer e você está terminando de partir o coração dela. O mínimo que você pode fazer é respeitar a dor dela. Quer que ela aceite quem você é? Então aceite ela primeiro e depois aceite que você tem responsabilidade por isso tudo, sim. Ela não é fácil, mas você só piora as coisas.

Erick assentiu com a cabeça. A mente disparava para todos os lados, sem descanso, com centenas de cenários formando-se e dissolvendo-se tão rápido quanto pouco achocolatado em muito leite, perdendo-se no caos das últimas horas. Quando Stanton anunciou a viagem no tempo, ele fez mais do que se transformar em celebridade, ele fez a vida de Erick desaparecer sob seus pés. Até ontem, Erick seria o homem a levar a Humanidade para o futuro ou para o passado. Agora, com anos de pesquisa jogados fora, o ódio por ter sido deliberadamente retirado do tabuleiro e mantido no escuro, e a pressão da família, não sabia mais quem era. Perdera o propósito e a razão e temia estar agindo por puro desespero para tentar recuperar algo que, o mundo todo sabia, não era mais dele.

Levantou-se com calma, limpou os lábios com um guardanapo só para garantir, sorriu para o pai e seguiu a mãe noite adentro, entregue ao próprio destino.

✳ ✳ ✳

Se a montanha não vai a Maomé, é porque a montanha está puta da vida com Maomé, com os amigos de Maomé e com todas as montanhas ao redor deles. Mas Elena e Erick eram como duas cordilheiras perigosas. Como colocá-las em contato? Cansado de escalar as encostas acidentadas das convicções de Elena, Erick fincou as próprias raízes e ambos permaneceram estáticos, imutáveis, senhores absolutos das próprias verdades. Montanhas distantes, mas, ainda assim, conectadas por um vale repleto de memórias de infância e o último filete do que, uma vez, fora um rio cheio de carinho e amor.

Erick sacrificou boa parte do orgulho quando saiu pela porta da cozinha e caminhou até a varanda de madeira novinha pintada com cal para parecer envelhecida. O tempo era curto, havia muito a ser dito e, lá dentro, não sabia se, e quando, voltaria. Decidir partir era a coisa certa, assim como ouvir o conselho do pai. Naquele momento, Elena tinha razão. Se desse as costas à mãe, destruiria qualquer chance de diminuir a distância entre os dois e o vale secaria de vez. Além do mais, é mais fácil ignorar alguém quando se está em outro continente. Ela estava ali, na frente dele. Só um cafajeste ignoraria a dor da própria mãe, tão forte e tão próxima.

— Do que eu preciso, mãe? — Elena apoiava-se contra o batente de madeira da varanda. Erick encostou ao lado dela, esfregou as mãos e olhou para o céu. — Eu quero saber.

Elena bufou.

— Tenho que ir embora em meia hora, mãe, eu...

— Eu sei, não precisa me lembrar.

— Me diz, vai. Do que eu preciso?

— Não.

— Você nunca facilita as coisas, né, mãe? Toda vez...

A barragem rompeu-se e a resposta escoou bruta e indiferente a qualquer coisa em seu caminho.

— Você precisa de gente do seu lado. É disso que você precisa. Você precisa deixar alguém te amar, precisa confiar nos outros. Se você passar a vida enfurnado naquele laboratório, vai esquecer de tudo, vai esquecer das coisas que valem a pena, vai... — Elena perdeu o raciocínio enquanto lutava para conter lágrimas. O rosto vermelho de mãe lembrava alguém num velório, ainda sem conceber a realidade de uma perda definitiva. — Você vai embora e a gente nunca mais vai se ver. Do mesmo jeito que a minha mãe fez.

— Eu não sou a vovó, mãe.

— Tem certeza, filho? Olha bem pra você, pensa nas suas escolhas, pensa no que está acontecendo agora mesmo. Você tá fazendo tudo do mesmo jeitinho que ela fez. Você até fala como ela, eu arrepio toda vez que você fala alguma coisa. E o fim dessa história eu já conheço. Eu sempre termino nessa varanda, chorando sozinha, esquecida.

— O pai fica chateado quando você fala assim.

— É, eu sei. Mas você não liga nem um pouco.

— Mãe, você sabe o que eu faço lá no trabalho?

— Tenho alguma ideia, não sou burra como você pensa.

— Caramba, mãe. Para de dar patada por um minuto. Depois reclama que a gente não se fala.

Elena não respondeu. Erick continuou.

— Se eu não voltar, eles vão continuar enganando as pessoas. Preciso descobrir o que aconteceu.

— E se descobrir, vai fazer o quê? Jogar seu teclado neles?

Foi a vez de Erick ficar mudo. Em parte por não ter resposta, em parte por pensar na outra alternativa. E se não fosse mentira? E se a M.A.S.E. tivesse um projeto paralelo e ele fosse apenas um peão num esquema muito maior? O castelo de cartas construído sobre o ego e o papel de cientista transformador na cabeça de Erick começava a ruir. Desmascarar a viagem no tempo já seria terrível, descobrir ser verdade seria catastrófico. Para ele, pelo menos.

— Responde, sabichão. O que você vai fazer? Contar para todo mundo? Eles fizeram isso antes de você. Ninguém vai acreditar.

LASANHA E LÁGRIMAS

— Tá certa, mãe. Ninguém vai acreditar. Mas eu preciso fazer isso por mim. Preciso entender.

— Você pode entender daqui.

— Aqui eu posso chutar, lá dentro eu vou saber.

— Você nunca aceita a verdade. Você nunca aceita que só quer que as coisas continuem como estão, do seu jeitinho, como você planejou. Esse é seu medo, filho. Você odeia ficar em segundo plano, você odeia ser ignorado. Você odeia ser normal. Não tem nada de errado em ser uma pessoa normal. Eu sou normal, seu pai é normal. A gente vive a vida. Você e a sua vó é que inventaram esse negócio de ser famoso e mudar o mundo.

Erick controlou a ira, limitando-se a expulsar todo o sangue dos punhos sem que ela percebesse. A energia emanava de um fato: ela não estava totalmente errada. Dedicar a vida à ciência costumava gerar uma camada robusta de serviço público sobre o ego, mas ele sempre estava lá e aparecia a cada vitória, cada prêmio, cada descoberta, por menor que fosse. Há uma coisa que cientistas, escritores e astronautas têm em comum: o desejo de transformar vidas com o resultado do próprio trabalho. Seria tolice fugir da verdade ou mascarar emoções e Erick sabia disso.

— Tenho que fazer o que é certo, mãe. Conviver com esse segredo acabaria comigo. Alguém tem que lutar.

— E depois diz que não é a sua avó. Fala igualzinho a ela.

— Ai, ai, mãe. Eu preciso descobrir a verdade. Porque se for tudo mentira, ela morreu por nada.

— Você está jogando sua vida fora por nada. Do jeitinho que ela fez. E eu nunca mais vou te ver, filho. Isso não é justo.

— Nunca é, mãe.

Os ombros dos dois se tocaram, Erick ameaçou um abraço sem jeito, Elena agarrou o filho com toda a força e velocidade para esconder as lágrimas. A voz dela saiu abafada contra o casaco de Erick. — Fica comigo, filho. Deixa isso pra lá, deixa outra pessoa resolver esse problema. Você não precisa continuar com essa loucura de viajar no tempo.

Erick não ousou responder, porém a resposta tomou conta da mente dele mesmo assim. *Preciso sim, mãe. Preciso voltar e convencer a vovó a nunca abandonar a gente. Preciso viajar no tempo para impedir que vovó e eu destruamos seu coração. Preciso voltar para nunca mais te ver desse jeito.*

Mas ele só ignorou o fato de que sempre carregava dentro de si o melhor remédio para Elena. Se ficasse, ela voltaria a ser feliz. Como ele nunca conseguia ficar feliz por conta própria, acreditava ser incapaz de dar felicidade a mais alguém.

Erick trocaria tudo do passado por mais uma chance de mudar o amanhã.

E nunca esteve tão errado.

* * *

Se os deuses fossem astronautas, eles nunca pousariam nas ruas apertadas do Belém para pedir uma meia muçarela, meia calabresa com muita cebola. Mas quando uma estrela desgarrada precisa voltar para casa, até milagres acontecem de vez em quando, mesmo na ZL.

E uma frota de drones do iReality foi acionada para registrar tudinho.

Os vizinhos da família encaravam Erick conforme ele caminhava para o turbojato da M.A.S.E. que acabara de pousar no meio da rua. E mais gente chegava a cada minuto. Ninguém ali tinha visto uma aeronave como aquelas de perto. Elas sempre apareciam na televisão e nos filmes, mas testemunhar o pouso de uma delas no meio da Zona Leste de São Paulo era oportunidade única para lembrar e atrair atenção no iReality. O Belém ficou famoso. Várias transmissões começaram no momento do pouso e os moradores continuavam transmitindo conforme Erick e André conversavam perto da rampa da altura de um homem adulto que dava acesso à carenagem lateral.

O transporte era parrudo e achatado, semelhante a uma caixa de sapatos amassada. Os princípios da aerodinâmica clássica ficam em segundo plano quando se tem dois motores capazes de fazer o percurso entre São Paulo e Nova Iorque em pouco menos de três horas ocupando toda a parte traseira. A M.A.S.E. usava a versão civil — e melhorada em sigilo — do veículo desenvolvido internamente e, mais tarde, adotado pelas principais forças armadas do mundo. Ele era seguro, eficaz, um ícone socioeconômico.

No pé da rampa, um homem em uniforme cinzento aguardava. Olhar fixo em Erick, indiferente à população. Um Caronte tecnológico desprovido de alma aguardando o início da travessia, e Erick nem precisaria pagar a taxa do barqueiro, a companhia cuidava de seus subordinados. O transporte azul, preto e laranja decolaria, com ou sem Erick, em breve. Tudo que o comissário precisava era de uma recusa, ou um passo à frente. Erick protelou a decisão e virou-se na direção de André.

— Me liga quando chegar lá, filho?

— Não sei quando conseguirei fazer contato, pai. Eles ativaram uma coisa chamada Protocolo Daedalus. Isso afeta as comunicações e restringe minha mobilidade. Eles me tiraram de lá por uma razão, duvido que vão me dar muita liberdade quando eu voltar.

— Então não é melhor deixar essa gente pra lá, filho? Você me deixou preocupado agora. Será que... será que vão fazer alguma coisa de ruim com você?

— Mais do que já fizeram?

— Existem muitas coisas terríveis para se fazer com uma pessoa, todas elas são aplicadas a inimigos. E como ninguém parece querer muito o seu bem lá dentro... Se você acha prudente...

— Eu não *acho* mais nada e esse é o problema. Preciso de respostas, não de conjecturas.

— Fica? — André disse, sem jeito, sem esperança. Um último recurso ao deixar o pesar vencer.

— Desculpa, pai. Eu volto, prometo. Eu...

Elena veio correndo da casa, carregava algo nos braços. Erick cutucou o ombro de André e ele virou-se para ver a aproximação da esposa. As câmeras do iReality fizeram a mesma coisa. Ela correu direto até Erick, ignorando todo o resto.

— Toma. — A fala curta e direta correspondeu com o movimento brusco das mãos. Erick aceitou por impulso e sem olhar. — Para você não se esquecer.

Ele abriu o pequeno pacote e encontrou um item familiar. O porta-retratos com bordas de madeira escura esculpida à mão eternizava um momento da infância de Erick. A última ceia antes da partida de Elza. André com cabelos ainda negros, Elena com um vestido longo marrom com estampa florida, Elza com uma jaqueta de piloto de avião e o jovem Erick, com 14 anos de idade, vestindo *shorts*, camisa polo e um boné dois números maior que a cabeça dele, enfiando uma colherada generosa de pudim de pão na boca.

— Lembra disso, Erick. Lembra de quando a gente era feliz.

— Eu nunca esqueço, mãe.

— E lembra de mim.

— Eu nunca esqueço de você, mãe.

— Não, lembra de mim quando der certo. Eu só quero mais um minuto com ela. Preciso pedir desculpas. Lembra de mim quando chegar a hora.

Erick abaixou a cabeça, fitando a foto novamente. Quando ergueu a cabeça, viu os olhos de André marejando. Poucos foram os genros que adoraram tanto a sogra quanto André reverenciava Elza. Do jeito maluco e, às vezes, desapegado dela, servia de mãe para todos a seu redor. André conviveu pouco com a própria mãe e viu nela o apoio que precisava para enfrentar a paternidade e as dificuldades da vida. Sempre em pé de guerra com Elena, Erick também dependia da avó como âncora em momentos cruciais. A partida dela afundou todos de modo irremediável e terrível.

André transformava a dor de mais uma partida num sorriso lacrimoso; Elena, em pedidos impossíveis; e Erick, na motivação para não se dar por vencido.

Ele abraçou os pais. O destino estava selado.

— Amo vocês.

— A gente também te ama, filho. — A voz de André foi abafada pelo abraço apertado, mas todos ouviram.

Elena apenas tocou o rosto do filho com a palma quente da mão direita e sorriu com os lábios fechados.

Erick Ciritelli deu as costas para os pais, confirmou a identidade com o barqueiro e entrou no transporte. Olhou ao redor, viu que sete dos oito assentos para passageiros estavam ocupados nas laterais internas da aeronave. Não conhecia nenhum daqueles rostos. Mesmo não estando conectados, ninguém olhou para o recém-chegado. Erick ocupou o único lugar vago, colocou a *duffle bag* embaixo do banco, afivelou o cinto de cinco pontas e encostou a cabeça no apoio almofadado, só. Mas Erick não tinha planos de atravessar sozinho. Ele guardou o porta-retratos na mala e retirou um pequeno telefone preto do bolso. Erick levantou o *flip* com o polegar e telefonou para o único número listado. Os flutuadores magnéticos logo entraram em ação, o veículo saiu do chão espalhando folhas mortas, embalagens de papel e qualquer coisa que jazia nas sarjetas, então embicou para cima e Erick iniciou a travessia do rio Estige.

UM ATO DE AMOR

O chuvisco da televisão fora do ar na sala de estar de Elza podia ser interpretado de muitas formas, incluindo insanidade e excentricidade. Erick conhecia a versão correta. Elza, a avó materna, gostava de pegar no sono com o ruído branco e odiava fones de ouvido, então ela programou a televisão da sala para detectar sinais de cansaço físico e mental e emular o fim da transmissão, inundando a sala de estar com o chiado reconfortante e tão precioso vindo de um passado remoto. Como a TV rastreava os sinais vitais de Elza, quando ela pegava no sono ao lado do pequeno Erick, ele presenciava a transição da programação para o padrão caótico de barras e pontos brancos, cinza e pretos. Com medo de acordar a avó, Erick permanecia ao lado dela, por minutos ou horas, fixado no chuvisco.

Depois de tanto tempo, e por puro tédio, a imaginação começou a entrar em ação e ele via padrões na confusão dos chuviscos. *Ali estão os rostos dos valentões da escola, aquelas ali são as espaçona-*

ves dos meus filmes prediletos. É só virar a cabeça um pouco e dá para focar no som, fica fácil encontrar mensagens secretas em código morse enviadas pelos espiões marcianos. Dependendo do dia, os quadros congelados mostram dias felizes, os sorrisos da mamãe, o puchero da vovó. Entre as linhas erráticas, escondiam as rachaduras dos dias de solidão, do desejo de ficar sozinho com os livros... de quando realmente se sentia feliz, sem interrupções, sem os problemas dos outros. Narrava para si as descobertas no mar de tonalidades cinzentas.

Numa das ocasiões, quem pegou no sono no colo da avó foi ele.

E, na manhã seguinte, acordou com uma dor peculiar na base da nuca.

— Bom dia, Erick, meu querido.

— Bom dia, vovó. Ai... — Ele levou a mão à nuca, não sentiu nada na superfície, mas era incapaz de afastar o estranhamento, o incômodo.

— O que foi, querido?

— Parece que tem alguma coisa aqui. — Ele baixou a cabeça e apontou para o lugar. — Tá vendo alguma coisa, vó?

— Tem uma coisa aí sim, e não, você não vai sentir nada, prometo. Logo o incômodo passa.

— O que é, vovó?

— É um presente.

— Presente?

Ela explicou como só uma criança de nove anos de idade poderia entender e prometeu que, um dia, seria o melhor presente da vida dele. E era um segredo. Como toda criança de nove anos de idade, Erick acreditou. Como toda criança de nove anos de idade, Erick sentiu-se especial, afinal, ele tinha algo que mais ninguém no mundo tinha. Só não sabia o que era.

Ainda.

— E tem outro presente esperando lá na cozinha, por que você não vai ver o que é?

Erick saiu correndo da cama *king size* no quarto de Elza, percorreu o curto corredor até a cozinha de azulejos estilizados e encontrou uma sacola preta forrada com papel colorido aguardando sobre a mesa. O garoto pegou a sacola e desembestou de volta para a avó.

— Esse também é segredo, vovó?

— Não, meu querido. Esse você pode abrir agora.

Ele abriu e encontrou um telefone *top* de linha. Preto, leve, fino. Provocativo para adultos, nem tanto para um garotinho. Erick já queria testar a novidade daquele sistema recém-lançado, o iReality.

— Ele conecta no iReality?

— Não, netinho. Ele conecta a algo muito melhor.

— O que é, vovó?

— Ele conecta comigo. Você pode ligar para mim, de qualquer lugar do mundo, em qualquer dia, a qualquer hora, e eu vou atender.

Ele não escondeu um pouco da frustração. Aos nove anos de idade, a família é uma entidade onipresente, infalível e imortal. Valorizar o contato, a presença, a devoção fica difícil quando se tem tudo.

— Eu queria uma interface, vó.

— Um dia, todo mundo vai ter uma e sabe quem vai ser especial?

— Quem, vovó?

— Quem souber viver sem uma e lembrar de ligar para a avó.

Ele riu, ela retribuiu.

*

Erick nunca mais largou o aparelho e, como toda criança, deixou as demais descobertas da vida sobrescreverem as memórias distantes e esqueceu-se do outro presente.

UMA CAIXA NA NOITE

Rebecca Stone não queria nem pensar na viagem no tempo. Ela arrastou o corpo exausto pela sala de estar rústica e discreta. O único objetivo era entrar no banho morno e ficar lá, sozinha, até o fim dos tempos.

Em termos de terças-feiras, aquela havia sido tensa.

*

Assim que chegou ao escritório, precisou desarmar o ataque coordenado de Sybilla Powers e Benny Benton — ela, uma rata corporativa; ele, um nojento sem limites de intimidade. Eles acharam que seria uma boa ideia armar para cima dela durante a reunião de departamento para a próxima missão de suprimentos para a Estação Internacional Espacial. Bem, não era sábio questionar os preparativos de Rebecca. Ela atropelou a dupla com dados e mais dados sobre preparação, redundâncias e efetividade, e ainda sobrou tempo para o almoço.

A primeira foi ter deixado claro a todos na empresa que não é saudável se meter no trabalho dela, não sem sofrer o destino de Sybilla Powers e Benny Benton — o cara mais pegajoso da galáxia. Eles tiveram a audácia de sugerir que a preparação da próxima missão de Becca estava fora dos padrões e colocaria todos em risco. Becca destruiu o argumento e a ousadia da duplinha, com folga para adiantar o almoço.

A melhor parte foi a *mousse* de chocolate.

Então, o anúncio mudou tudo. Os funcionários esqueceram trabalhar para uma companhia de logística aeroespacial e tornaram-se espectadores de *talk-show*, debatendo a viagem no tempo. Muitos deles descobriram uma coisa importante: apenas em raríssimas exceções — e isso incluiria o impossível retorno de Jesus e a improvável chegada de alienígenas — Rebecca deixaria as responsabilidades de lado para ficar jogando conversa fora sobre viagens no tempo e aventuras da M.A.S.E. Enquanto o mundo todo parou para fofocar e especular, ela não desviou da obrigação de garantir o suprimento dos tripulantes da Estação Espacial Internacional. Perder um prazo traria consequências catastróficas e específicas: 27 astronautas, as famílias diretas e milhões em pesquisa dependiam da eficiência dela. Essa postura constante tinha um preço e Becca sempre pagava em prestações.

Cantar em voz alta no carro de volta para casa, nas luxuosas Hollywood Hills, aliviava boa parte do estresse, mas os primeiros passos dentro do apartamento — ela desfilava por uma passarela sem espectadores conforme o sistema de iluminação automático acordava o lar de Becca — aproximavam-na da primeira grande oportunidade de despir-se da casca-grossa e voltar a ser ela mesma. Becca largou a bolsa sobre o sofá, os óculos e o telefone auricular sobre a bancada de granito negro que separava a cozinha de aço escovado da sala de estar rústica, com a cara dela, e foi direto para o banheiro.

Foi um dia cheio e ela precisava de uma ducha.

O vapor embaçou o boxe translúcido conforme Becca descartava toda a tensão, as perguntas e os medos do dia ralo abaixo. A água escorria sem trégua, escurecendo os cabelos ruivos, relaxando as pálpebras sobre os olhos verdes, percorrendo a pele clara das pernas firmes até desaparecer por completo, como se nunca tivesse existido, assim como as bolhas de sabão e os traços de condensação no vidro. Era o primeiro momento de paz desde o anúncio da viagem no tempo.

A solidão trazia tranquilidade, protegia da curiosidade alheia e permitia ver a vida como ela deveria ser vista: um desafio atrás do outro. Nada de sonhos malucos, apenas a boa e velha imprevisibilidade gerada pela engenhosidade humana.

A esponja percorreu o corpo sem pressa, espalhando a espuma bem-vinda e relaxante por todos os lados. Becca aproveitou o momento ensaboando cada centímetro da pele macia. O aroma do xampu à base de amêndoas tomou o ambiente e trouxe um sorriso sincero. Lavou-se com cuidado. Os braços, as costas, os seios. As pernas, as coxas, a virilha.

Fechou os olhos.

A esponja caiu, a mão permaneceu até o ápice da glória.

Mordiscou os lábios com as melhores intenções, um semissorriso no rosto sardento. O corpo tremeu. Gemeu baixinho quando tudo terminou.

O banho foi ótimo. Excepcional.

*

Ela não ouviu o telefone tocar.

*

Puxou a toalha 40 minutos mais tarde. Era quase meia-noite do primeiro dia na nova Era da Humanidade e Becca precisava garantir o próprio bem-estar para encarar os próximos passos. Não era segredo para ninguém quem fora seu último empregador, assim como o que ela fazia lá. Adorava a M.A.S.E., construíra uma carreira no quartel-general em formato de espaçonave sobre a extremidade sul do Central Park, em Nova Iorque. Adorava o que fazia. E adorava ter liberdade. Nunca poderia ter tudo que precisava no departamento de ótica avançada e pesquisa transdimensional.

Saiu de lá por amor. Saiu de lá para proteger-se e parar de amar.

Nunca foi bem-sucedida na tentativa. Não totalmente.

Pensou nele durante todo o banho. Bem, nas partes boas. Também pensou em Idris Elba e Margot Robbie, afinal, só se vive uma vez, e a *Lista das Pessoas Mais Bonitas da História* era uma ótima referência. As notícias reavivaram a saudade. Agora, enquanto ligava o televisor camuflado entre os vitrais do piso ao teto, começava a encarar a amargura de passar o dia inteiro ouvindo falar em M.A.S.E., viagem no tempo e a impressão de algo estar fora do lugar.

O telefone piscou em cima da bancada.

*

Becca esfregou a toalha no cabelo uma vez mais antes de pegar o aparelho para ver quem ligava, mas a TV atraiu toda a atenção, pois trazia um nome familiar no gerador de caracteres: JORNALISTA DO NEW YORK TIMES ENCON-

TRADO MORTO. ANDREW MCNAB, 39. E mostrava a foto de um sujeito atarracado, nariz fino, cavanhaque, cabelo até metade do pescoço e um colete de couro sobre uma camisa cinza. Ela só conseguia lembrar dele fantasiado de espartano no último Halloween.

— Ah, não. Andy... — Becca levou a mão esquerda aos lábios, enquanto pegava o controle remoto e aumentava o volume a tempo de ouvir a repórter, com olhos entristecidos, buscar palavras e coragem do puro senso profissional dizendo "... ainda não se sabe as causas da morte do jornalista Andrew McNab, uma das vozes mais provocadoras e respeitadas no meio jornalístico e peça fundamental do New York Times. McNab foi encontrado morto há cerca de uma hora, no apartamento dele em Manhattan. Não há indícios de suicídio ou violência, é comentado entre os profissionais aqui que ele pode ter morrido de causas naturais. O corpo ainda não foi levado para o departamento..."

Becca notou estar segurando o telefone contra o peito, num abraço solitário e cheio de lágrimas. Era mais fácil acreditar em algo tão súbito e terrível que embarcar no circo da viagem no tempo. Andy McNab era um amigo. Confidente. Companheiro. Alguém com quem ela havia tomado café uma semana antes do mundo virar de pernas para o ar.

Andy tirou sarro da torrada com ovo poché, a favorita de Becca. Num encontro anterior, ele chegou a aparecer vestido com a máscara de V e ela quase engasgou quando ele errou o imbróglio com palavras começadas pela letra A. "Ele é V, eu sou A. Queria dar o meu toque pessoal." Afinal, amora não combina com atola ou apavora. Andy aproveitava os cafés da manhã juntos para jogar conversa fora e parecia mais um personagem de Hemingway do que um jornalista renomado. Quer dizer, um personagem de Hemingway apaixonado por piadas ruins e doce de leite. Eles compartilhavam essa última paixão. Mas podiam falar sobre virtualmente qualquer coisa, o único assunto proibido era a razão de se conhecerem. Andy não queria insistir e Becca havia desistido de sofrer. Os dois respeitavam a terra de ninguém e até os tiros esqueceram-se daquelas trincheiras.

A campainha tocou uma vez. Becca não reagiu.

Andrew McNab estava morto. — Preciso falar com...

Tocou novamente. Duas vezes mais. Ela saiu do transe e abriu a porta.

*

Encarar um mundo novo já seria o suficiente para anestesiar qualquer um, adicionar a morte do melhor amigo à mistura garantiria a indiferença completa a qualquer coisa menos estranha que a ressurreição dos mortos ou um T-Rex batendo à porta. Becca Stone olhou para o entregador da FedEx com indiferença ímpar. O homem de uniforme marrom e caixa debaixo do braço pigarreou.

— Rebecca Stone?

Becca saiu do transe.

Ele não queria estar ali. Por instinto, ela também não. Uma entrega depois da meia-noite nunca significava boas notícias.

— Assine aqui, por favor.

Percebendo estar vestindo a saída de banho, Becca segurou as abas com força para evitar qualquer acidente e assinou com a mão livre.

— Claro, claro. Pronto.

O sujeito entregou a caixa e virou as costas sem despedir-se.

Becca olhava para a caixa e mais um item exótico acabara de entrar na lista bizarra daquele dia.

Estava diante de um fantasma.

*

DE: WILLY O'CAOLHO

PARA: BECCA SAPECA

*

Andrew McNab passou uma semana inteira usando um tapa-olho depois de uma cirurgia na sobrancelha esquerda. Ele contou a história para todo mundo. Só Becca sabia que a alcunha havia pegado na escola a ponto de McNab brigar com meio mundo por causa disso. Ver o apelido de infância de McNab na etiqueta era mais alarmante que o carimbo vermelho de URGENTE na frente da caixa.

Hesitou em abrir o pacote. Por mais recentes que as notícias fossem, Becca compreendia ter em mãos o último contato com o amigo. Se mantivesse a correspondência fechada, sempre poderia manter a esperança de ser um plano infalível que o livrara da morte e ele estaria escondido em algum canto obscuro do mundo. A expectativa da comunicação final manteria McNab vivo na mente dela. Se abrisse, tudo acabaria ali. Ao mesmo tempo. A notícia na TV, o conteúdo da caixa, a vida. Uma decisão tão tola e tão cheia de significados, desesperadamente humana.

Sentou-se no sofá e abriu.

UMA CAIXA NA NOITE

Dentro da caixa, encontrou documentos impressos, páginas de reportagens com linhas, nomes e dados destacados com marcador de texto e fotos. Muitas fotos. Um cartão de dados digital estava colado na parede interior com fita adesiva. Ela liberou-o e inseriu-o no projetor da sala. Em instantes, Becca foi bombardeada com vídeos, arquivos em áudio e muitos relatórios policiais sobre desaparecimentos arquivados sem razão. Era muita coisa e a sobrecarga visual poderia transformar tudo aquilo em algum rompante de loucura por parte de McNab, não fosse por um detalhe. As fotos, documentos e nomes de pessoas desaparecidas tinham algo em comum: conexões com a M.A.S.E.

Em lágrimas por compreender a razão da morte de McNab, Becca foi rápida ao conectar uma outra parte do problema. Ela precisava falar com Erick.

Pegou o telefone e acionou o sistema. Havia nove ligações perdidas e uma mensagem não ouvida. Todas identificadas: Erick Ciritelli.

Resolveu ouvir a mensagem.

A voz titubeava. "Oi… Becca… tô voltando pra Nova Iorque antes do planejado. Daedalus. Você sabe a razão. Stanton tem muito que se explicar. Não tô conseguindo falar com Andy, mas vou até ele assim que chegar. Acho que consigo driblar a segurança no pouso. Preciso falar com você, muito. Queria poder te ver. Mas vai ficar pra outra hora. Ah, então, sei que você não quer ouvir isso, mas, sei lá, seria errado não dizer. Te amo. Quer..." A gravação terminou abruptamente.

*

— O que tá acontecendo nesse mundo, porra? Tá todo mundo querendo ferrar comigo, é isso? No que você se meteu dessa vez, Erick?

Becca voltou à TV, abriu todos os *feeds* de notícias do iReality e apelou até para as celebridades virtuais. Aquela fofa das franjas estava jogando *videogame* e a maioria dos demais só falava da viagem no tempo, com direito a listas do que "eu vou fazer quando EU viajar no tempo". Ignorou as celebridades e concentrou-se nas notícias.

Nada. Absolutamente nada mais sobre a morte de Andy, nada além da cobertura do evento do século, do assunto do momento, do pão virtual para o circo interativo. As pessoas estavam devorando cada migalha como elefantes numa loja de louças.

Como não queria acreditar, chamou Andy no iReality. A janela abriu e permaneceu morta, como se ele não existisse. Ela xingou. O sistema não funcionava daquela forma. Estar indisponível e desligado era uma coisa, não existir era outra totalmente diferente. Pensando nisso, outro medo surgiu.

Ela tentou retornar a ligação de Erick imediatamente, mas na primeira tentativa — e nas seguintes — encontrou o mesmo resultado. A conta de Erick não existia. E aquilo não fazia sentido algum. Por teimosia, tentou o laboratório de Erick em Manhattan e encontrou as linhas mudas como imaginava. Tamborilou os dedos sobre a caixa enquanto estudava a delicadeza da situação. Decidiu retornar ao conteúdo da caixa de McNab. Algo passara batido na primeira investigação, mas a mensagem de Erick e seu desaparecimento alertaram seus sentidos e despertaram uma angústia inexplicável.

Becca revirou fotos e documentos. Listas e recortes. Encontrou a impressão de um formulário mais antigo, preenchido à mão. Estudou as informações com pressa e localizou o nome de Erick destacado com um marcador laranja. Ele era um alvo. Ainda não sabia bem do que, nem de quem especificamente, mas alguém na M.A.S.E. estava de olho em Erick e ele estava em perigo. Andy enviou aquelas informações antes de morrer. Ele sabia.

Erick não fazia a menor ideia.

A constatação terrível expurgou a dúvida e o pesar dos olhos de Becca. Erick está voltando para uma armadilha.

SIGLAS E TEORIAS

A *Multinational Agency for Space Exploration* surgiu como uma piada no meio científico. O que acontece quando um ricaço dinamarquês, um engenheiro aeroespacial italiano e um gênio brasileiro desconhecido entram num bar? Eles tentam dominar o mundo, claro. A piada perdeu a graça 40 anos mais tarde, quando eles conseguiram.

Nos primeiros dez anos de operação, a M.A.S.E. cresceu rápida e inexplicavelmente. Por ser totalmente privada e sem amarras governamentais — um dos pilares da empresa —, ela fazia o que bem entendia. E isso incluía a instalação de uma base humana na Lua antes da NASA, da ESA ou da CNSA. Sem ninguém saber. Sem aviso. Sem medir as consequências.

A NASA foi a primeira a tentar desacreditar, questionar os motivos e peitar a M.A.S.E.

A NASA foi a primeira a cair.

A M.A.S.E. pagava mais, atraía profissionais do mundo todo e, diferente da estatal norte-americana, estava mostrando serviço e liderando todas as corridas tecnológicas. Cientistas descobriram gostar de resultado rápido, de novas descobertas, de novas barreiras a serem vencidas.

A ESA demorou a irritar-se, mas também resistiu ao titã em ascensão e foi assimilada.

Os chineses preferiram manter o controle e ficaram fora da briga, independentes.

A M.A.S.E. prosperou e a conquista de Marte encerrou qualquer oposição. O ser humano sonhou com o solo marciano por gerações e a M.A.S.E. chegou lá sozinha.

Nesse meio tempo, e com uma pesquisa muito além da exploração espacial, a companhia também agraciou a raça humana com outro presente: iReality.

Se a sociedade moderna vive como vive e sonha como sonha, a culpa é da M.A.S.E.

*

Além do objetivo declarado em relação à hegemonia na exploração espacial — o logotipo estilizado com um foguete decolando na direção do Sol e a base inicial ser formada por cientistas fascinados pelo que existe além da Terra eram indícios claros —, a M.A.S.E. também investia pesado em tecnologias focadas na vida terrestre, desde o desenvolvimento de interfaces do iReality a projetos militares. Muitos projetos militares. Com a recusa inicial de Estados Unidos, China, Rússia e Reino Unido, países como Brasil, Canadá, México e Coreia do Sul começaram a transformar-se em potências bélicas com velocidade assustadora. O Brasil foi o primeiro a receber os primeiros turbojatos e mísseis superatmosféricos capazes de alcançar a Lua, se necessário. Quando Canadá e México aceitaram as invenções da M.A.S.E. e ensanduicharam os Estados Unidos, Washington começou a sentir a pressão por causa de uma corrida.

Um jato F-62D norte-americano desafiou um turbojato Elliptical Combat Carrier-3 mexicano. O percurso: cruzar o Caribe, do México até a Flórida.

Quando o F-62D estava quase chegando ao destino, ele encontrou o ECC-3 chegando na contramão.

O turbojato mexicano já havia cruzado o Atlântico.

A base na Lua foi o tiro de misericórdia, não apenas pela conquista, mas pela oferta de salários e benefícios maiores aos melhores e mais inteligentes da NASA. Patriotismo nenhum manteve o alto escalão preso à estatal e, aos poucos, a M.A.S.E. reuniu as mentes mais brilhantes do mundo e transformou-se num poder paralelo.

Rússia e Reino Unido logo aceitaram as condições. A China, como sempre, ficou de fora.

A entrada dos norte-americanos na dança permitiu outra jogada ousada da M.A.S.E. Ela negociou agressivamente para comprar o extremo sul do *Central Park* — tanto o solo quanto o espaço aéreo acima dele. Era o endereço sonhado para a nova sede mundial da companhia, um prédio rodeado por rampas translúcidas de *plexiglass* e resina branca que se erguia sobre o parque, como se uma nave espacial maior que a sede da ONU tivesse pousado em cima de um ninho e esperasse pela próxima decolagem.

Foi então que as primeiras pessoas começaram a desaparecer e quase ninguém percebeu.

Andrew McNab notou.

✷ ✷ ✷

A teoria de McNab era simples: a corrida armamentista era sedutora demais para o noticiário e o departamento de relações públicas da M.A.S.E. dava conta de abafar o sumiço de engenheiros de alimentos a fotógrafos e, claro, cientistas. As poucas matérias existentes, todas reunidas e anotadas por McNab, apontavam os casos como solucionados pelas autoridades. Porém, muitas famílias não aceitavam veredito como mortes inexplicáveis ou que pais de família, mães atenciosas e avós dedicadas teriam simplesmente abandonado carreiras e entes queridos para desaparecer pelo mundo sem deixar vestígio.

A lista sugeria uma conexão entre nomes desaparecidos e a companhia ao longo de três décadas. McNab falou com os familiares, cutucou quem não devia. Sabia disso.

Becca compreendeu imediatamente. A respiração acelerou, os lábios secaram e as paredes pareciam fechar-se conforme ela mergulhava na angústia do amigo, ameaçado a ponto de livrar-se da pesquisa e, mesmo assim, terminar morto.

Olhou para a porta. Alguém teria rastreado o pacote? Estaria em perigo? A ansiedade desapareceu quando um senso de propósito surgiu dentro dela. Havia recebido um graal amaldiçoado que não trazia a vida eterna, mas aproximava o portador da destruição. Livrar-se da pesquisa poderia salvar a pele dela, mas anularia mais ainda o sacrifício de McNab. Queimar tudo seria fácil. Mas seria certo?

Becca precisaria de mais tempo para entender as implicações contidas nos documentos e as três horas sozinha a bordo do *red-eye* corporativo até o JFK dariam a oportunidade perfeita. Ela decidiu começar pelo nome mais importante: Ciritelli.

Os olhos dela fugiram da papelada por instinto e fixaram-se na prateleira ao lado da porta de entrada. Amparando toda a coleção de Ursulla K. Le Guin, Octavia Buttler e Mary Robinette Kowal em livros físicos originais, um bibelô incompatível destoava do apartamento luxuoso. Era um pequeno globo de neve com base de madeira polida e uma placa dourada com a palavra "FUTURO"; dentro da clausura, um astronauta protegido por um globo menor e, ao redor dele, várias câmeras de televisão. No visor do astronauta, uma projeção da imagem do primeiro encontro de Becca e Erick. Ela nunca conseguiu reunir convicção suficiente para trocar a foto. O namoro podia ter acabado, mas apagar a memória de alguém que se amou tanto era impossível. Terminaram amigavelmente e ele nunca quebrara o pacto. Nunca mais fizera contato. A última lembrança física era o *snowglobe*, uma herança de família passada pela avó e, por fim, presenteada a Becca. "Fique com ele sempre", Erick disse. "Ele me protegeu e foi meu amigo quando mais ninguém queria saber de mim. Ele vai proteger você." Sem jeito, Becca aceitou a oferta e nunca teve coragem de devolver.

"Quem está precisando de proteção é você, Erick. Espero ter tempo de te devolver o presente." As palavras perderam-se pelo apartamento vazio enquanto Becca acelerou o passo.

Ela fez a mala — pequena, apenas com os itens necessários; duas camisas brancas, calcinhas, um terninho azul-marinho, um par de sapatos extra e um tênis, e um soco inglês — e, antes de sair, colocou o *snowglobe* no bolso interno do sobretudo bege. O turbojato corporativo decolava do aeroporto de Santa Mônica e o motorista levaria pelo menos meia-hora para chegar lá. No caminho, Becca só conseguiu pensar na missão e em como tudo poderia dar errado.

Ela tinha um amigo para enterrar, um ex-namorado para salvar e um mistério para resolver.

DESAPARECIDOS

A descida até o aeroporto John F. Kennedy foi pior que uma viagem ao inferno.

Becca desembarcou em Nova Iorque tendo avaliado absolutamente todo o material enviado por Andy. Era cedo para compreender a magnitude do cenário, mas chegou a uma certeza: três pessoas de confiança sabiam que a viagem no tempo era mentira. Ela, Erick e McNab.

McNab estava morto e ela não conseguia falar com Erick.

No táxi até Manhattan, Becca revisitou as matérias feitas na noite anterior sobre a morte de Andrew McNab. Todos os repórteres encontraram espaços em frente ao apartamento dele para repetir basicamente as mesmas informações: corpo encontrado pelo entregador de pizza, porta destrancada, morte sem causa aparente, o pedido da pizza foi feito de forma anônima. Era como se alguém quisesse que McNab fosse encontrado naquele dia. Era um recado. *Pra quem? Pra mim?* Mas Becca também reparou em outra mensagem constante.

Um grupo de menos de dez pessoas segurava placas, mensagens escritas à mão em cartolina e uma faixa. Por mais que os cinegrafistas tentassem isolar o quadro, os manifestantes davam um jeito de invadir a imagem. O protesto visual trazia mensagens como o logotipo da M.A.S.E. coberto com o círculo vermelho cortado ao meio e textos como LIBERDADE AOS DESAPARECIDOS, ONDE ESTÁ O IRMÃO DA BLAKE?, LIBERTEM TODD MANNERS e M.A.S.E. MENTE.

Todd Manners. Esse nome não me é estranho, onde foi que eu ouvi? Becca revirou as fotos e papéis sem sucesso. Quando acionou o iReality para checar o arquivo digital, recebeu uma mensagem de Elena. A mãe de Erick resumiu a discussão e falou que ele não escreveu quando pousou com o turbojato. Estava preocupada. Mesmo com o fim do relacionamento com Erick, as duas mantinham contato de tempos em tempos. Becca perdera a mãe há cinco anos. Elena perdera contato com o filho muito antes disso. Uma lavava a mão da outra e, do jeito delas, encontravam um nível de paz e afeto. E Elena dava ótimas dicas para alternar o menu da Estação Espacial. Embora o *puchero* sempre fizesse sucesso, o último *hit* da dupla havia sido um frango temperado com ervas e coberto com queijo derretido.

Becca deixou de lado a busca por Todd Manners para retomar o foco em Erick. Foi fácil encontrar várias gravações da noite anterior mostrando o turbojato da M.A.S.E. em São Paulo e Erick embarcando poucos minutos antes da decolagem. Ela tentou uma nova ligação, mas os contatos dele no iReality haviam sumido. Tentou o telefone no laboratório de Manhattan, mas ele estava listado como inexistente. Inspecionou a imagem e anotou o número de matrícula — disso a empresa não conseguiu escapar — MSE 1950-204. Privada ou não, a M.A.S.E. não era dona do espaço aéreo e precisava registrar todas as aeronaves. Becca pediu informações e aquele turbojato estava listado como "em manutenção" há quatro meses, logo, sem nenhum registro de plano de voo ou pouso em Manhattan.

O xingamento de Becca foi alto, mal-educado e cheio de ódio. Ela já suspeitava que Erick havia seguido para uma armadilha, mas a verdade era muito pior.

O turbojato nunca pousou no quartel-general da M.A.S.E. em Nova Iorque.

Erick Ciritelli havia desaparecido.

✳ ✳ ✳

A morte de McNab só podia ser uma mensagem direta para quem compartilhasse o conhecimento dele. Só podia ser um alerta, uma ameaça. Becca não parava de pensar nos desdobramentos conforme investigava a cena do crime. Subornar o porteiro da manhã e pedir para ele distrair os policiais foi fácil, usar a chave reserva para abrir a porta de serviço também. Difícil foi encontrar algo no computador de Andy. Bem, na verdade, era impossível, pois o computador de última geração ali no escritório aparentemente intocado não era dele. Assim como os livros, as roupas no *closet*, as toalhas espalhadas pela casa e todo o resto. Conforme percorria os dois cômodos em busca de mais alguma pista, Becca compreendia que o único item autêntico na cena do crime era o corpo do amigo, todo o resto havia sido removido e substituído.

Entretanto, quem não conhecesse McNab nunca notaria as mudanças, especialmente policiais e investigadores.

Ao longo dos anos, Becca visitara aquele apartamento e a única coisa que mudava era o conteúdo da geladeira, o sabor da pizza e a quantidade de papéis empilhados. Se McNab relutava para jogar um apoio de copos fora, as possibilidades de livrar-se do computador decano e dos quadros favoritos era praticamente nula. Logo, Becca desistiu de perder tempo e seguiu direto para a parede do quarto principal. Acima da cama, onde deveria haver um Banksy original, havia uma réplica do autorretrato de Van Gogh. Ela retirou o quadro e tateou a parede até encontrar o botão secreto. Apertou, revelando um compartimento escondido. Se McNab tivesse deixado mais alguma pista, ela estaria lá dentro. Porém, o espaço do tamanho de um tijolo vertical continha apenas um bilhete com a palavra escrita com a letra de Andrew McNab: CORRA!

Ela ainda ergueu os olhos a tempo de ver o *flash* disparar e uma câmera colocada no fundo do compartimento tirar uma foto dela.

Rebecca Stone não tinha mais dúvidas, estava na mira de alguém e esse alguém queria que ela soubesse disso.

* * *

A gente só compreende o significado real de estar em perigo quando o cronômetro da bomba começa a contagem regressiva, quando alguém mata a pessoa ao seu lado e aponta arma para a sua testa, ou quando o vilão deixa claro que pode matar, ferir ou atingir você, ou quem você ama, a qualquer momento. O *flash* fotográfico fora tão desnecessário quanto deliberado. O assassino de McNab conhecia a identidade de Becca e, ao manifestar-se, deixou claro que a vida dela estava em risco.

Becca teve medo uma vez. Mr. Bones era o siamês da família na casa da infância dela, uma estrutura remanescente do *Arts & Crafts Movement*, tão típica da Califórnia quanto atores eleitos a cargos públicos. Mr. Bones adorava caminhar pelo telhado de placas escuras que se inclinava até encontrar a estrutura triangular sobre a porta de entrada. A construção frontal era apoiada por duas colunas de madeira maciça e cada uma delas estava escorada sobre uma coluna de cimento, com o exterior revestido por uma camada de pedras colocadas à mão. Mr. Bones não ligava para as linhas artesanais da casa, nem para a ótima junção entre o clássico e a tecnologia moderna tanto na alvenaria quanto na segurança do lugar. Mr. Bones queria subir e descer do telhado e estapear, ou mordiscar, qualquer coisa nova ou fora do lugar.

Becca brincava na varanda quando Mr. Bones soltou uma telha, revelou um fio descascado e mordeu. A intromissão sobrecarregou parte da iluminação e tudo resultou numa explosão que arremessou o gato chamuscado até a calçada e deixou a menina desesperada. Becca correu até Mr. Bones, gritando pelo nome dele e tentando reanimá-lo. Aos oito anos de idade, criança nenhuma pensa em procedimentos de segurança, sabe fazer respiração artificial ou massagem cardíaca. Então, tudo que a pequena pôde fazer foi berrar na direção do gato, ordenando que Mr. Bones acordasse, que ficasse bem, que o amava muito. As lágrimas logo seguiram os gritos e então, sem ela perceber, Bobby Miller Jr. — o filho mais velho dos vizinhos — apareceu com um balde d'água e despejou tudo sobre o gato. Por milagre, o bichano escapou do afogamento e recobrou a consciência.

Por anos, Becca odiou Bobby Miller Jr., a casa sem telas, o telhado da casa e tudo que contribuiu para o susto. Mas naqueles minutos cruciais entre a vida e a morte, a menina quebrou a primeira barreira da infância, compreendeu a fragilidade dos seres vivos e temeu perder aqueles que amava. Vovô Joe morreu dois anos depois e a lição estava completa.

Mas uma coisa é aceitar a morte como consequência da vida ou acidente de percurso, encarar como um ato premeditado é completamente diferente. Qualquer ação de Becca teria pouca, ou nenhuma, interferência no acidente de Mr. Bones, na morte do vovô Joe, ou mesmo no assassinato de Andrew McNab, porém, daquele momento em diante, as escolhas dela teriam peso diferente.

A própria vida ganhara novo significado a partir daquele momento. Virar à direita ou à esquerda. Com quem falaria ou deixaria de falar. Quem cruzaria o caminho dela na rua. Quem desse sorte, ou azar, de testemunhar qualquer vestígio dos documentos daquela caixa. Tudo poderia ser interpretado de forma errada, todos poderiam ser ameaças, cada decisão poderia resultar em novas mortes e só aumentaria a tragédia.

A ideia de viver com um peso tão grande desceu atravessada pela garganta de Becca. Se alguém fez questão de deixá-la preocupada, esse alguém compreendia a mente humana e o significado de uma ameaça. Perguntou-se se Andrew havia recebido um ultimato semelhante, resolvido arriscar e pagado com a vida. Faria sentido. Ele carregou o fardo até onde conseguiu, e agora

DESAPARECIDOS

havia passado o bastão. Becca riu quando murmurou uma citação para si. "A lógica diz que a necessidade de muitos se sobrepõe à necessidade de poucos. Ou de um só." Tanto McNab quanto Erick concordariam com ela e com Spock.

Mas o que é a vida sem o peso das próprias ações?

Deixar a pressão de um matador — o terror de uma ameaça — eliminar a maioria das escolhas certas seria abandonar não apenas a liberdade, mas a vida em si. Quem evita, sobrevive. E sobreviver não existia no vocabulário de Rebecca Stone. Sorte era uma ferramenta de gente menos preparada, e o medo não só mata a alma, mas cerceia qualquer chance de evoluir. Ela ainda tinha muito a viver, sentir, pensar, fazer.

Em cinco anos, Becca nunca perdera uma janela de lançamento, nunca deixara a tripulação da Estação Espacial Internacional sequer ponderar a falta de suprimentos, nunca sacrificara uma vida. Em cinco anos, Becca foi uma guardiã da vida, e ameaça nenhuma naquele mundo a faria trair sua maior convicção.

O choque entre medo e desafio cresceu dentro de Becca como um deserto em expansão. O calor da areia e o sol escaldante castigavam cada ideia, retirando tudo que não era essencial, deixando as verdades expostas sob o céu sem nuvens. Sem nutrientes ou ajuda, elas agonizavam até apenas uma sobreviver.

A verdade.

A verdade era Becca e Becca era a verdade.

O núcleo de uma vida inteira, sobrevivendo à maior das provações e renascendo como uma cria do conflito. Sem medo. Sem desafio. Apenas a certeza.

Becca olhou para a câmera e sorriu. "Ninguém mais vai morrer. Não enquanto eu estiver no comando. E se me quiser, é só vir me buscar."

*

Às vezes, é preciso tomar cuidado com o que se deseja.

DESAPARECIDOS

PARTE

CAMPER

Blake Manners estava começando uma partida de Camper, o jogo de tiro em primeira pessoa mais popular do mundo — disponibilizado gratuitamente a qualquer usuário do iReality —, quando Becca a encontrou. Ela aproveitou o combate para decidir o que dizer e como dizer. Afinal, não se aborda a maior celebridade do iReality de supetão sem arriscar ser bloqueada ou atrair a ira da jogadora, e Becca precisava fazer contato. De qualquer maneira.

Camper era disputado em duas rodadas de três minutos cada uma. Exceto pelas armas — sempre adequadas ao ambiente escolhido — e o visual dos jogadores, todo o resto era aleatório. O sistema selecionava cenários baseados na geolocalização do jogador ou em locais inspirados em espaços reais ou fictícios. O jogador da defesa tinha um minuto e meio para esconder-se. Após um alarme sonoro e visual e a contagem de 15 segundos, o jogador do ataque tinha o mesmo minuto e meio para localizar o adversário e apenas um tiro para abatê-lo. Errar era fatal.

A partida era decidida em melhor de três. Simples, direto e aterrorizante.

A imersão era tamanha que, três anos depois do lançamento, um jogador morreu de um ataque cardíaco. Com isso, Camper ganhou mais uma alcunha. Além de ser considerado o jogo mais difícil da história, agora era o mais perigoso. A fama só aumentou o interesse pela marca e, claro, pelo prêmio de sete milhões de dólares ainda intacto desde a estreia. Quem conseguisse 200 vitórias seguidas, levaria a bolada para casa. Até agora, o recorde era de 163 vitórias.

E Blake aproximava-se cada vez mais, mantendo a impressionante marca de 149 partidas invicta. Mas ela não jogava pelo dinheiro, ela não precisava. Os canais, patrocínios, programas e transmissões praticamente ininterruptas da vida de Blake rendiam milhões todo mês. Ela jogava para ter ainda mais evidência, pois Blake era uma celebridade com uma causa apoiada por seguidores e espectadores e ridicularizada pela mídia.

Blake era a maior inimiga da M.A.S.E. De acordo com a mulher convicta e carismática de 32 anos, seu irmão havia sido sequestrado pela companhia menos de uma década atrás.

Quando Becca descobriu isso, ela tornou-se a principal aliada em potencial.

*

Becca assistiu conforme o avatar de Blake — uma guerreira élfica com cabelo laranja, olhos de rubi e uma armadura de Cavaleiro do Zodíaco de Virgem — materializou-se num deserto alienígena, com a gravidade bem menor que a terrestre. Blake selecionou a arma disponibilizada pelo sistema — um rifle de raios — e avaliou os arredores por um momento. Abaixar-se e usar a areia como proteção seria o jeito mais fácil de esconder-se, e também o mais garantido de perder a partida. Blake ativou a arma, começou a atirar em círculos ao redor da posição. A poeira subia, mas não baixava por conta da gravidade, e ela sabia o que fazer.

Menos de um minuto mais tarde, quando o adversário apareceu, ele encontrou inúmeras nuvens de poeira por todo o campo de visão. Ele acionou as lentes de magnificação do rifle de raios e começou a vasculhar cada uma das perturbações no terreno enquanto a contagem regressiva avançava inexoravelmente. Numa delas, pensou ter visto um traço de tecido. Anotou qual era para referência futura e continuou a busca. Como não encontrou mais nada, segundos antes da contagem zerar, retornou ao único traço, mirou e atirou.

ERRO.

A mensagem tomou a tela em vermelho e as câmeras voltaram a focar no avatar de Blake, agora nu e deitado em meio à perturbação mais distante, mirando na cabeça do adversário e disparando uma rajada contínua de raios vermelhos. Um ponto para Blake.

Na rodada seguinte, Blake era a atacante. Ela apareceu de frente a um prédio com centenas de janelas numa cidade pós-apocalíptica. A arma disponível era uma bazuca. Atirar contra uma das janelas seria suficiente para explodir um bom grupo de posições adjacentes, mas as chances de erro continuariam grandes. Ela vasculhou os arredores e, sem usar a magnificação da mira, encontrou um prédio onde poderia esconder-se. Procurou por sinais de movimento, roupas ou mesmo do cano da arma do adversário e viu algo promissor no canto direito — um pequeno reflexo. Algo que ela mesma teria feito. Uma armadilha para atrair o disparo enquanto ela se esconderia longe da área de impacto, mas, ainda assim, na mesma região. Blake usou a mira para inspecionar a parte de baixo do prédio e viu alguns carros estacionados. Encontrou o caminhão-tanque abaixo do lado direito do prédio. Ela riu para as câmeras.

Blake disparou a bazuca contra o caminhão e já começou a fazer a dancinha da vitória mesmo antes do lado direito do prédio começar a desabar, como numa implosão. Instantes depois, quando o adversário foi esmagado pela queda de tudo ao redor dele, o sistema mostrou outra mensagem na tela.

ACERTO.

BLAKE MANNERS VENCE.

NOVO RECORDE PESSOAL: 150 VITÓRIAS CONSECUTIVAS.

Camper ainda permite uma breve mensagem antes do jogo sair do ar e Blake Manners sempre aproveitava para repetir um dos *slogans* de campanha. Daquela vez, ela gritou: "Libertem Todd."

Foi a deixa para Becca enviar a mensagem dela.

"Sei onde Todd está. Encontre comigo na 770 Riverside Dr, Nova Iorque. Amanhã, às 10h. Sem transmissão."

*

O nome de Todd Manners estava listado nos documentos enviados por McNab e Becca demorou para vincular o nome à celebridade maluca que vivia atacando a M.A.S.E., mesmo quando ela ainda trabalhava lá dentro. Sem acesso a nenhum contato dentro da empresa por conta do Protocolo

Daedalus, Becca pesquisou por conta própria quem mais tinha problemas com a dona da viagem no tempo e, na primeira busca por eventuais aliados, o nome de Blake Manners apareceu em letras garrafais.

Ela precisaria dos recursos e da vontade de Blake para enfrentar o assassino de McNab, mas, antes disso, precisava resolver um problema muito maior: como contaria para Blake que o irmão dela estava morto?

ZELOTE

Peter Stanton reagiu à fama instantânea como todo pavão enrustido agiria: com orgulho exacerbado e falsa modéstia. Mais presente na mídia que o próprio viajante no tempo — devidamente *isolado* para estudos e entrevistas internas —, Stanton transformou-se no rosto público da M.A.S.E. ao falar com propriedade sobre todas as grandes realizações da empresa e também sobre os próximos passos. Em entrevista ao *The New York Times*, falou sobre a colonização sistemática do sistema solar ainda naquele século. À revista *Time*, prometeu um futuro melhor à Humanidade graças às descobertas do viajante no tempo, e também lamentou a morte de Andrew McNab, "um crítico, sim, mas profissional íntegro e de respeito". Num *talk show* da GNN, Stanton brilhou com a habilidade de alguém preparado para os holofotes, distribuindo sorrisos, frases de efeito e "deixando o melhor da ciência acessível ao cidadão comum", como um âncora decretou. E até brincou com as sugestões de que ele seria o próximo superastro do iReality. "Olha, mesmo que a M.A.S.E. permitisse o uso do sistema aberto, veja só, nós temos nosso próprio serviço fechado, só para funcionários e colaboradores, eu acho que se a M.A.S.E. precisasse de uma celebridade influente nas esferas de consumo do iReality, ela contrataria alguém mais charmoso do que eu. Minhas responsabilidades recaem em outras áreas de expertise."

Dentro da sede no Central Park, Stanton também atraía olhares. Além de ser o único com permissão para deixar o prédio e visitar a família — diferente de todo mundo lá dentro —, Stanton havia assumido muita coisa nova do dia para a noite. A começar pela troca de papel de executivo do alto escalão para dono do projeto *Longshot*. A outra foi o próprio título de cientista, pois, a despeito do diploma universitário, Stanton nunca havia, de fato, exercido nenhuma atividade de pesquisa até então.

Quando olhares atravessados e conversas paralelas começaram a render transferências e reuniões sigilosas que terminavam em lágrimas ou gente muda, as dúvidas acabaram. Se executivos sabiam fazer uma coisa era deixar claro as responsabilidades e cargos deles e as obrigações de todo mundo abaixo daquela faixa salarial. Recado passado, a rotina voltou ao normal ainda na primeira semana e, quando o Protocolo Daedalus finalmente foi suspenso, duas semanas depois do anúncio da viagem no tempo, foi ele — o cientista divertido, o amigo de todos os âncoras de *talk show* e telejornais, "o homem da viagem do tempo" — quem emergiu da nave espacial da M.A.S.E. com um documento em mãos.

Era hora de revelar a primeira descoberta do futuro.

Assim como na oportunidade anterior, Stanton tomou o pódio com o logotipo da M.A.S.E. e falou ao mundo, mas, como já se esperavam notícias, não foi necessária uma nova transmissão global. As pessoas foram informadas e conectaram-se ao evento ao vivo por vontade própria. Quem não gostaria de saber o que o futuro nos reservava?

Mercados financeiros pararam. Empresas aguardavam ansiosas e, por precaução, forças militares entraram em alerta em diversos países. Pessoas aguardaram, ignorando tanto as paradas de mercados e o alerta dos militares. Curiosidade e perigo dividiram espaço como nunca antes.

Stanton pigarreou e testou o microfone colocado à frente dele, sorriu e, palavra por palavra, começou a demolir os primeiros alicerces da sociedade moderna.

*

— A fome vai acabar em cinco anos. Para sempre. No futuro, todos terão o que comer, com ou sem condições financeiras.

Quase ninguém prestou atenção no resto da mensagem, no fato de que, por conta da viagem no tempo, aquele momento havia influenciado toda a linha temporal da Humanidade — claro, acadêmicos passariam os próximos 50 anos discutindo qual dos dois fatos aconteceu primeiro — e de que várias unidades militares trocaram o *status* de "em alerta" para "ativo" em locais distantes do globo.

A proposta completa seria lida mais tarde na ONU, mas o resumo do plano lido por Stanton previa o término imediato de vários conflitos armados, apropriação de vastas terras férteis e de uma cooperação sem igual entre os povos da Terra. Ele só esqueceu de perguntar se os povos da Terra tinham interesse no bem maior do dia para a noite.

Por outro lado, a população festejou como sempre festejara ao receber o pão, literal e figurativo. Na pressa, muita gente encarou o fim da fome como o fim, ou uma bela redução, no trabalho, afinal, não morrer de fome era sempre um dos objetivos do trabalhador. E a celebração ficou mais ardente ainda. Como não gostar da viagem no tempo? Como não ficar feliz com a M.A.S.E.? Mas o recado não acabava aí.

— E embora nossas descobertas devam ser milimetricamente avaliadas e divulgadas quando tivermos certeza de que ninguém será prejudicado, tomamos a liberdade de procurar mais informações que pudessem ajudar as pessoas. Por causa disso, turbojatos da M.A.S.E. estão, nesse instante, impedindo a decolagem de um Boeing 797-800R no aeroporto JFK. De acordo com observações *in loco* — ou seria *in tempus*? — do nosso viajante do futuro, essa aeronave estaria fadada a um acidente fatal que ceifaria a vida de todos os 366 passageiros, incluindo sete crianças e oito membros das Forças Armadas dos Estados Unidos. Como comuniquei anteriormente, nossa escolha é ajudar. *Acta non verba ad meliora*. Obrigado.

Tão logo encerrou a mensagem, Stanton deixou o púlpito, entrou no turbojato estacionado ao lado da entrada do edifício e seguiu para a sede da Organização das Nações Unidas.

*

Sozinho no escritório na noite do primeiro anúncio, Stanton finalmente tirou o terno cortado com perfeição para deixá-lo sempre acessível e simpático, afrouxou a gravata grafite escolhida pelos grupos de opinião reunidos pelo *marketing* da M.A.S.E. e tomou um gole de uísque escocês. E não era qualquer uísque, era Glendronach Revival. Stanton deixou o líquido caramelo descer pela garganta, dando espaço para o gosto do chocolate e das cerejas misturarem-se às notas de cedro, ambição e mel. Com um comando na interface do iReality corporativo, uma porta secreta abriu-se na parede e revelou um apartamento completo.

A inveja dos colegas de trabalho era descabida. Stanton não aproveitou as saídas durante o *Daedalus* para dar escapulidas e visitar a família, ou a amante mítica nascida nos corredores transparentes do edifício-sede. A vida toda dele estava ali dentro. Stanton era o mais devoto de todos os funcionários, era casado com a carreira, e faria o necessário para cumprir a missão incumbida a ele naquele projeto. Gostava da atenção, claro. Mas era parte do trabalho, assim como fora permanecer anos no anonimato.

Pesquisando.

Planejando.

Concretizando.

Stanton atravessou a nova porta. O apartamento era funcional e altamente tecnológico, como se um aspirador de pó avesso a qualquer coisa inútil e ultrapassada tivesse passado por ali e devorado tudo o que diferisse de seus gostos. Quadros eram digitais, as mesas sensíveis ao toque, cadeiras existiam para adequar-se ao conforto — no ângulo certo e com direito a massagens localizadas — do único morador, que tinha uma queda por paredes claras e móveis de bordo. Tudo combinava, tudo tinha propósito.

Então Stanton passou pela vasta janela com vista majestosa para todo o Central Park. Começou a tirar a camisa em frente ao espelho e revelou um corpo forte, mas sem excessos. Assim como tudo à volta dele, mantinha a força necessária. Estar sempre pronto, de corpo e mente, era necessário. Encarou o reflexo e, uma vez mais, contemplou as cicatrizes, a carne esponjosa na pele caramelada, eternos lembretes das chamas e da radiação. Elas só não o mataram na infância por causa de medicamentos e procedimentos reservados apenas à alta cúpula da M.A.S.E. e, em casos catastróficos como a explosão no Havaí, aplicados em sigilo em populações reduzidas. Ele devia a vida à empresa e retribuía na mesma moeda. Fitou os olhos por alguns instantes e aceitou o sorriso sincero de quem acreditava na missão e ficaria contente em ajudar as famílias dos outros. A qualquer custo.

E não havia nada de errado em ficar famoso. *Vivamus, moriendum est.*

∗

Dias depois, o Boeing 797-800R teve os motores ligados e mantidos ativos para simular o tempo de voo de Nova Iorque até o Rio de Janeiro. Com duas horas e quarenta e um minutos de funcionamento, a turbina principal no lado direito perdeu estabilidade e chacoalhou até se desfazer e explodir.

Se estivesse em vôo, os pedaços da aeronave e dos passageiros teriam sido espalhados sobre uma grande porção do interior do Ceará.

Agora, oficialmente, a M.A.S.E. havia entrado no negócio de salvar vidas e Peter Stanton era o novo Jesus Cristo. Ele trazia a palavra. Ele era a diferença entre a vida e a morte. Dali para a frente, o mundo queria saber como ele transformaria pedras em comida.

Ele fingia não saber com precisão, mas a fé de que seria possível, e de que ele era o único guardião dos segredos, seria suficiente para qualquer um fora daquele apartamento. O objetivo ainda estava distante e ele jogava uma partida decisiva contra o silêncio.

Stanton só ficaria satisfeito quando amarrasse as últimas pontas soltas e apenas uma voz fosse ouvida sem questionamento em qualquer idioma.

BEM MAIOR

Blake Manners nunca apareceu no ponto de encontro.

Becca cuidou do enterro de Andrew McNab como quem cuidaria da própria despedida, disse o último adeus ao amigo e precisou aceitar a realidade. Estava sozinha.

Para piorar, as pesquisas, acessos e recursos de Becca ficavam mais escassos a cada dia. Praticamente todas as imagens do embarque de Erick havia sumido do iReality, assim como resultados de pesquisa de nomes ligados aos documentos comprometedores. Becca parecia ter desenvolvido um toque de Midas reverso. Tudo que ela tocava desaparecia minutos depois.

Salvou o que pôde e decidiu adotar uma postura mais agressiva.

No dia seguinte ao anúncio do fim da fome, Rebecca Stone identificou-se na portaria da sede da M.A.S.E. e aguardou no *hall* de entrada. Becca desistiu de investigar, de beliscar as bordas do problema, de tentar achar alguma falha para explorar e foi direto para o olho do furacão. Não sabia ao certo o que esperar do encontro com Stanton, nem se encontraria pistas sobre o paradeiro de Erick, mas de uma coisa não tinha dúvida: Stanton a deixaria entrar.

Quarenta minutos depois, um secretário foi até ela e levou-a até uma sala de reuniões no 37º andar. Lá dentro, Peter Stanton a aguardava.

— Senhorita Stone, bem-vinda.

— Para de frescura, Pete.

— Pensei que estivesse aqui a negócios, Rebecca.

Ela deu um sorriso irônico.

— Então está tudo bem com a estação espacial, imagino?

— Sim, Pete. Tudo perfeitamente sob controle e os próximos três lançamentos de suprimentos estão progredindo como esperado. Você sabe disso, está no seu relatório.

— Sim, sim. Mas é sempre um prazer receber notícias em pessoa. Especialmente vindas de você, Rebecca. Se não veio tratar de negócios, como posso ser útil?

— Que palhaçada é essa de viagem no tempo?

— Como assim?

— Não tenta me enrolar, Pete. Eu sei que vocês não estavam nem perto de ter um protótipo, muito menos de realizar a viagem.

O sorriso condescendente de Stanton cortou o ar e a calma de Becca como se ela tivesse levado um tapa na cara. Ele sempre fazia isso, ela sempre odiou. Sempre em pessoa, longe de câmeras ou outros funcionários. Era o jeito de Stanton relembrar ao interlocutor que ele dava as cartas, jogava e decidia quem ganhava — tudo sozinho.

— E? — Becca insistiu, cruzando os braços e erguendo as sobrancelhas.

— Rebecca, você sabe que não é da minha índole discutir projetos internos da companhia com fornecedores externos. Política da empresa, sabe como é. Mas você pode imaginar como algumas descobertas novas ou avanços repentinos mudam rumos de alguns projetos. Muita coisa mudou desde a sua saída.

— É, agora a M.A.S.E. mente sobre o destino do planeta.

Stanton deu de ombros.

— Ninguém está mentindo, Rebecca. A senhorita atravessou o país para alimentar teorias da conspiração? A maioria das pessoas prefere fazer isso pelo iReality. É um negócio bem rentável de acordo com nossos relatórios de resultados, aliás.

Becca interrompeu, sem paciência, sem vontade de continuar aturando a defesa corporativa de Stanton.

— Andy morreu.

— Eu sei. Uma perda insubstituível, sem sombra de dúvidas. Cursamos a faculdade juntos, sabia? Ele não gostava muito de mim... nem da M.A.S.E... bem, ele não gostava muito de ninguém, mas eu respeitava o trabalho dele. Infelizmente, eu estava ocupado no dia do enterro.

— Ele foi assassinado.

— E tenho certeza de que os homens e mulheres do departamento de polícia farão o possível para identificar os culpados e levá-los à justiça. Apesar dos nossos esforços para deixar o mundo mais seguro, o crime insiste em continuar. Uma lástima.

— E você não sabe nada a respeito?

— *Qui totum vult totum perdit.*

— Para de frescura. E nem vem com respostas de coletiva de imprensa. Eu não sou uma repórter bisbilhoteira qualquer, Pete. Tenha o mínimo de consideração, credo.

— Ah, mas eu tenho. Justamente por isso você está aqui na minha frente agora. E por que eu saberia de algo sobre um crime? Não sei se você se lembra, mas no dia que seu amigo morreu, estávamos muito ocupados aqui mudando os rumos da história. Foi um projeto muito laborioso e o anúncio exigiu toda a minha atenção. Aliás, meu tempo está acabando. Pode dizer o que realmente veio aqui dizer ou quer continuar me perguntando coisas circunstanciais?

Becca bufou, então fechou os olhos e respirou fundo.

— Onde está o Erick?

— Quem?

— Vai se foder, Pete.

— Charmosa como sempre.

— Cadê ele?

— Não posso discutir informações sobre funcioná...

— O que você fez com o Erick, seu idiota? — O tapão na mesa surpreendeu os dois, mas Becca não se arrependeu. — Os pais dele não sabem onde ele está, a quarentena dos funcionários terminou e ele sumiu do mapa. E se não sabe quem é ele, é o cara de quem você roubou o projeto e contou pro mundo. Então, Pete, vou perguntar mais uma vez. O que você fez com ele?

— Eu não fiz nada, Rebecca. Eu não sei o que acontece com todos os funcionários da companhia, me poupe. Não fique imaginando coisas só porque seu namoradinho...

— Ex-namorado.

— *Okay, okay*. Só porque seu ex-namorado não atende o telefone. Não tenho como te ajudar. Ele estava de férias, deve ter continuado de férias, não tenho o hábito de interromper o descanso de funcionários tão fundamentais e eficientes quanto o senhor Ciritelli.

— Você não quer me ajudar.

— Também não. Você vem aqui, inventa histórias sem cabimento e acha o que, que vou te dar acesso a tudo que fazemos aqui?

— Eu só quero saber onde o Erick foi parar. Ele entrou num turbojato da M.A.S.E. e sumiu. Eu tenho provas.

— Provas?

Becca acionou o console dela e acessou um arquivo, então jogou a imagem para a mesa de Stanton. Ele observou com cuidado.

— E o que esse monte de estática quer dizer?

A imagem lembrava vagamente um turbojato, com um chuvisco estático crescendo a cada minuto até tomar toda a tela. Tanto Erick quanto o transporte e o número de identificação desapareceram perante os olhos dos dois.

— Acho que seu sistema está com algum problema. Melhor mandar para a manutenção, senhorita Stone.

— Filho da puta. Filho de uma grande puta. Você fez isso.

— Acho que terminamos por aqui, senhorita Stone. Obrigado pela visita.

— Palhaçada, Pete. Eu não vou deixar barato.

— Nós só estamos aqui para servir ao bem maior, senhorita Stone. Não recomendo tentar nos ver como inimigos, você já trabalhou conosco e sabe que estamos do lado certo. Sempre estivemos, sempre estaremos.

— Não quando você começa a sumir com pessoas e me perseguir.

— Posso recomendar um médico, Rebecca? Não faço ideia do que você está dizendo agora. Bom, é hora de ir. Tenho uma viagem estratégica agora e não posso me atrasar. Tenha um bom dia.

Stanton levantou-se e sinalizou na direção da porta. O mesmo secretário entrou e pediu para Becca acompanhá-lo. Ela saiu bufando e batendo o pé, tentando organizar o próximo passo.

MENINOS E LOBOS

Desorientação costumava afetar três tipos de profissionais: astronautas, pilotos de avião e mergulhadores. Erick Ciritelli deve ter sido o primeiro cientista a despertar com a impressão de estar enclausurado e acorrentado num caixão, despencando cada vez mais rápido pelo ar em direção ao fundo do oceano de um planeta alienígena. Sim, era um cenário improvável e contraditório, mas o mesmo valia para o que ele testemunhou quando a visão finalmente entrou em foco e trocou os borrões turvos das últimas três horas pela nitidez habitual.

Era hora de começar o jogo dos sete erros e descobrir quais dos palpites estavam certos.

O primeiro, e maior, mereceria o gongo irritante de erro em um *reality show*. Não estava num hospital. As luzes, paredes brancas e janelas portentosas, mas pintadas com tinta branca pelo lado de dentro, faziam parte de algo muito mais conhecido e improvável. Erick estava dentro de um laboratório.

Bem, estava dentro do laboratório dele. Ou uma versão bem parecida.

Também não estava acorrentado. Conseguira a façanha de enrolar-se tanto com o lençol da única cama no ambiente que parecia estar preso a ela. Sem ânimo para tentar libertar-se, ou certeza de estar totalmente apto a fazer qualquer coisa além de sentir dor de cabeça, manteve-se deitado e procurou descansar.

Acreditou ter acertado duas coisas: não estava em Nova Iorque e ainda vestia as mesmas roupas da viagem.

Logo descartou o turbilhão de perguntas circunstanciais — a maioria delas alucinantes — envolvendo queda do turbojato, ataque terrorista, abdução e/ou invasão alienígena, clonagem e ser o astro num *remake* realístico de *Os 12 Macacos*. Erick apalpou os membros, olhou para as roupas, os sapatos, tocou o cabelo e, por fim, conferiu a virilha. Tudo no lugar, tudo intacto. Bufou em alívio.

A cabeça ainda doía com os últimos sintomas da droga que recebera, embora não tivesse certeza sobre qual anestésico seria. Apostaria numa combinação de Lorazepam com Thiamylal, mas poderia ser alguma coisa nova criada pela M.A.S.E.

Ah, nunca duvidou de quem era a culpa.

O laboratório era a maior prova. Nem 20 pessoas no mundo todo tinham acesso ao laboratório dele em Nova Iorque — e nenhuma delas estava ali — e apenas uma companhia poderia replicá-lo com perfeição. Quando encontrou a sua mesa de trabalho, com todos os *action figures*, estátuas, um relógio analógico e cadernos de anotações, como os deixou dois dias antes — *ou algo assim* —, aceitou a realidade. Embora não fizesse ideia do que isso significasse. O porta-retratos entregue pela mãe também estava ali.

Olhou tudo mais uma vez antes de sair da cama. Soltou-se dos lençóis. Esticou-se todo e deu cinco passos até uma mesa com duas bandejas de prata, como aquelas de filmes, com tampas abobadadas de metal, aguardando por ele. Aproveitou a sensação do vapor e o cheiro de comida quente, virou a mesa na direção da única porta, sentou e preparou-se para comer o filé de *ribeye* com arroz caipira, purê de batatas e pudim de leite — o prato preferido — enquanto esperava.

Se ainda pudesse confiar na intuição, era questão de tempo até alguém abrir aquela porta.

*

Eram duas e quarenta e sete quando Erick acordou na réplica do laboratório.

O visitante só chegou na manhã do dia seguinte.

Entretanto, os computadores, experimentos de protótipos e bancos de dados começaram a funcionar meia hora antes. Perplexo e curioso, Erick inspecionou as informações e tudo parecia em ordem, como se uma equipe fantasma tivesse assumido o controle da pesquisa e alimentasse todo o aparato científico ao redor dele. *Eu, hein.*

Ele observava um dos medidores ópticos quando ouviu um chiado de ar e a porta abriu atrás dele.

— Oi, Peter. — Erick falou sem olhar, aproveitando os últimos resquícios de sono para mascarar qualquer nota de surpresa. Ou agressividade.

Stanton tentou o mesmo truque, embora com mais lentidão.

— Bom dia, Erick.

Erick embarcara no turbojato para ter aquela conversa e ficou feliz por acontecer logo. Antecipava poder ficar semanas aguardando algum tipo de contato. Mas, no fundo, sabia: o plano dele acabava ali. Claramente, Stanton tinha muita coisa em mente ou não teria se dado ao trabalho de construir uma réplica do laboratório. Por mais impressionante que fosse, Erick não poderia esquecer-se do mais importante.

Havia sido traído por Peter Stanton.

E não planejava perdoá-lo. Jamais.

✳ ✳ ✳

— Estou impressionado com seu potencial, Sr. Ciritelli.

Essas foram as primeiras palavras de Peter Stanton para o estagiário na filial de apoio da M.A.S.E., no Queens. Uma mesa branca da IKEA, com um *laptop* e uma ficha impressa com os dados de Erick, separava os dois. A M.A.S.E. assimilou uma prática dos treinadores de tiro com arco da Coreia do Sul, que ainda faziam os iniciantes treinarem com pedaços de cano por meses antes de encostar num arco de verdade. Antes de jogar toda a tecnologia da companhia sobre os novos recrutas e talentos, a empresa fazia com que trabalhassem com a quantidade mínima de recursos, aprendessem a maximizar o que estava disponível e evitassem o desperdício — de tempo e dinheiro.

— Tenho um projeto que pode ser do seu interesse, mas o senhor teria que se mudar para nossas instalações na sede, dedicar-se exclusivamente a ele e, durante todo o tempo, trabalhar sob a minha orientação. Alguma objeção?

— Nenhuma. Será um prazer, Sr. Stanton. — Erick hesitou por um momento, coçou o queixo e continuou. — Posso perguntar qual projeto?

Stanton fixou os olhos profundos em Erick, como se procurasse alguma falha de caráter revelada no último minuto, ou alguma fagulha capaz de incendiar o mundo. Quando encontrou o que procurava, sorriu.

— O único que importa.

* * *

Erick acreditou em cada palavra, promessa e ideia sobre a viagem no tempo. Stanton apresentou-se como o homem capaz de quebrar a monotonia do mundo, de redefinir os rumos, de corrigir os erros do passado. Ele falava tudo que Erick gostaria de ouvir e ver acontecer, sorria como um amigo e combatia toda e qualquer concorrência — externa ou interna — como um guerreiro incansável. Como não seguir um ídolo desses?

Ao preço da própria alienação dentro da M.A.S.E., Erick seguiu em direção à confiança cega. Ignorou decisões nocivas, fez vista grossa para transferências súbitas e bateu palmas para ataques verbais aos concorrentes, aos detratores, bem, a qualquer um contrário ao caminho imutável determinado por Stanton. Sem perceber, Erick trocou os sonhos do futuro pelo estilo retrógrado e uma mentalidade engessada.

Conhecer Rebecca quebrou o feitiço.

Mas a ciência era confiável, verificável e, mesmo com o punho de ferro de Stanton, estava certa. Todos os avanços conquistados durante os primeiros anos foram importantes; a fundação para tudo que viria depois.

Nada justificava os métodos, Becca dizia. Erick concordava.

Você nunca deveria ter aceitado, Becca dizia. Erick concordava.

Precisamos fugir daqui, Becca disse. Erick discordou, e um último beijo foi tudo o que restou.

Stanton podia ser o chefe, mas seria sempre um obstáculo no caminho até o objetivo final. Quando finalizasse a pesquisa, poderia corrigir todos os erros dele, todo o retrocesso, toda a demagogia imposta a milhares por um líder despreparado. Poderia redefinir os próprios rumos. Ele era o talento, as ideias regurgitadas por Stanton eram exatamente as dele revestidas por pompa e arrogância. Poderia fazer tantas coisas.

Poderia recuperar o amor de Becca.

* * *

Uma paz incômoda, arrependida, reinou entre Stanton e Erick depois de Becca abandonar a M.A.S.E. Com Erick cada vez mais independente, arredio e produtivo, foi a vez de Stanton começar a sair de cena. Sem aliados ou inimigos, Erick entregou-se a anos de isolamento, trabalho e devoção quase doentia, confinado aos corredores e laboratórios de Manhattan. Vitimado pela reclusão autoimposta, ele descobriu como era viver no prédio mais bonito do mundo sem poder apreciar sua beleza. Tornou-se um pontinho curioso perdido entre tantos homens e mulheres vestidos com jalecos brancos, movendo-se diariamente para deleite dos turistas em Nova Iorque.

A depressão profunda foi inevitável. Um segredo guardado da família e dos poucos colegas de trabalho. Numa das raras saídas de Erick depois do fim do namoro, McNab notou e, depois da terceira dose de *scotch*, resolveu meter o bedelho. Quando falava, era como se o melhor locutor de esportes do mundo se materializasse na sua frente e não pensasse em nada além de você.

— Tô preocupado contigo, guri. Faz o quê? Três meses que não nos vemos? Você tá parecendo um cara que perdeu o próprio velório. Tá tomando algo pra ajudar?

Erick confirmou com a cabeça.

— Bom, bom. Faz bem. Trabalho ou mulher?

— Trabalho, acho. — Erick fez uma pausa. — A gente, bem, a gente não se falou mais. Eu... eu não falei mais com ela.

— Eu sei. Ela me disse.

— Vocês dois... estão...— Erick desviou a cabeça, tímido pela suposição.

— Não, guri. Ela tem bom gosto suficiente pra ficar longe de mim. — Ele riu e deu mais uma golada no uísque. — Valeria mais a pena se fosse por mulher, sabe? Ou o trabalho acaba, ou ele acaba com você. Normalmente, o segundo acontece primeiro. Amor, ou coração partido, a gente carrega pra sempre.

Erick não respondeu.

— Faz um favor pra você? Cai fora daquele lugar. Não é porque eu odeio a M.A.S.E., não. Você é boa gente demais praquele lugar, guri. Sai, vai viver a vida. Liga pra ela, arranja outra, aprende a pintar, compra um periquito, sei lá. Ou aquele lugar te mata ou você resolve bater o cartão mais cedo e vai deixar o titio McNab triste.

— Não posso agora, saio quando for a hora.

— É o que todos dizem. Paro de fumar quando quiser, só mais um drinque, vou apostar só mais cem pratas, só mais uma partida. Todos terminam na fossa, na merda, numa cama de hospital ou na cova. Decida por sua conta, Erick, ou a vida decide por você.

As palavras de McNab marcaram. Foi a última vez que se viram. Devia tê-lo ouvido. Devia ter considerado. Devia ter pensado além das horas ininterruptas de devoção voluntária. Depois de três anos cuidando do projeto *Longshot*, fazendo o que bem entendia e quase esquecendo do mundo fora do laboratório — por bem ou mal —, uma mensagem de texto, impessoal e irrevogável, chegou com a ordem de férias obrigatórias.

✶ ✶ ✶

Pessoas normais não provocam calafrios quando começam a falar. Erick Ciritelli tentou mascarar a sensação, sendo derrotado pelo frio incômodo subindo pela espinha. O arrepio terminou tomando a nuca e as têmporas, onde os restos de venlafaxina causavam um leve formigamento. E isso não estava certo. A dose diária do antidepressivo deveria evitar reações mais agudas. Tinha certeza de ter tomado uma dose antes de embarcar no turbojato.

Erick ignorou as palavras de Stanton e deixou a ansiedade falar por ele.

— Há quantos dias estou aqui?

— Isso não é relevante, Erick. Como eu estava dizen...

Erick respirou fundo e repetiu, fazendo uma pausa entre cada palavra.

— Há quantos dias estou aqui?

Os ombros de Stanton baixaram, conscientemente desistindo da tática. No subconsciente, ele desistiu da farsa.

— Quase duas semanas. Treze dias, se quiser ser exato, antes que você indague. Algo mais?

Os olhos de Erick repousaram sobre a cama bagunçada, enquanto os pensamentos tentavam organizar fragmentos de momentos despertos que, antes, considerara serem sonhos atribulados. Vozes. Rostos. Movimento. Náuseas. Um aspirador de pó distante, uma enceradeira próxima demais. Memórias distantes demais para serem reais, presentes demais para serem descartadas. Avisado, o corpo reagiu com a vontade incontrolável. Erick espreguiçou-se, esticando as extremidades e cedendo a um bocejo longo.

— O que você quer de mim? E agora?

— Direto ao ponto, gosto disso. Agora você continua seu trabalho, como eu ia dizendo. Tudo está do jeito que você precisa, correto?

— Não.

— Como assim? Replicamos tudo perfeitamente...— Stanton viu Erick com os braços cruzados e compreendeu. — Ah. Isso dificulta as coisas. Fizemos tudo isso para você.

— Desembucha, Peter. Você rouba meu projeto, engana o mundo, me deixa apagado por duas semanas, me prende aqui e faz de conta que nada aconteceu? Não vai nem tentar mentir para mim?

— O projeto pertence à M.A.S.E., não ao senhor. Nunca foi seu. Não enganamos ninguém, e deixar você aqui foi necessário. Sua presença é necessária aqui, não à frente do projeto publicamente. Seu perfil nunca mudou, Erick. Você tem dificuldades para entender demandas maiores que seu próprio interesse. Nosso momento atual vai beneficiar o bem maior, estamos transformando o mundo.

— Bem maior o caralho. Vocês estão mentindo para as pessoas.

— Não compete a mim compartilhar todo o plano com você. Mas é seu dever continuar o trabalho para o qual foi contratado e que, como pôde notar, será mais rápido agora. Seus recursos triplicaram e, imagino, sua dedicação também vai, agora que não tem mais nenhuma distração externa.

— Esquece, Peter. Estou fora.

— Você aceitou o risco quando embarcou naquele turbojato.

— Eu queria desmascarar você. Você mentiu para...

— Eu menti para você. Só para você. Eu orquestrei para tirar você do tabuleiro e agora você está onde quero que esteja, onde preciso que esteja. Você é confiável dentro de um laboratório, não fora dele.

— Você está mentindo para mim há anos, então.

— Sim.

— Fi-lho-da-pu-ta.

— Eu só disse o que você queria ouvir.

Erick bufou, coçou a nuca e lutou contra o impulso de alcançar a jugular de Peter Stanton e estrangulá-lo até a morte. Se a dor causada pela traição era intensa, a amargura de aceitar ter sido um peão num esquema que culminou com aquele momento era acachapante. *Burro, burro, burro. Como pude ser tão burro? Tão cego?*

— E agora eu vou dizer o que você não quer ouvir. Não vou mais ajudar você. Se tudo até aqui foi uma mentira, pode continuar mentindo sem mim. Dediquei minha vida a isso… a esse lugar… por outras razões... e você acabou de estragar tudo. Eu só queria que as coisas voltassem a ser como eram. Mas não quero mais, chega.

— Você ainda quer.

— Então me diga a verdade. Uma verdade. Qualquer coisa.

— Lembra da segunda transmissão global de emergência em…

— Sim, claro que lembro. Todo mundo lembra. Foi a chegada em Marte.

— Não.

— Como assim 'não'?

— Foi nossa extrapolação da colonização de Marte. Aquela missão falhou. Fomos sabotados.

Se uma imagem vale mais que mil palavras, o olhar de Erick valia milhões de ofensas antigas, contemporâneas e algumas novas em folha. A boca abriu, nenhuma palavra saiu.

Stanton tocou o console no antebraço esquerdo e uma imagem surgiu na janela à frente do cientista.

— Preste atenção. Isso era Marte.

*

Não havia som, mas as imagens eram cristalinas e perfeitas o suficiente para Erick ver as pistolas automáticas disparando e os corpos voando pela atmosfera conforme os *habitats* explodiam um a um. Por fim, o ambiente onde a câmera estava também se desintegrou numa chuva metálica prateada, espalhando todo o conteúdo horizontalmente pela superfície avermelhada e empoeirada de Marte. A câmera bateu numa rocha e continuou filmando o vazio silencioso.

*

Stanton acionou outro comando e a imagem parou, dando lugar a outra projeção.

— Isso é Marte. Dois anos atrás.

*

Três *habitats* brancos contrastavam contra o terreno de rochas negras e brilhantes e um solo terroso. Uma astronauta de cabelos lisos amarrados num rabo de cavalo posicionava-se à frente da câmera, sorrindo. Atrás dela, mais quatro pessoas festejavam. "A base está operacional. Todos os sistemas dão luz verde. Bom trabalho, Controle. Aguardamos ansiosamente a chegada dos colonos."

*

Erick esfregou o rosto contra as palmas das mãos e manteve os olhos fechados por alguns instantes. Conhecia as teorias da conspiração sobre a farsa do primeiro pouso na Lua e praticamente sobre todas as conquistas espaciais da Humanidade, incluindo os avanços da M.A.S.E., mas estar diante de provas de que uma delas é verdade chacoalhou as fundações morais e lógicas da cabeça dele. Ele mesmo negara várias vezes a existência de qualquer armação dentro da empresa e as pessoas acreditaram num dos principais prodígios da casa.

Ele acreditou e também mentiu.

Ele esperava confrontar Stanton e recuperar o controle sobre a vida dele. Sobre a rotina e a expectativa que criara para si ao longo dos anos. As implicações de Stanton eram avassaladoras e transformadoras. Pego de surpresa, Erick viu-se diante da maior encruzilhada de sua vida. Poderia questionar absolutamente tudo e denunciar Stanton, poderia bater o pé para reafirmar as próprias crenças e escorar o castelo de cartas em suas convicções, porém, algo nas imagens diminuía a força do argumento; algo nos dois vídeos parecia real, autêntico; e algo dentro dele acreditava. O cientista acreditava.

Só um homem tolo coloca caprichos acima de fatos.

Por outro lado, o homem comum dentro dele tentava conciliar a realidade, como alguém tentando retirar o motor elétrico de um carro e colocar uma turbina de transatlântico no mesmo lugar. Do garoto sonhador não sobrara nada, e uma ventania levava os pedaços para bem longe.

— Por que esconder?

— Verba, claro. Um mundo que acredita na base de Marte vai investir numa base em Marte, em pesquisa para a base, e não vai se meter nos próximos projetos. Se todo mundo acreditar em tudo, o caminho da viagem no tempo está aberto. A M.A.S.E. não pode errar, ela é maior que nós dois. Ela é o caminho. Outros vieram antes de nós, outros virão depois. Ela continua e o plano será concluído.

— Sério? Dinheiro?

— Por que a surpresa? Nada no mundo é de graça, Erick. Nem mesmo os seus sonhos. Você investiu seu tempo, nós investimos milhões, agora está na hora de pagar a última parcela do investimento.

— Você quer dizer ficar preso sabe-se lá onde?

— Nada é perfeito, só o plano.

— Tá falando igualzinho a fanático religioso.

— *Fere libenter homines id quod volunt credunt.* Cada um aceita a salvação que escolhe.

— Bom, eu não posso escolher, né?

— Por enquanto, não. Em tempo, as coisas vão mudar.

— Quer saber? Acho que tudo isso é história e você continua mentindo pra mim. Como posso acreditar que essa não é a mentira? Que todos esses vídeos são montados? Como posso acreditar em qualquer palavra sua? Você acabou de assumir ter mentido para o mundo todo, agora quer que eu acredite sem mais nem menos?

— Claro que não. Olhe para essa foto.

Uma imagem estática de uma versão desatualizada da Sala de Controle da M.A.S.E., na Flórida, apareceu na projeção e Erick prestou atenção. O clima era tenso e a câmera de segurança datava a foto com o suposto dia da Colonização de Marte, o mesmo dia da tragédia que acabara de testemunhar. Então, ao comando de Stanton, um rosto choroso na lateral direita foi destacado e ampliado.

Erick olhou para os lados e procurou uma cadeira. Sentou-se.

Ver o rosto da avó fez Erick Ciritelli desmoronar.

*

Aproveitando o estado catatônico de Erick, Stanton aproveitou para resumir as notícias das últimas semanas, incluindo a fama recém-adquirida e como começou a mudar o mundo. As palavras perderam o sentido enquanto Erick era assombrado pela pior de todas as traições.

O LEGADO DE ELZA

E lza era uma avó carinhosa, mãe provedora e dona de uma carreira orgulhosa em tecnologia. Ela era programadora em empresas de seguro e saúde. Ela trabalhava o tempo todo e costumava fazer viagens frequentes para seminários de tecnologia, como instrutora ou aluna. Ela comprava alface crespa e tomate italiano na última quitanda que resistia no bairro, era generosa com a cestinha de doações da missa todos os domingos e gostava de coisas simples, como uma caminhada descalça pela grama e as primeiras gotas antes da tempestade. Ela também vivia uma vida dupla e mentiu para a família, para o quitandeiro e para o padre.

Elza realmente programava, mas, na verdade, dedicava-se à pesquisa científica em óptica geométrica avançada e inteligência artificial. Os seminários e congressos eram desculpas para visitar os diversos departamentos para os quais realmente trabalhava. A devoção à família, enquanto durou, era o único jeito de viver sem ser esmagada pelo peso da culpa, da mentira, e pelo que ela sabia, seria inevitável.

Elza trabalhava para a M.A.S.E. desde os primórdios e nunca contou para ninguém, nem mesmo quando trocou a família pelo trabalho e abandonou a única filha, o único genro e o único neto de repente, para nunca mais vê-los. Na última vez que viu Elena, soluçando embaixo da porta, repetiu para si a justificativa do injustificável. É para o bem deles. De todos eles.

E, assim, selou o destino de Erick.

TARDE DE OUTONO

Frustração e *hot pockets* deveriam andar sempre de mãos dadas.

Você sempre espera por algo fantástico, como a ilustração da caixa do *hot pocket*, e, quando confronta a verdade, encontra uma versão deformada e insatisfatória, uma verdadeira afronta à expectativa inicial.

Becca olhava para o prato ainda quente no micro-ondas à frente dela. Então testou a massa com um garfo e confirmou as suspeitas. Tinha passado do ponto, estava duro e seco. Jogou o lanche no lixo, abriu o freezer e pegou um pote de sorvete de doce de leite.

Afogar as mágoas com o serviço de quarto seria outra alternativa, mas ela passou num 7-Eleven a caminho do hotel e comprou sorvete. Se já estava sozinha, melhor manter as coisas daquele jeito. Não era a melhor noite para ficar ansiosa pela chegada do funcionário da copa, ter que dar gorjeta e ser simpática. Quanto menos gente envolvida, melhor para pensar.

Sentou-se no sofá, munida de pote de sorvete e uma colher de sopa, e ativou o iReality. Jogou uma partida de Camper para relaxar. Perdeu. Tentou as pesquisas novamente e os esforços eram piores que escrever na areia da praia em dia chuvoso. Tão logo ela encontrava algo relacionado à viagem no tempo, os desaparecidos, ou mesmo sobre histórico de funcionários da M.A.S.E., o conteúdo desaparecia. Uma sombra sem rosto, uma mão pesada seguindo cada passo bem de perto, sem descanso, sem piedade. Os esforços de investigação independente caíram num fosso de areia movediça digital e alguma coisa faminta abaixo da superfície devorava tudo, menos o ímpeto de Becca. O melhor a fazer na situação era ficar imóvel — ela preservaria mais informação assim — e pensar muito bem no próximo passo, afinal, ele poderia ser o último.

Abriu o pote de sorvete e chutou o balde.

Cada colherada servia como ato de rebeldia. Mastigava cada porção como se tentasse aniquilar os problemas, as dúvidas e cada célula do corpo de Stanton. Tinha que ser ele. Quem mais se daria ao trabalho de armar tudo isso e mentir na cara dela? Ponderou as tantas coisas que poderia ter dito e feito dentro da M.A.S.E., mas logo aceitou a realidade: visitar Stanton foi um erro e sair de lá intacta já era um bônus. Se ele estava mesmo por trás de tudo, poderia muito bem ter colocado as mãos nela e apagado Rebecca Stone do mapa.

E se ela ainda estava livre, é porque ele queria assim.

Não era a primeira vez que Becca se via numa posição complicada. Claro, nunca fora ameaçada de morte, mas ignorar o próprio bem-estar e correr em direção ao perigo para resgatar amigos da escola, pessoas queridas ou mesmo desconhecidos era um tema constante na vida dela — incluindo dirigir um carro na direção de um posto de gasolina em chamas para salvar uma vítima presa na loja de conveniência. Até por isso tratava a Estação Espacial com tanto afinco e dedicação: se algo desse errado, ela não poderia subir num foguete, distribuir broncas e tapas, e resolver o problema. E o problema nesse cenário seria a ausência do foguete, não a vontade de Becca.

Em situações normais, Becca costumava ter ajuda, além da equipe de logística que comandava ou de quem estava ao lado dela. Durante os anos de M.A.S.E., confidenciou-se com Erick. Depois, quando percebeu que ele já estava num relacionamento sério com a pesquisa dele, passou a usar o ombro, os recursos e as ideias de McNab. Ficar sozinha não a assustava, claro. Mas deixar algumas ideias perigosas sem companhia pode infectar decisões, motivar atitudes erradas e prejudicar o futuro. Becca nunca foi tola a ponto de acreditar ter todas as respostas certas, ela só sabia como chegar lá. Ficar sozinha a forçava a querer pensar em tudo, antecipar todas as reações e criar cenários baseados apenas nos medos e defesas dela. Cada pessoa tinha um jeito de pensar, de atacar e de se defender. Sozinha, Becca criaria planos perfeitos e complexos para situações simples. Ou erradas.

E era disso que ela tinha medo naquele momento.

Descontou a apreensão enchendo a boca com mais uma colherada caprichada de sorvete.

Hum, isso é vida. Só falta bacon. Os olhos viraram em deleite, um calafrio delicioso percorreu o corpo estremecido.

Virou-se na direção da cozinha, pensando estar em casa por um instante e dando de ombros quando a fantasia caiu. *Bom, se não tem bacon, melhor ir atirar em alguém.*

Iniciou outra partida de Camper para transformar frustração em atitude, mas desistiu quando a atenção foi desviada por conta de um anúncio para o próximo evento ao vivo de Blake Manners. Ela participaria de um encontro de celebridades na Philadelphia em dois dias. Becca cancelou a partida e começou a bater o cabo da colher contra o pote de sorvete, criando um mantra abafado conforme pensava em como convenceria uma estrela a arriscar tudo e enfrentar um buraco negro ao lado de uma desconhecida.

✶ ✶ ✶

Nada faz uma pessoa consciente da idade, e do fim da infância, como caminhar entre uma multidão de jovens dispostos a tudo para ficar mais pertinho de seus ídolos. Dos jogos de futebol e concertos musicais do século 20 às multidões dos tempos de iReality, proximidade era a chave — mesmo com a maioria dos fãs assistindo, gravando e retransmitindo tudo pelo sistema, estar ali valia a pena, era especial, fazia do espectador uma pessoa diferente. Única entre milhares de únicos, a massificação final da excepcionalidade.

Mas a sociedade vê fanatismo de um jeito, a mente, de outro. Para as garotas e garotos ao lado de Becca rumando para o faraônico Lincoln Pavillion — casa do Philadelphia Eagles, onde ninguém falaria sobre futebol-americano pelas próximas horas —, estar ali garantia pontos numa escala própria de devoção.

Quanto mais caro o ingresso, maior a paixão. Quanto mais próximo das atrações, mais bem-sucedido cada um deles era. Um drone da Amazon não poderia entregar fama, sucesso e autoestima para nenhum deles, mas estar no evento e, quem sabe, ser marcado no *feed* oficial do ídolo ou ser notado fisicamente poderia dar tudo isso em instantes. Não foi o caso de Blake, mas duas das celebridades do iReality presentes no evento começaram as carreiras ao serem puxadas para o palco por outros famosos. Elas nunca mais saíram do topo e alimentavam o sonho dos esperançosos, enquanto continuavam enriquecendo.

A fase *fangirl* de Becca não durou muito. Bem, não com música. Assim que os 18 anos chegaram e trouxeram a liberdade, ela começou a perseguir lançamentos de foguetes — ela dormiu duas noites num duto de ventilação, subornou um guarda e seduziu outra para entrar numa área restrita do Cabo Canaveral para ver suprimentos sendo enviados a Marte —, laboratórios de pesquisa e todos os eventos marcantes da exploração espacial das últimas duas décadas. Ela compreendia a essência do que se passava pela cabeça de cada um daqueles jovens. Sonhar todo mundo sonha. Poder trilhar o caminho escolhido, sem arrependimento ou sem olhar para trás, é para poucos.

Agora, conforme saía por uma rota alternativa à entrada principal do Lincoln Pavillion, o caminho e a memória de loucuras da juventude ficavam para trás e eram trocados pelo silêncio do corredor de concreto. Logo chegou à porta vermelha sem maçaneta do lado de fora, esperou o horário — nove da noite em ponto — e bateu quatro vezes.

Instantes depois, uma fresta surgiu, deixando vazar as luzes e o barulho da arena.

Um fragmento de rosto ocupou o vão, mediu Becca de cima a baixo e desapareceu. A porta abriu-se totalmente.

Becca entrou em outro mundo.

*

— Você tem dez minutos. Entendeu? Se não estiver de volta aqui em dez minutos, eu te arrasto para fora. Com ou sem dinheiro. — Sem se preocupar com nada, a pessoa responsável pela porta encostou Becca contra a parede, fez uma revista rápida e colocou uma credencial no pescoço da garota. Ela dizia: ALL ACCESS.

— Trato é trato. — Becca olhou novamente para a chefe da segurança, Carol Speers. Ter trabalhado com ela antes rendeu o contato e um jeito de entrar, mas os favores pararam por aí e o preço só subiu conforme ela explicou o que precisava. — Dez minutos, certo.

— Agora são só nove minutos.

— Pra onde eu vou?

Speers apontou para a direita, ao longo da estrutura de barras de metal e tapumes pretos dos bastidores. — Ela vai sair no portão C. Agora vai.

Becca assentiu com a cabeça e partiu.

A credencial evitaria perguntas. Andar rápido garantiria tempo o suficiente. Desviar dos infindáveis assistentes de palco vestindo camisetas pretas era a tarefa mais difícil. Becca era um salmão que esqueceu de desligar o fogão antes de subir o rio e resolveu voltar para casa na hora do *rush*. Os assistentes desapareciam e voltavam a brotar do nada, como se cada vão metálico guardasse um portal do Ministério da Magia e ela estivesse mergulhada nas aventuras de Harry Potter, mas o grande segredo logo foi revelado: cortinas tão escuras quanto as camisetas e o resto da estrutura de madeira. Uma dessas cortinas aguardava além do portão C.

Becca esperou, encarando a escuridão abrir-se e decidir o futuro dela, de Erick e do mundo.

★

Só o som escapava pelas três camadas das cortinas de veludo grosso, com picos de intensidade quando um assistente de palco materializava-se ou desaparecia nas trevas. Becca permaneceu imóvel em frente ao portão, conferindo o iReality, então o som parou por um instante e a apresentação terminou com Blake Manners anunciando que voltaria mais tarde.

Hora do show.

O segurança saiu primeiro. Grande, sério, ponto de escuta no ouvido direito, bem vestido. Olhou para Becca, notou a credencial e seguiu em frente. Falou algo ao rádio e as cortinas abriram-se novamente, então Blake Manners saiu e Becca perdeu o fôlego por um instante.

Blake cintilava. Um programa especial do iReality causava o efeito, valorizando ainda mais os olhos cor de mel esverdeados, as bochechas arredondadas e sardentas, o batom vermelho e a tradicional franja — com marca registrada e tudo mais! Ela estava vestida para uma tarde fresca de outono canadense, com um sorriso de noitada em SoHo e cheiro de chocolate com canela.

Becca desligou o sistema, mas a imagem residual permanecia, uma imagem confeccionada para inspirar jovens e encantar adultos.

Blake ameaçou sair do corredor e Becca deu um passo à frente, esticando um papel retangular nas mãos.

— Espere.

A celebridade parou, o segurança também e deu meia-volta.

— Oi? — Blake não demonstrou surpresa e ainda fingiu um pouco de tédio. — Quer um autógrafo? Tudo bem.

— Desculpe me intrometer, senhorita Manners...

— Você é uma advogada ou algo assim? Ninguém me chama desse jeito.

O segurança aproximou-se de Becca, ocupando o espaço atrás dela como uma pedra rolando sobre a única entrada da caverna.

— Eu sei o que aconteceu com Todd... Blake. Olha.

Ela mostrou uma foto de Todd entrando à força num veículo sem placas.

— Preciso muito falar com você. Você ignorou minha mensagem, então vim até aqui.

— Todd...

Blake manteve os olhos na foto, não apenas por parecer uma possível pista, mas por ser algo novo, um ângulo dele ainda não decorado e revisitado todas as noites para nunca se esquecer.

Um trovão soou atrás das duas.

— Hora de ir, estamos atrasados. — E logo o segurança com cara de ex-agente secreto puxou Blake pelo braço, sem aguardar por nenhuma resposta.

— Precisamos conversar, por favor. Outras vidas estão em jogo. Eu já perdi uma pessoa, vou perder outra se você não me ajudar, Blake. Por favor. Eu vi seus vídeos, eu sei que você se importa e não tenho mais ninguém. Você não quer encontrar a verdade?

Desnorteada e sem soltar a foto, Blake balbuciou alguma coisa — De novo não? Desculpe? — e foi levada para outro portão, onde outra parte da plateia esperava por ela. O brilho desapareceu na escuridão e levou consigo as esperanças de Becca.

Sem aliada, sem perspectiva e sem paciência para começar a pensar num novo plano, ela seguiu na direção da porta vermelha, já aberta à sua espera, devolveu a credencial sem olhar nos olhos de Speers e voltou à noite solitária.

Sorvete não resolveria nada daquela vez.

Localizou o *pub* mais próximo e caminhou para lá.

*

Não percebeu que alguém a observava. Assim como não percebera no dia anterior, e no dia anterior, e no dia anterior...

* * *

Ninguém caminha sozinho enquanto a esperança persiste.

A crença de Rebecca Stone estava nas últimas, desenganada pelos médicos e a família estava prestes a desligar os aparelhos. Encontrar Blake Manners serviu como uma revelação às avessas. Becca vivenciou o encontro com um anjo flamejante e a mensagem que recebeu dizia claramente: "Deus não existe, é tudo mentira". Se o sorvete da noite anterior pouco fizera para afastar as suspeitas, e a raiva, sobre Peter Stanton, as três *pints* de Bellhaven no Arrow's Point nem começam a afastar o fantasma do fracasso com Blake.

Becca desceu do táxi automatizado perto do hotel, ainda indecisa se compraria outro pote de sorvete, ou se aceitaria o maior conselho da mãe e iria dormir para deixar a noite resolver tudo, quando viu o semáforo de pedestres mudar para o verde e seguiu. Deu três passos pela rua quando notou o caminhão de entregas avançar contra o faról vermelho, ignorar as faixas e acelerar na direção dela em alta velocidade. Becca olhou para a calçada oposta, tentando decidir se seria melhor correr ou voltar.

As toneladas irrefreáveis de destruição chegaram mais rápido que a decisão.

INTRATEMPUS II

O FAXINEIRO

Ele entrou assoviando no laboratório. Esfregão numa mão, balde com rodinhas na outra e um sorrisão no rosto. Duas horas depois da partida de Stanton, Erick não esperava mais companhia por um bom tempo. E preferia assim. Queria pensar, refletir, buscar novo sentido para anos de convicção. Porém, lá estava o faxineiro.

Erick observou incrédulo conforme o velhinho começou a limpar o chão como se estivesse em uma multinacional qualquer, indiferente às revelações daquele dia — não, de duas semanas atrás — e à natureza do único ocupante da sala. O homem de cabelos brancos, olhos azuis, pele rósea e enrugada e macacão cinza olhou para ele, inclinou a cabeça e deu um sorriso ao mesmo tempo falso e cortês. Continuou a limpeza. Ele estava tão à vontade que começou a assobiar "A Dona Aranha" em ritmo de *thrash metal*. Erick levou as mãos à cabeça novamente e encostou a testa no tampão de vidro. Nada daquilo fazia sentido. Queria pensar na avó, precisava reavaliar a vida toda, mas tudo que conseguia fazer era encarar o recém-chegado.

Ao aproximar-se do cientista, sem parar de assobiar, o faxineiro foi limpando tudo ao redor dele e, quando terminou, pigarreou duas vezes. Erick não reagiu.

— Dá uma licencinha, por favor?

— Oi?

— O chão.

— Que tem ele?

— Preciso limpar.

— Ah. Mas tem que ser agora? Eu achei que fosse ficar preso aqui sozinho.

— O senhor tá preso, é?

Erick deu de ombros.

— Olha, nem sei o que está acontecendo.

— E como é que é?

— Como é que é o quê?

— Ser preso, uai. Eu nunca fui preso, acho que nem passei em frente de cadeia. Deus-me-livre-e-guarde. Levo minha vidinha sem fazer mal pra ninguém, só quero ver todo mundo feliz. E esse chão limpo. Mas se o senhor está preso, isso mudou, porque estou limpando uma prisão. Será que devemos fazer tatuagens? Eu quero fazer um T-800 todo arrebentado nas costas.

— Ãh?

— Preso faz tatuagem, e já que eu não vou poder mais limpar o chão, melhor pensar em algo melhor pra fazer. Quem sabe eu até consiga tapar isso aqui, olha só. — Ele mostrou o interior do braço esquerdo, onde uma cicatriz chamativa começava na base do pulso e seguia até a metade do antebraço.

Perdido nas palavras do faxineiro, Erick demorou um pouco para organizar as ideias.

— Ah, desculpa. Pode limpar. — Ele levantou-se e abriu espaço. O esfregão encharcado dançou pelo assoalho, o pano seco terminou o serviço e o faxineiro continuou limpando o resto do piso.

— Agradecido, moço.

O silêncio retornou momentaneamente e logo foi chacinado pelos assobios incansáveis, agora ele entoava "Carmina Burana" em versão tango. Sem saber quando receberia uma próxima visita, Erick resolveu tentar descobrir onde estava e o que esperar.

— Você não parece surpreso.

— Com o quê?

— Comigo aqui.

— Quem o senhor acha que limpou isso aqui todo dia, desde que o senhor chegou?

— Você veio aqui todo dia?

— Isso. O senhor parecia a Bela Adormecida de Satanás roncando, jogando lençol no chão, fazendo de tudo pra cair da cama. O senhor baba demais, viu. Conheço uma receita caseira que é tiro e queda pra isso, é só misturar...

Erick riu.

— Desculpe. Poderia me dizer onde estou?

— O senhor tá aqui, uai. Eu tô aqui também, mas isso o senhor já sabe.

— Onde é aqui?

— Moço, eu limpo o chão. Eu nem deveria estar conversando com o senhor.

Erick fitou os olhos azuis do faxineiro. Havia algo convidativo e sincero neles. Até mesmo familiar, mas Erick era tão inapto para identificar traços hereditários que, certa vez, chegou a dizer que um cachorro tinha olhos iguais aos da tia Ermínia. Ele nunca teve coragem de contar a ninguém sobre o esquilo com a cara da mãe dele.

— Desculpe, não quero causar problemas para o senhor.

— Senhor tá no céu, moço. Pode me chamar de Tom.

— Muito prazer, Tom. Meu nome é Erick.

— O prazer é meu, seu Erick. E de quais problemas o senhor tá falando? Tem algo errado com o esfregão? Achei que era novo, uai. — Tom inspecionou o instrumento de trabalho, flexionando o cabo e checando a firmeza da parte inferior.

— Não, não, problemas por falar comigo.

— Bom, e o que eles vão fazer? Mandar eu limpar outra sala? Quase ninguém quer emprego assim hoje em dia, a garotada adora falar, achar que pode resolver todos os problemas do mundo nesse... nesse trem aí. — Gesticulou com as mãos, simulando alguém manipulando o iReality. — A minha geração vê uma lâmpada queimada, vai lá e troca. Eu vejo chão sujo e limpo. Falar pode me render uma bronca. É só eu não dizer nada que fica tudo bem. — Ele sorriu novamente, cutucou a têmpora com o indicador e deu uma piscadela.

— Certo, certo.

— Bem, obrigado.

— Pelo quê?

— Por cuidar de mim e deixar tudo limpo. O lugar está uma beleza.

Erick teria gostado do faxineiro de qualquer maneira, mas se ele seria a única possibilidade de amizade e companhia por ali, por mais breve que os encontros durassem, melhor começar com o pé direito. E o elogio era sincero, as instalações estavam primorosas. Cada monitor parecia transparente, cada mesa brilhava e os experimentos alinhados no fundo da estrutura retangular — no lado oposto à porta de entrada — estavam em perfeitas condições.

— Só fiz meu trabalho. Agora, me diz uma coisa. O senhor gostou? O senhor vai trabalhar aqui agora é, seu Erick?

— Gostar eu gostei. Mas ainda não sei. Eu nem sei onde... — Erick olhou na direção do faxineiro com intensidade — ... eu nem sei onde estou, sabe? Muita coisa acontecendo, eu nem quero estar aqui.

Cutucando a têmpora novamente, o faxineiro colocou o esfregão dentro do balde e tocou no ombro de Erick antes de falar, fazendo o cientista ficar de costas para uma impressora e de frente para a única porta.

— Ninguém está onde quer, meu filho. Mas alguns de nós, aqueles realmente especiais, chegam exatamente aonde precisam chegar. Só se ganha uma guerra na adversidade e, sabe, quem quer lutar demais, normalmente está na briga pelas razões erradas.

Erick ficou olhando para ele, perplexo, enquanto o homem deu meia-volta, esperou a porta abrir, empurrou o balde para fora e desapareceu pelo corredor assobiando "We Will Rock You" em ritmo de forró.

Uma impressora fez barulho atrás de Erick e ele distraiu-se. Pegou o papel, e se a informação impressa fosse mesmo verdade, um dos maiores problemas da pesquisa da viagem do tempo tinha acabado de ser resolvido e a equação na mão dele poderia mudar tudo.

PARTE

TEMPESTADE

Uma fração de segundo separa a vida da morte, a existência do nada.

Quando o corpo humano chega ao limite máximo, cruzamos a barreira e o resto é especulação. Mas quem chega perto e consegue protelar o fim, volta com histórias sobre ter visto toda a vida passar diante dos olhos, reencontrar pessoas queridas, de visões religiosas ao vazio gelado do desespero. Instantes antes do caminhão atingi-la, a mente brilhante e prática de Becca colocou a teoria à prova e derrubou-a, ao ocupar-se com uma única palavra: *fodeu*.

O iReality emitiu um alerta de proximidade, recomendando que Becca se afastasse, um surto de adrenalina invadiu o corpo e ela gritou, esperando o impacto e sentindo o solavanco.

O caminhão passou rosnando com agressividade, o mundo girou, Becca gritou e ralou os braços na calçada para onde fora arremessada por mãos fortes e inesperadas. Tão logo as estrelas pararam de dançar, ela ouviu uma voz ofegante, grave e acusatória, como se um locutor de *trailers* de cinema estivesse interessado demais na vida dela ou bravo com uma nota baixa.

— Você está bem, senhorita Stone?

Ainda zonza, Becca fez sinal de positivo com a mão direita e manteve a cabeça no chão.

Segundos depois, procurou a origem da voz e encontrou o salvador. Ela reconheceu o terno, os óculos escuros e o comunicador no ouvido. Enquanto formulava perguntas e cenários que justificassem a presença do segurança de Blake Manners ali, a pergunta retornou.

— Você está bem? — Desta vez, porém, a voz soava gentil e preocupada. Uma voz que sabia se postar e transmitir emoção, como se o cantor da sua banda favorita te chamasse para o palco e cantasse no seu ouvido. Só para você.

— Sim, tô bem. Acho. — Becca esboçou um sorriso cada vez maior, até começar a gargalhar.

— O que foi?

A resposta saiu ainda em meio a risadas.

— Eu quase morri — ela fez uma pausa. — Eu quase morri atropelada porque estava puta da vida por não ter consigo falar com você, e agora você está aqui. A vida está de sacanagem comigo.

Becca sentou-se e encarou Blake Manners, agachada ao lado dela e protegida por um sobretudo creme e óculos escuros.

— O que vocês estavam fazendo aqui? Me seguindo? E alguém já disse para vocês dois que usar óculos escuros de noite é cafona pra caramba?

— Não esses aqui. — Blake cutucou os óculos, sorriu, levantou-se e estendeu a mão para Becca. — A gente consegue enxergar tudinho à noite. Meu reino por cinco minutos do seu tempo e eu explico tudo. Que tal?

Becca aceitou, fez uma reverência assim que ficou de pé e seguiu a milionária até a SUV Tesla branca blindada. Elas entraram, o segurança ocupou o banco do motorista e dirigiu para longe.

*

O caminhão freou pouco depois de errar o alvo e não se moveu mais.

A sinalização piscou três vezes e voltou ao normal pouco depois.

* * *

— Eu estava seguindo você — Blake Manners assumiu sem arrependimento, ainda no banco de trás do carro, enquanto as luzes da cidade perdiam-

-se num borrão e voltavam a ganhar nitidez conforme o motorista avançava erraticamente. — Quer dizer, ele estava seguindo você a meu pedido. Muita gente tenta usar meu irmão para se aproximar de mim e eu fico com medo. Tenho que tomar precauções e decidi vir atrás de você. Você não tem uma presença grande no iReality, né? Normalmente, quem tenta se aproveitar sai por aí reclamando para atrair mais seguidores, você não fez isso. Fiquei intrigada. Descobri quem você era e, bem, vim atrás de você... Pode me chamar de esquisita agora. Melhor ser estranha do que se arrepender depois.

Os dedos de Blake estavam entrelaçados sobre o colo enquanto ela esperava pela resposta de Becca. Como deveria lidar com uma estranha capaz de lhe dar esperança sobre Todd e cuja vida acabara de salvar? Normalmente, saberia exatamente o que fazer com ela. Mas havia algo diferente. Talvez fosse apenas uma primeira impressão, talvez fosse pressentimento ou, quem sabe, um sentimento? Algo tão subliminar e ainda sem explicação? E, acima de tudo, se ela fosse tão séria quanto aparentava, podia encontrar o que tanto precisava.

Blake viu um sorriso tímido apontar no rosto de Becca e retribuiu.

— Se você não fosse assim, eu seria patê debaixo daquele caminhão. Ele salvou a minha vida. Aliás, como ele se chama?

Ele respondeu pelo rádio interno: — Ele se chama Joseph.

Elas riram.

Blake sentiu o perfume suave de Becca — Flower by Kenzo, clássico — quando ela esticou o braço e bateu três vezes no vidro que separava o motorista dos passageiros. Instantes depois, a barreira baixou.

— Obrigada, Joseph. Devo minha vida a você. Muito obrigada, Joseph. Mesmo.

— De nada, senhorita Stone. Fiquei feliz por ter chegado a tempo. Sempre às ordens.

Ele olhou para Blake pelo retrovisor assim que terminou de falar, como alguém que pede autorização ou avaliação de desempenho. Num movimento curto, a garota assentiu com a cabeça e Joseph subiu o vidro novamente.

Para mascarar a ansiedade e evitar qualquer receio de Becca, Blake precisava estar no momento, manter a concentração e garantir a privacidade das duas.

— Desliguei meu *feed*, tá? *Ok*, desliguei quando comecei a ir atrás de você. Não queria ninguém sabendo disso, de nada disso. — Ela desviou o olhar para o antebraço de Becca, onde o bracelete de aço escovado descansava.

Becca retirou um óculos do bolso e mostrou, circulando no ar.

— Desligado.

A reação de Blake entregou a surpresa ao ver o modelo tradicional dos funcionários do alto escalão da M.A.S.E.

A convidada percebeu.

— Presente de despedida. Mas nunca perdi o hábito, então já viu.

Mesmo sem estar nas câmeras, sem dezenas de janelas projetadas à frente dos olhos e sem estar preocupada em agradar patrocinadores, a postura de Blake Manners mantinha os trejeitos de mocinha doce e atrevida na medida certa. Desacostumada a interagir pessoalmente com qualquer um além de Joseph, ela ainda deixava a persona *on-line* transparecer, como se não conseguisse mais separar o que era trabalho do que era a personalidade própria. Por isso, o rosto movia-se com frequência, procurando o melhor ângulo para as câmeras. Ou, naquele caso, para a única pessoa na plateia.

— Imagino que você queira saber sobre o seu irmão, certo?

— Siiiiim.

— Tem certeza de que quer ter essa conversa dentro de um carro em movimento?

— Sim, sim. É seguro. Se estou certa, e acho que estou, quem sumiu com ele sempre está de olho em mim.

— Certo. Então, antes de mais nada, preciso que saiba. Meu melhor amigo morreu por causa dessa informação. Agora quem está em risco sou eu e se eu contar o que sei para você, pode ser que você também vire um alvo. Quer mesmo correr esse risco?

Blake concordou antes mesmo de a pergunta ser feita. Mas não ignorou as outras palavras de Becca. Cada trecho de informação era valioso.

— Sinto muito pelo seu amigo.

— Obrigada. — Becca retirou um envelope pardo do bolso do casaco e abriu. Primeiro, retirou uma foto. — Esse aqui é seu irmão, certo? Todd Manners? Astrofísico e pesquisador?

— Sim. — Blake segurou a foto, daquelas tiradas por detetives dos filmes. Todd tomava um café enquanto andava pela calçada. — Ele estava vestindo essas roupas quando desapareceu.

Ela viu Becca retirar outro item do envelope. Um papel branco. Uma lista. No topo, o logo da M.A.S.E. Uma série de nomes estavam ali, muitos deles rasurados com caneta vermelha. Entre eles, Todd Manners.

— Se a informação do meu amigo está certa, seu irmão está morto. Ele estava a bordo de um avião dado como perdido.

A declaração atingiu Blake em cheio. Ela sempre suspeitara dessa resposta, de que toda a busca terminaria em lágrimas e um túmulo vazio. Entretanto, guardava a mesma quantidade de esperança em encontrá-lo trancafiado num calabouço em alguma prisão esquecida pelo mundo, no Caribe ou sendo mantido refém pela M.A.S.E. Saber sempre pareceu ser algo libertador. Saber machucava. Quando se descobre algo tão terrível assim, não há volta. E o caminho à frente é sombrio, solitário e sem saída.

Resistindo ao choro, ela fez o que toda pessoa empática faz. Negou.

— Tem certeza? Ele poderia não estar a bordo? Sempre sinto que ele ainda esteja vivo.

— Disso não tenho certeza.

Blake ergueu o rosto e limpou as lágrimas.

— Sério? Ele pode estar vivo?

— Não, duvido que esse avião sequer tenha existido. Mas sei que ele morreu.

— Mas é só um risco em caneta vermelha. Pode significar qualquer coisa. Ele pode...

— Calma. — Blake estava perdendo o controle, começando a mergulhar num redemoinho de emoções e alternativas cujo único resultado seria um surto de pânico. Ela sentiu as mãos de Becca tocarem as dela. Eram mornas, carinhosas. Pequenas, reconfortantes. Ela fechou os olhos. Respirou fundo. Contou até dez. Respirou novamente. — Isso, calma. Eu sei que é difícil, mas fique calma.

— Tudo bem, tudo bem.

— Olhe a lista novamente. É uma lista de alvos. Qual o último nome?

Entre soluços e olhos embaçados por lágrimas, Blake conseguiu ler.

— Andr... Andrew McNab.

— Andy McNab era meu melhor amigo e ele morreu no dia da viagem no tempo. Quem quer que tenha matado Andy, matou seu irmão dois anos atrás. E se eu não descobrir quem foi, e como parar esse filho da puta, ele vai matar mais alguém especial para mim. Sei que é difícil, Blake. Mas preciso da sua ajuda. Preciso muito da sua ajuda.

Ninguém falou mais nada pelo resto do trajeto.

✳ ✳ ✳

As lágrimas terminaram pouco antes de chegarem ao hangar onde o jato privativo reservado para Blake Manners aguardava. A escada estava abaixada, as luzes acesas e o motor, de prontidão. Faltava apenas a passageira para iniciarem a viagem de volta para casa.

Quando o carro parou, Blake recebeu um aviso. Estava *off-line* há quase três horas. Contratualmente, ela só podia desativar a transmissão dos assinantes por intervalos de uma hora por dia, ou até três horas uma vez por semana. Caso continuasse fora do iReality, arriscaria ser multada, perder seguidores e, inevitavelmente, abastecer a indústria das fofocas. Porém, se ligasse o sistema ali, a primeira coisa que todo mundo veria seriam os olhos verdes e o cabelo ruivo de Rebecca Stone.

Ela queria evitar perguntas. Ela queria esconder as lágrimas. Ela queria voltar no tempo. *Produtos não têm que querer nada, Blake Manners. Bota essa cabeça no lugar e pense no que fazer agora. Você sempre soube, mas jogou o jogo deles mesmo assim. Bota a cabeça no lugar e pense em como dar o troco.*

Blake programou o sistema para voltar ao ar em cinco minutos.

A porta do carro abriu.

— Joseph chamou outro carro para te levar para casa, *ok*?

— Minha casa está muito longe daqui. Não sei se consigo voltar para Los Angeles antes de resolver tudo isso. Antes de saber que mais ninguém vai se machucar. Que ninguém ainda está tentando me matar.

Joseph e Blake trocaram um olhar.

— Mas aceito a carona até o hotel, não tem problema.

— Obrigado por me contar sobre o Todd. Estou um lixo, sabe? Mas é melhor assim. Posso deixar minha vida seguir em frente.

— Espero que sim. E se mudar de ideia sobre me ajudar, é só ligar.

Blake saiu do carro e olhou para o avião. Ventava na noite de sábado. O murmúrio das duas turbinas já tomava o ar, pronto para receber uma tempestade. Ela mordeu o lábio e precisou gritar as próximas palavras, conforme esticou o braço direito para dentro do *sedan*.

— Vem comigo?

Becca olhou nos olhos dela com intensidade.

— Eu não sei onde a gente tá se metendo e nem se posso ajudar muito, mas, sei lá, vem comigo? Eu te ajudo. Eu quero te ajudar. Eu quero que os desgraçados paguem por isso. Eu quero... vem?

Becca aceitou a mão de Blake pela segunda vez na noite e as duas seguiram juntas.

Eram os primeiros passos da verdadeira tempestade.

INCENDIÁRIA

Blake e Becca viraram um *hit* instantâneo no iReality. Sem uma nova amiga há quase dois anos, e sem namorado pelo dobro desse tempo, as seguidoras de Blake surtaram e, em minutos, as duas figuravam entre os casais mais desejados pelas comunidades *shippers* do mundo todo. O rumor existente apenas na cabeça das fãs transformou-se em verdade esperando para ser declarada quando as duas entraram juntas na mansão de Blake. Depois de levar um fora público de Philip Philip, o maior fofoqueiro do iReality — que decidiu terminar o namoro contando para os seguidores antes de falar com Blake —, ela não levou mais ninguém para casa. Só podia ser uma namorada.

A primeira namorada.

Os fãs estavam vendo um novo capítulo da História de Blake Manners ser escrito e, por conta disso, os acessos — e a receita — dos canais de Blake dispararam em menos de uma hora. O comércio periférico das celebridades também entrou em euforia, com milhares de imagens das duas começando a ocupar camisetas, itens digitais como papéis de parede e descansos de tela, e a estampar os *feeds* de fofoca.

Os debates sobre a vida de Rebecca Stone foram o próximo passo. Especialistas do momento dissecaram a carreira pública dela, os anos na escola, a infância em Los Angeles, a comida favorita, o ano que passou com o cabelo pintado de preto, cada detalhe que pudessem encontrar. O trabalho dela com a Estação Espacial Internacional só alimentou ainda mais a fogueira de rumores, pois, claro, ela levaria a namorada para um passeio no espaço. Toda e qualquer informação era passível de encontrar lugar na narrativa sensacionalista e imediatista consumida pelos fanáticos.

Eles não queriam conhecer Becca. Eles queriam ser Becca. E fariam tudo que pudessem para realizar o desejo ou alimentar a ilusão. Pelas regras do iReality, qualquer usuário poderia ter a imagem explorada, pois as empresas, fornecedores e produtores eram obrigados a pagar porcentagens predeterminadas a qualquer pessoa transformada em produto agregado às celebridades. Logo, com um sistema considerado justo em ação, não havia limite.

Becca não viu nada disso. Como não era a primeira vez de Blake, pausou a transmissão assim que entraram na mansão em Portland, a primeira coisa que a anfitriã pediu, segurando as mãos da convidada, foi para que ignorasse o mundo lá fora.

— Só o que acontece aqui dentro importa, tá bom? É bom desligar isso aí. Eles vão te infernizar. — Ela apontou para os óculos de Becca. Ela concordou e viu a inundação de mensagens e contatos de patrocinadores em potencial chegando na caixa de mensagens, desligou e seguiu a aliada pelos salões amplos, cheios de tecnologia e cacarecos divertidos do casarão.

Como Blake já havia explicado ao público que Becca a ajudaria a encontrar seu irmão, sem revelar as provas ou as conclusões — instantes antes de reiniciar a transmissão, elas combinaram manter sigilo —, as duas entraram no centro de investigações e começaram a trabalhar. O centro de investigações parecia algo feito por um decorador de *set* de filmagens de uma série policial. Quadros de cortiça ocupavam as paredes e, sobre eles, centenas de fotos, documentos e barbantes coloridos — centenas de metros de barbantes coloridos — ligando tachinhas posicionadas em pontos-chave. Tudo era conectado a uma foto grandona de Todd Manners.

Todd foi o gêmeo que deu errado. Pelo menos por fora. Mas isso nunca o impediu de ser a pessoa mais simpática e amigável da família. Quando precisavam de alguém para quebrar o gelo, Todd entrava em ação. Brigas? Chame o Todd. Ninguém queria aparecer no churrasco de 4 de Julho? Todd era a pessoa certa para ligar para todo mundo. Sem ter um conjunto completo, apostava todas as fichas no cabelo ondulado de surfista. E até Blake tinha inveja daquele penteado maravilhoso. Além disso, ele se autointitulava o Rei da Beleza Interior.

Quem assistia tudo pelo iReality podia brincar numa versão digital do quarto criado pela Free Todd Manners Foundation, uma organização não governamental fundada por Blake e financiada por milhares de fãs e familiares de outros desaparecidos da M.A.S.E. Cada visitante podia manipular as pistas como quisesse para contribuir com as investigações e, na maioria dos casos, chegar a conclusões completamente diferentes das demais em cada tentativa.

— Você não brinca em serviço. — Becca começou a investigar a teia de aranha, encontrando fios de raciocínio similares aos apresentados por McNab — e que seriam aterrorizantes se completados com as informações dele — e outros totalmente sem sentido, lógica ou chance de acontecer. Dois chamaram sua atenção: num deles, um crocodilo mutante estava levando as pessoas para o esgoto; no outro, um viajante no tempo estava abrindo portais temporais e raptando pessoas para uma raça avançada e canibal. — Sério? — Ela apontou para as ideias malucas.

— Até descobrirmos a verdade, tudo é possível, Becca.

Becca deu uma risadinha. Desde o reinício da transmissão, Blake havia mudado. Ela atuava, tentava causar impacto, manter a situação sob controle. Era o lado negro de viver exposta o tempo todo, se ela não mantivesse as rédeas bem perto, esqueceria de viver a própria vida e se transformaria num espectro cuja única função seria agradar uma massa apaixonada de cães raivosos prontos para atacar ao primeiro sinal de descontentamento. Se atuasse o tempo todo, sempre tomaria decisões, sempre saberia dissociar o pessoal do profissional. Becca compreendia isso.

Logo, a decisão de não contar tudo a ela também servia como escudo próprio. Não queria ninguém abrindo o jogo com o mundo todo sobre as descobertas permitidas pelo sacrifício de McNab. Porém, precisou permitir o uso do nome do amigo. Ele não poderia ser esquecido. Seria injusto. Seria errado. Seria aceitar a derrota. E Blake sabia exatamente como incendiar o palheiro. Ela foi para a frente da câmera fixa do centro de investigações e, em vez de ver o que ela via, os usuários passaram a ver todo o corpo de Blake: braço direito erguido, braço esquerdo dobrado atrás das costas, olhos fitando o teto — a pose de heroína, a assinatura de Blake Manners.

— Oi, todo mundo. Hoje não estou feliz. Aliás, estou muito irada hoje. Estou muito revoltada. E estou muito triste. A verdade só ficou mais dura, meus amigos. A fofa da Becca me trouxe notícias terríveis. Tadinha. Mas ela foi forte como vocês e me ajudou a ver a verdade. Temos que colocar mais um nome no mural das vítimas da M.A.S.E. Alguns de vocês já sabem quem é. Queria agradecer a JackRabbit9, Susiebun, L7-0 e TheCheng por terem protestado há algumas semanas. Eles estavam em Nova Iorque quando Andrew McNab foi morto. Mas eu não vou colocar esse cara ao lado das vítimas, não. Porque todo mundo ali só sumiu. Agora a gente tem certeza de que a M.A.S.E. também mata. Aqueles miseráveis daqueles *masos* mataram Andrew McNab porque ele ousou investigar, porque ele acreditou na mesma causa que a gente acredita, porque ele discordou. Quer dizer... então... será que agora estou correndo risco de vida também? Ou sempre estive e os *masos* não têm coragem de vir me pegar? Mas sabe o que estou com vontade de dizer? Querem vir me pegar? Podem vir. Porque pra chegar em mim, vão ter que levar todos nós, porque nossa causa é maior do que eu, é maior do que você, nós somos um exército e podemos tudo.

Blake pegou uma foto de McNab, puxou um novo quadro de cortiça no canto da sala e pregou com uma tachinha. Com um canetão, ela escreveu o nome dele e prendeu acima da foto.

— Amigos, até hoje lutamos por Todd Manners, meu irmão, e tantos outros. Mas hoje é dia de lutarmos por Andrew McNab. Não deixem a memória dele morrer, não deixem os culpados saírem livres. Manifestem, lutem, incomodem e nunca desistam. Eu nunca vou desistir. E sabe por que nunca vou desistir? Porque VOCÊ nunca vai desistir.

Ela encerrou o discurso com um abraço carinhoso em Becca.

Becca reconfortou-se com o carinho. O corpo de Blake era quentinho, envolvente e convidativo. E o abraço era sincero, real. Mas Becca alegrou-se ao ver as razões que a trouxeram até Blake Manners fazerem sentido. Fez a coisa certa. Procurou a aliada ideal. Seria fácil apagar os traços da investigação de uma pessoa, seria praticamente impossível cortar a cabeça daquele exército. Mas até onde poderia contar com aquela proteção?

Pensaria nisso na hora certa. Por enquanto, precisava descobrir onde Erick estava, o que Stanton estava tramando de verdade e — olhou para Blake, ainda incendiando o público com convicção e uma fúria irresistível — fazer novas amizades.

* * *

Na primeira manhã em Portland, Becca encontrou Blake chorando no salão de jogos. O sofá camurça era confortável só de olhar, como uma música acalentadora e cheia de ritmos da infância. Blake mentira para os seguidores, dizendo ter acordado com saudades, e era uma meia mentira. Saudade, sim. Mas agora era definitiva, sem volta, sem ninguém para compreender o valor real da perda, ela chorava sozinha.

Mesmo assim, só poderia confidenciar no próximo intervalo, na próxima janela de privacidade prevista em contrato, no próximo momento sozinha. E com quem falaria? Joseph era a única figura presente na vida de Blake e ele gostava demais das palavras "sim" e "não" sempre que conversavam. Estou triste, Joseph. Sim, senhorita Manners. Quero um foguete, Joseph. Não, senhorita Manners. Qual seu time favorito, Joseph? As Simopses de Simcity ou os Nananinanãos da Nãolandia? Ele sorria.

Joseph tomaria um tiro por ela. Mas Joseph não era um amigo. Ele estava ali por ordem da seguradora. Blake Manners valia muito, os investidores gostavam do retorno do investimento e mantê-la sadia, sã e salva era do interesse de todos. Ela não discordava. Gostava da ideia de continuar viva e de ter um guarda-costas/assistente/colete à prova de balas ambulante do tamanho do Tropeço por perto.

Agora tinha Becca. Poderia abrir-se, poderia confiar, poderia falar, mas não seria cedo demais? Poderia tantas coisas e não faria nenhuma. Era complicado. Ossos do ofício. Algumas barreiras não deviam ser cruzadas, melhor deixar como estava. Mesmo assim, desde o primeiro encontro, pegava-se olhando para Becca e pensando em tudo isso, em tudo que queria dizer e fazer, mas que nunca poderia ser. E lá estava Becca, olhando para ela enquanto lágrimas limpavam a maquiagem do rosto e levavam os anos de espera embora.

Lágrimas de saudade, sim. Lágrimas de sinceridade também. De perda. De solidão. De mentira. De arrependimento. Criara mentiras próprias para acreditar no retorno de Todd, aceitara as mentiras externas sem reserva, transformando-se em algo tão vil quanto quem colocou o irmão naquela lista, quanto quem passou a caneta vermelha, quanto quem puxou o gatilho. E lá estava Becca, reavivando as memórias de tudo isso.

Blake sorriu ao notar que más notícias também são carregadas pelas asas dos anjos.

*

As chamas das provocações de Blake logo começaram a espalhar-se pelo iReality. Até a pessoa mais desligada em assuntos policiais questionava as circunstâncias da morte do jornalista, colegas de profissão escreviam abertamente sobre a quantidade ínfima de informação disponibilizada pela polícia e o instituto médico legal de Nova Iorque e, em todas as ocasiões, sugeriam o envolvimento da M.A.S.E. Se não pela autoria, ao menos como parte interessada, afinal, Andrew McNab sempre foi um opositor e crítico à carta branca que a companhia tinha em praticamente todos os setores, em todos os países. Uma célebre entrevista de McNab à GNN reapareceu no iReality e ele dizia, sob vaias da plateia: "Ninguém deveria ter tanta liberdade, ninguém deveria ser tão intocável, somos uma sociedade democrática. O povo tem o direito de saber sobre quem manda nos céus, quem faz nossos remédios e quem está explorando o espaço." Desta vez, centenas de milhares de pessoas concordaram com ele.

✷

Becca até esperou um pouco antes de adicionar mais um nome à lista, mas aliou-se a Blake com um objetivo claro e usar os recursos não censuráveis da celebridade era uma das facilidades oferecidas pela nova amiga. No almoço do terceiro dia, depois de Joseph trazer uma macarronada com molho à bolonhesa para Becca e uma salada com queijo de cabra e nozes para Blake, ela tocou no assunto.

— Chegou a hora, Blake.

— Tudo bem. Já tem alguma ideia de como fazer?

— Sim. Vai dar dor de cabeça.

— E quando é que não dá?

Elas comeram, conversaram sobre o passado, o presente e o futuro. Tudo terminou com uma noz de cara triste. Becca argumentou a favor de comerem a noz e acabarem com o sofrimento dela; Blake defendeu o salvo-conduto daquela alma transtornada. Elas chamaram Joseph para dar o voto de Minerva. Ele ergueu os óculos escuros, analisou a fruta e, enquanto as duas faziam cara de intelectuais e especializadas em psicologia nutricional, enfiou a noz inteira na boca.

Elas caíram na gargalhada, ele voltou à porta da sala de estar, mastigando o mais acintosamente possível.

Becca manteve o olhar fixo em Blake e a piada morreu.

Era hora.

✷

— Amigos, precisarei de vocês novamente.

O pedido de Blake começou a mobilizar a base e os opositores. Àquele ponto, já sabiam que Becca havia trabalhado para a M.A.S.E. e parte dos seguidores acreditava que todo mundo tocado pela companhia era podre e traiçoeiro para sempre. Blake nunca compartilhou esse tipo de comentário com ela.

Um bom número de pessoas estava conectado no canal de Blake quando ela deu o próximo passo.

— Pronto, Becca. Como podemos ajudar?

— Precisamos descobrir o paradeiro de Erick Ciritelli, ele é mais um cientista desaparecido. A última vez que ele foi visto, estava embarcando num turbojato da M.A.S.E. no Brasil, no dia do anúncio da viagem no tempo. Ninguém mais o viu depois daquele dia. Os pais dele estão preocupados. Ele é um grande amigo. — Limitar informações, dizer meias-verdades e dosar o que Blake sabia começava a transformar-se numa prática corriqueira, embora Becca continuasse a sentir uma ponta de ansiedade, de arrependimento. Vez ou outra, comparava-se a Stanton, à manipulação dos funcionários e das pessoas, a alguém disposto a tudo para estar certo, para conseguir o que queria.

— Vocês ouviram a moça. Alguém aí viu, conhece ou tem alguma informação sobre Erick Ciritelli? — Ela mostrou uma foto dele. — Ele é um dos cientistas dos *masos*, mas joga no time certo. Nunca pensamos nisso, mas existe resistência lá dentro!

Então, Blake pegou uma lista de buscas e caminhos imaginados por Becca e começou a buscar. O volume de resultados enviado pelos seguidores era tão grande que, depois de alguns minutos, eles pararam de desaparecer e até mesmo a interface de Blake, compartilhada com a amiga, mostrava vídeos do embarque, fotos da juventude de Erick e um histórico de manutenção do turbojato. Mas tudo parava na noite da viagem no tempo.

Ninguém sabia onde Erick estava.

* * *

A aparente vitória durou pouco. Tudo aconteceu rápido demais para elas — ou para qualquer humano, justiça seja feita. Só um computador conseguiria perceber que todas as mensagens, reações, vídeos, imagens e teorias vinculando a morte de Andrew McNab e o desaparecimento de Erick Ciritelli à viagem no tempo desapareceram da rede instantes depois da última carga do exército de Blake.

Ou melhor, quase ninguém percebia.

Uma pessoa viu tudo, juntou as peças e preferiu não falar nada na rede.

As primeiras fagulhas do incêndio de Blake Manners começavam a espalhar-se.

XEQUE

Uma semana desperdiçada passou desde o despertar na réplica do laboratório.

A comida surgia por uma passagem na base da mesa colada à parede.

Erick comia.

A bandeja voltava pelo mesmo lugar.

As luzes acendiam quando ele acordava, diminuíam quando ele deitava para ler e, até onde Erick imaginava, apagavam quando adormecia.

O lugar funcionava em função dele. Para ele, como Stanton prometera. E embora Erick continuasse ignorando os demais dados que chegavam com frequência, mantinha no bolso a folha dobrada e um pouco desgastada com a fórmula. Quem a teria descoberto? De onde veio a informação? Como não tinha percebido as nuances tão óbvias depois de tantos anos de dedicação? A mudança principal estava no ponto de partida. Erick gastou praticamente uma década olhando para o problema pelo ângulo errado. Stanton não era capaz de algo assim e ele teria se gabado se tivesse descoberto a fórmula básica da viagem no tempo.

Havia alguém mais inteligente que ele do outro lado daqueles monitores e experimentos, e esse alguém havia lançado um desafio. Afinal, uma coisa é encontrar uma fórmula que faz sentido no papel e, aparentemente, resolve todos os problemas da primeira fase do projeto. Encontrar um meio de colocar o conceito em prática e imaginar um protótipo são outros quinhentos.

Antes mesmo de consolidar o pensamento, alguma coisa lá dentro de Erick, algo bruto e sem filtros, havia aceitado o desafio.

Ele só precisava arrumar um jeito de fazer isso e estragar os planos de Stanton ao mesmo tempo.

*

Imagine seu sonho mais impossível. Ganhar todos os Legos do mundo. Ter uma piscina de moedas de ouro. Ser o dono da Disneylândia e fechar o parque só para você. Ter superpoderes. Erick descobriu o baú do tesouro quando finalmente prestou atenção no *tsunami* de informações à volta dele, não apenas afastando o mau humor, mas também servindo como válvula de escape para toda a frustração desde a traição de Stanton.

Uma alternativa a pensar nas mentiras da avó e nas razões para cada uma delas.

Ele também estava cansado de ficar ali, sem fazer nada. Então, como fizera anos antes, em que trocou a família pelo trabalho, substituiu a raiva pela pesquisa e passou a procurar ativamente por meios de continuar o trabalho e sabotar a M.A.S.E. Essa linha de raciocínio era perigosa, pois, mais cedo ou mais tarde, ele poderia ser forçado a sabotar tudo para tentar fugir ou impedir que Stanton realizasse os sonhos de dominação e manipulação.

Mesmo sem informações exteriores, além daquelas trazidas por Stanton, Erick pensava no mundo lá fora. Pela primeira vez em anos, as ações dele passaram a ter significado, ganharam o potencial de influenciar as vidas de mais gente além da dele mesmo. Erick tentava imaginar nações em conflito por causa da perspectiva do fim da fome, das apropriações arbitrárias impostas pelos dados apresentados por Stanton e o efeito de tudo isso na economia. Os mercados simplesmente não aceitariam o fim de *commodities* tão fundamentais. Impérios estavam prestes a cair. O mundo lá fora provavelmente transformava-se num lugar mais perigoso, instável.

Tão instável quanto as convicções pessoais de Erick.

Elza nunca deixava seus pensamentos. A quebra daquele império era mais destrutiva que qualquer outra. Como conciliar anos de amor puro e confiança irrestrita com a perspectiva de uma mentira? Era fácil entender a traição de Stanton. Ele era como um político manipulador e capaz de fazer as coisas certas acontecerem. As promessas e realizações serviram apenas aos interesses dele mesmo, serviram para desenvolver a noção corrupta de bem maior, do tal plano. E Erick só não viu por estar enamorado com as possibilidades, com a camada superficial das promessas. Quando a cortina caiu, o inimigo só trocou de máscara e todo o *modus operandi* encaixou-se perfeitamente, todas as decisões, ofertas e realizações ficaram manchadas pela verdade. No fundo, Stanton era um grande ególatra agindo com a força cabal de uma empresa monstruosa que o considera muito útil e, como resultado de suas decisões, é aplaudido por uma hoste de idiotas perigosos.

Idiotas como ele, até a realidade chegar como uma bofetada.

O problema maior é que essa mistura perigosa pode estar destruindo o mundo, ou construindo algo que só interesse a uns poucos e privilegiados. Nenhuma das duas alternativas terminaria bem.

Por outro lado, a mentira de Elza ameaçava desmantelar a identidade de Erick.

Elena estava certa. Ele falava, pensava e agia exatamente como a avó, como se a consciência de um existisse dentro do outro.

Exatamente como a voz que ouvia naquele momento e não fazia ideia de onde vinha.

*

Erick?

Erick levou um susto, imaginando que alguém falava atrás dele, e virou-se com tudo para ver quem era. Ao encarar o espaço vazio, fez uma nova volta, checando cada canto do laboratório. Nunca tinha ocorrido que autofalantes minúsculos poderiam estar instalados ali. Tinha certeza de câmeras e microfones, mas qual seria a utilidade de caixas de som se ninguém falava com ele?

A voz retornou, vinda de todos os lados e de lado nenhum.

Erick?

Ele reconheceu o tom. A mistura de uma memória ancestral com as maravilhas da tecnologia. Por instinto, colocou a mão no bolso para pegar o telefone que não estava lá. Pensou na máxima de Conan Doyle — "Quando você elimina o impossível, o que restar, não importa o quão improvável, deve ser a verdade", repetiu para si. Impossível seria Elza estar ali na sala com ele. Ela não estava. Impossível seria existirem fantasmas. Impossível seria ter despertado de um sonho. Ele estava acordado e atento.

Aquela verdade só aumentava a dor. E a dor real ninguém nunca esquece, ela torna-se parte de nós e alimenta decisões boas e ruins até o fim.

— Vó?

Sim, netinho.

— Que diabo é isso?

Olha a boca, netinho.

— Eu não estou com o telefone, tiraram de mim. Como você está aqui?

Pense, McFly. Pense.

Erick colocou a mão esquerda na nuca.

— O implante. Mas o telefone… As mensagens… Eram só gravações.

Sempre um gênio. Quando chegar a hora, você entenderá.

— Não vem com essa. Você mentiu pra gente. Você mentiu pra mim.

E daí, netinho?

— Fiz tudo isso por você. E você mentiu pra mim.

Todo mundo mente, Erick. Você mentiu para Becca quando disse que não sentia mais nada por ela. Você mentiu para sua mãe quando prometeu que voltaria. Você mente para você mesmo todos os dias quando diz que não se importa com ninguém.

Erick não disse nada.

Gato comeu a língua?

— Não vou falar com uma gravação.

Netinho, uma gravação não saberia onde você está agora e o que você está escondendo no bolso há uma semana.

— Como é possível? — Ele colocou a mão no bolso e retirou a foto da família. Imaginara terem tirado tudo dele e nem preocupou-se em checar os bolsos.

Faça as perguntas certas, netinho.

Erick pensou e ela respondeu.

Finalmente você se tocou que não precisa falar.

— Eu estaria celebrando se não fosse tão assustador. Quais as perguntas certas, vovó? Por que você mentiu? Por que não confiou em mim?

Tira essa ironia da mente, netinho. Respeite a vovó. As perguntas certas estão no futuro, não no passado.

— Quem vai me tirar daqui?

Você mesmo.

— Quando?

Quando você estiver pronto.

— Obrigado, Mestre Yoda.

Silêncio.

— Vó? Alô? Você está aí?

Erick levou a mão direita à nuca, revisitando sensações e memórias, sem limitar a imaginação.

Ele viu a cena como um espectador externo, o próprio espírito ausente do corpinho adormecido no sofá, enquanto a avó pegava uma pistola injetora médica, inseria uma minúscula cápsula transparente no pente e limpava a nuca do neto usando uma gaze banhada em álcool, com cuidado e delicadeza. Ela sorria, tomando todos os cuidados para não despertar o garoto enquanto a mira laser da pistola rastreava o ponto ideal para a injeção. Conforme ela aproximava a arma, a mira ficava cada vez mais centralizada e logo tornou-se um único ponto vermelho concentrado. Elza encostou o instrumento e puxou o gatilho. Erick estremeceu, balbuciou alguma coisa e ameaçou acordar quando ela aplicou o curativo e estimulou o crescimento de uma nova camada de pele.

Erick encarou o olhar dela. Procurou amor, mas encontrou olhos vitoriosos de uma rainha que acabara de confrontar o rei.

Xeque.

* * *

Aos 12 anos, Erick passou as férias num acampamento de ciências em Lake Tahoe, na Califórnia. Presente de Elza. Ele costumava ler bastante e, antes de conseguir enturmar-se com o resto da garotada — afinal, no primeiro contato, ele era o turista brasileiro e eles, os americanos-natos; três dias depois, todos eram apenas crianças e as barreiras caíram —, Erick descobriu um baú repleto de livros de bolso de ficção científica. Os exemplares estavam lá desde a fundação do acampamento, esquecidos por conta da tecnologia e resistentes ao tempo por mérito próprio.

Até o fim daquele verão, ele teria conhecido Asimov, apaixonado-se pelas palavras de Le Guin e aprendido os primeiros palavrões com Scalzi. Mas a verdadeira transformação aconteceu por conta de uma coletânea independente de contos e noveletas. Numa delas, um escritor chamado Troy Archer mergulhava — de cabeça, sem aviso e sem esperança de voltar com vida — na realidade virtual, num século 21 pós-Matrix, com humanos migrando em massa para outras realidades, abandonando o consumo físico e entregando os corpos a cuidadores profissionais que, com o tempo, transformaram-se em empresas imensas e desumanas, tratando os hóspedes como *commodities* em trocas e negociatas globais e uma história assustadora sobre uma garota que não podia olhar para o céu.

Erick pirou. Passou semanas falando sobre as possibilidades, sobre o futuro da consciência humana e, de repente, estava estudando filósofos gregos e assimilando como uma esponja tudo que encontrasse sobre realidade virtual e transcendência. Como todo garoto de 12 anos, ele acreditou em respostas além da própria compreensão e, por uma semana, convenceu-se estar vivendo dentro de uma máquina. Durante esse tempo, Erick executou um plano meticuloso para irritar os senhores das máquinas e rebelar-se, livrando o corpo e conquistando a liberdade. Elena e André não gostaram nem um pouquinho dos atos de rebelião, claro. A fantasia durou até os pais e a avó reunirem argumentos suficientes e fortes para convencer o garoto do contrário. A vida voltou ao normal, a ordem foi restabelecida e ele era uma pessoa novamente.

Flashes daquele período começaram a assombrar a mente de Erick, como se os fragmentos de memória estivessem sempre à espreita, escondidos nas poucas sombras do laboratório, aguardando embaixo das mesas ou confabulando atrás dele. Entretanto, quantas certezas tinha de tudo aquilo? Até onde lembrar de um episódio o transforma em realidade? Até onde ter uma ideia torna ela sua?

Quanto mais tentava separar, organizar e elencar as memórias, mais as vozes do presente e do passado falavam, tornando-se uma. A única voz possível, aquela responsável por decisões, escolhas e os rumos cujo ápice foi o embarque no turbojato.

De quem era aquela voz? Quem realmente tomou decisões por ele?

Repetiu a acusação de Elena.

— E depois fala que não é a sua avó. Fala igualzinho a ela.

Até onde Erick esteve no comando? Quem teria decidido aceitar o desafio da fórmula?

Ele ou Elza?

As perguntas começaram a acumular-se conforme Erick questionava a vida toda. Se antes a traição de Stanton colocava a carreira em risco, agora, a aparente manipulação de Elza implodia a vida pessoal, a individualidade, a persona.

Quem realmente era Erick Ciritelli? Um cientista brilhante? Uma peça num tabuleiro? Um Pinocchio ao contrário?

Procurou pelos fios, encontrou apenas a dúvida, e ela não sabia ser gentil.

PORTA-VOZ DO AMANHÃ

O plenário da Assembleia Geral da ONU estava lotado para o novo discurso de Peter Stanton. Delegados, dignitários e generais aguardavam as novidades da M.A.S.E. Muitos deles descontentes ou abertamente irritados com as últimas intervenções da companhia. A promessa do fim da fome significou o início de conflitos e a escalação de tensões no Oriente Médio, na América do Sul, África e até mesmo nos Estados Unidos. Os lugares designados como terras férteis essenciais para o futuro já pertenciam a outras pessoas, entidades e governos pouco inclinados a abrirem mão da soberania — e dos lucros da produção agropecuária — em prol do bem maior.

A M.A.S.E. deu um boi para entrar na briga e a boiada inteira para acalmar os ânimos. Estados receberam tecnologia, regiões receberam auxílio e quem só queria saber de dinheiro, bem, recebeu dinheiro. Muito dinheiro. A intervenção evitou tragédias.

Pouco fez para dissipar as tensões.

Vários membros da plateia estavam com um proverbial dedo sobre o botão vermelho. Um suspiro em falso, uma palavra errada, um momento de insegurança maior e eles libertariam todas as manifestações, formas e intensidades da destruição e da guerra. A escuridão pode ser mais forte antes do raiar do dia, mas, para aqueles homens, seguros e viris apenas com suas armas e máquinas de combate, a vida só cintila com o clarão das explosões. Primeiro em seus sonhos, depois sobre os lares de seus inimigos.

O burburinho aumentou quando as luzes do palco foram diminuídas e o silêncio imperou quando a figura agora conhecida de Peter Stanton caminhou sem pressa até o púlpito central. Ele tomou um gole d'água, manipulou a interface por um instante, a luz do plenário piscou, e Stanton olhou para a plateia, curioso.

— Senhoras e senhores, muito boa noite. Trago notícias do futuro.

Fez uma pausa, como se aguardasse uma resposta, recebendo apenas um breve murmúrio generalizado.

— Gostaria de chamar a atenção de vocês para a tela e para suas interfaces. — Ele acionou um comando e a imagem foi transferida. Atrás dele, no telão do plenário, o vídeo mostrava uma máquina, tão grande quanto um banheiro portátil, que brilhava internamente com uma luz verde. A luz pulsava e parecia circular em torno de um eixo invisível contida por anéis metálicos, cabos de cobre e ouro, e painéis de controle externos. *Dr. Frankenstein teria orgulho da gente.*

— Senhoras e senhores, digníssimos membros da plateia, apresento o próximo passo para o futuro. Energia. Energia pura. Energia sem fim. Energia gratuita, depois do custo inicial de produção e instalação do gerador, claro. Energia para todos, em todos os lugares. Se já estamos evoluindo civilizadamente para um futuro sem fome, agora damos um passo para um futuro promissor, seguro e sustentável sem a dependência de combustíveis fósseis, sem as limitações da captação solar e sem o risco da fissão nuclear. A M.A.S.E. estava trabalhando neste projeto há muito tempo, porém, nosso viajante temporal foi capaz de trazer o último pedaço do quebra-cabeças: uma fórmula de estabilização do módulo de energia. Desde então, nossos cientistas trabalharam sem parar na finalização do projeto, para podermos trazer mais este presente para vocês e para o mundo. Um mundo sem luta por energia, sem barreiras para o crescimento e sem preconceito entre quem mora na cidade ou numa fazenda isolada nos confins de Iowa, da Bahia, de Saskatchewan ou no *outback* e nos pampas, um mundo com um único objetivo: crescer, desenvolver, evoluir, ir além. Agora, esse presente é de todos nós.

Os aplausos eclodiram e trovejaram pelo plenário da ONU, enquanto vaias pontuais tentavam conter a onda de empolgação. O iReality explodiu em reações e os mercados financeiros entraram em pânico. As ações dos gigantes do petróleo, tão resilientes ao longo das décadas e séculos de luta contra o aquecimento global, cada vez mais catastrófico para as regiões litorâneas, finalmente fraquejaram, perderam o rumo e foram para a lona.

Era a receita para o conflito, um tanque de *napalm* despejado sobre a churrasqueira prontinho para queimar toda a carne na grelha e espalhar-se por todos os lados, sem poupar nada, nem ninguém. As nações pobres celebravam, os poderosos preparavam-se para o pior e, em pouco tempo, a empolgação passou e o silêncio dos grandes impérios contaminou o plenário, alimentando reclamações e xingamentos. Stanton continuou a falar.

— Esse presente é para todos nós, se...

O silêncio retornou.

— Esse presente é para todos nós se o mundo encerrar o ciclo militarizado que conhecemos. Se o mundo parar de temer seus vizinhos, se o mundo não olhar para ameaças além das conhecidas, se o mundo não olhar para as estrelas. No futuro que visitamos, não existe mais o Exército Americano, o Exército Vermelho e nem o Exército Chinês. Existem as Forças da Terra e elas estão olhando, juntas, para a frente, e não desconfiando pelas costas. Existe uma união como nunca visto antes. Existe progresso, existe um senso total de irmandade. Existe um futuro melhor.

Os gritos agora eram de oposição, de indignação, de violência e dúvida. Stanton observou o mapa do plenário projetado no iReality e, quando as delegações chinesa, norte-americana e inglesa s preparavam-se para levantar e ir embora, deu a última cartada.

— Senhoras e senhores, por favor. Digníssimos delegados e representantes. Entendo que trago uma proposta difícil, uma proposta aparentemente impossível, uma proposta ofensiva para alguns. Mas pedimos uma chance para um futuro melhor, um futuro mais seguro. Eu peço que me ouçam por mais um instante antes de darem as costas e cometerem um erro terrível.

Stanton manipulou a interface e a imagem do telão mudou para a vista aérea de Manhattan. Ao mesmo tempo, dois assistentes puxaram uma plataforma de suporte para o palco. Sobre ela, havia uma versão menor do módulo de energia. Ela tinha a metade do tamanho do modelo mostrado no vídeo e exibia a mesma luz, com a mesma intensidade, e causou ainda mais deslumbre. Um único cabo estava conectado a ela.

— Senhoras e senhores, peço sua atenção para esse pequeno gerador.

A curiosidade venceu a raiva. As pessoas olharam.

— Pouco antes de começar a falar a este distinto público, a M.A.S.E. conectou este pequeno gerador ao sistema elétrico de Manhattan, incluindo este edifício, claro. Em instantes, vamos desligar todo o abastecimento de eletricidade para a região. Tudo vai apagar, exceto o telão, para que as senhoras e senhores entendam a grandiosidade e generosidade desta oferta.

Stanton acionou outro comando e disse uma palavra: "Agora."

O plenário caiu nas trevas, centenas de interfaces de iReality ficaram visíveis graças às baterias internas, e o vídeo no telão mostrava toda a ilha de Manhattan às escuras, exceto pelo ponto de luz intensa no Central Park, onde a sede da M.A.S.E. permanecia iluminada contra a escuridão; uma espaçonave desbravando o vazio do espaço ao redor.

Então, Stanton caminhou até o pequeno gerador e apertou um botão.

A energia retornou ao plenário, a Manhattan, ao mundo ao redor.

— Esse é o verdadeiro poder.

E ele estava todo nas mãos de Peter Stanton.

Peter Stanton migrara do cargo de profeta camarada para ameaça poderosa sem intimidar-se ou mudar a atitude. Ninguém ali planejava apertar a mão dele no final da apresentação — a saída dele estava planejada, para não causar mais conflitos, pelos fundos, sem riscos — e isso não importava.

A mensagem de Stanton tinha chegado aos ouvidos de todos os envolvidos. Políticos, militares, cientistas, formadores de opinião e quem mais importava: o povo. Em dois anúncios seguidos, a M.A.S.E. havia feito muito mais que alimentar os sonhos das pessoas, ela havia mostrado um futuro melhor, um futuro de avanços na qualidade de vida e na recuperação do planeta. Sem precisar lutar pela comida cada vez mais cara ou arrumar aquele emprego extra para pagar pela energia cada vez mais custosa, uma pessoa normal poderia voltar a pleitear uma vida boa para si e para os filhos. E havia muita gente cansada daquele estágio da chamada condição humana.

Sofrer deixara de ser uma possibilidade, havia tornado-se uma certeza.

Ninguém mais precisaria sofrer, não daquele jeito, não mais.

Uma transformação fundamental na compreensão do ser humano, no ato de viver.

O primeiro passo para longe da mesquinharia e em direção à iluminação verdadeira. Stanton vislumbrava um mundo dedicado à ciência, à perseguição do aprimoramento socioeconômico e cultura, à melhoria de tudo e todos. Tudo calcado nas ofertas dos deuses donos do espaço e do tempo. Como um tirano inebriado, Stanton imaginava o mundo ideal surgir dos escombros do velho sistema, das velhas ideias, dos antigos axiomas. Mais uma vez, Nero viu Roma queimar e aproveitou mais ainda o espetáculo.

Ele ignorou o perigo do presente ou a História. Assim como enganara Erick, Stanton apostava numa falsidade constante, calcada na satisfação das massas e na manipulação de elementos do estado. Lincoln estava certo, você pode enganar todos por um tempo, ou alguns por muito tempo, mas nunca se pode enganar todos o tempo todo.

Mas onde está o limiar entre a enganação e a aceitação? Quando uma mentira bem contada, e bem paga, deixa de ser uma mentira e torna-se a nova realidade? Uma criança criada numa ilha isolada pode aceitar que conhece o mundo todo se nunca descobrir, ou for orientadaa buscar o continente do outro lado do oceano. A estupidez sempre está a um livro mal-intencionado, ou eleição, de distância.

A aposta de Stanton era vencer pelo cansaço, pela insistência, pela força de vontade. Enquanto a M.A.S.E. controlasse a opinião pública, e avançasse a sociedade, ela teria apoio para continuar. Por mais distantes que fossem, governos ainda serviam ao povo e nem Estados Unidos, nem Inglaterra, nem Alemanha ou mesmo a Argentina arriscariam correr o risco de negar às suas populações as dádivas trazidas pelo porta-voz do amanhã.

Gostava do título. Soava bem. Alimentaria a mídia com a ideia ainda naquela noite, no primeiro *talk show*, ao lado do primeiro sorriso e da primeira salva de palmas para o homem responsável pelos maiores avanços da História recente. Ele os lembraria de Marte, da Lua, dos turbojatos, da cura da leucemia. Ele os lembraria da importância da M.A.S.E. e de como ela só existia graças à vocação de ajudar a todos.

Ele acreditava no plano, no bem que estava fazendo e nos benefícios oriundos da jogada.

Mas ele era um só. Um poderia ser derrotado, desacreditado, substituído. A M.A.S.E. contava com muitos e eles estavam trabalhando sem parar enquanto o Porta-Voz do Amanhã observava, em silêncio, do púlpito.

Vitorioso antes mesmo do primeiro golpe.

*

Quem estava no plenário apertou os botões e disparou os alertas. Quem estava fora tinha mais problemas na mesa e ninguém disparou um tiro. Enquanto Stanton fazia a apresentação pública, o alto escalão de governos do mundo todo recebia propostas que não poderiam recusar. Pelo menos, não naquele momento.

A M.A.S.E. falava sério a respeito da distribuição universal, a preço de custo, do módulo de energia e a obrigatoriedade disso para a realização do futuro testemunhado pelo viajante temporal. E falava mais sério ainda sobre a desmilitarização sob pena de desabilitar, ou debilitar demais, 80% das forças armadas mundiais em menos de uma semana. A dependência dos turbojatos, tecnologia de comunicação e aprimoramento de armamentos fornecidos pela companhia mostrou a verdadeira face como uma coleira curta — e os dentes de metal estavam virados para dentro, pressionando a jugular de cada governo.

Ela só precisou puxar um pouco a corda. Todos sentiram a mordida no pescoço e o perigo.

Se a M.A.S.E. retirasse os recursos ou desabilitasse as capacidades, departamentos de defesa ficariam às escuras de uma hora para a outra. Vulneráveis, indefesos, em pânico. Se os governos aceitassem a proposta, o desarmamento seria gradativo, controlado, menos arriscado. Teriam tempo para encontrar uma alternativa, resistir e manter a soberania. Era um risco calculado por todas as partes.

Ninguém estava feliz. Ninguém aceitou imediatamente. Todos concordaram em negociar.

Exceto a China, exatamente como Stanton esperava. Ela absteve-se do debate, da polêmica e de qualquer decisão.

A República Popular da China não precisava da M.A.S.E.

Mas a M.A.S.E. precisava da China.

Tudo de acordo com o plano.

Cada detalhe.

GÊNIO DA LÂMPADA

Um bom amigo traz boas novas. Um grande amigo traz a verdade. Tom trouxe um carrinho de carga com as duas coisas e uma pitada de tragédia. O faxineiro encostou a encomenda no canto do laboratório e deu bom-dia para Erick.

— Hoje é meu aniversário e eu esqueci, Tom?

Se você esqueceu, como é que eu vou lembrar, moço? Meus ossos me lembram do meu todo ano. Tem um ossinho aqui, ó — e apontou para as costas da mão direita, na base do indicador— que dói pra dedéu no dia do meu aniversário. Então.

— Então o quê, Tom?

— É seu aniversário ou não é?

— Claro que não é. Foi força de expressão.

— Bom, eu usei força de verdade pra puxar aquele treco pra cá. Disseram que o senhor saberia o que fazer com ele.

— Sei sim, Tom. Sei sim.

Erick acariciou o módulo de energia como se desse as boas-vindas a um novo cão, com cuidado para não ser mordido, mas com a firmeza necessária para passar confiança. Energia sempre fora um problema na pesquisa. Como conseguiriam abrir uma fenda na fábrica do espaço-tempo se a energia da Terra era, em tese, limitada tanto em potencial de produção quanto em distância entre redes? Não poderia simplesmente fazer um puxadinho, conectar todas as usinas do planeta e torcer para ser o suficiente. Aquele módulo permitiria retirar a energia necessária, constantemente, pelo tempo que precisasse.

Feliz pelo presente e cético pelas razões, Erick logo trocou a empolgação pela preocupação. Ele tinha os desenhos técnicos de como aquele protótipo pareceria, como deveria ser construído, e nada daquela complexidade poderia ser criado, estabilizado e enviado para ele com tanta velocidade.

Pela primeira vez, desde o começo do pesadelo, Erick questionou as próprias convicções. *E se Stanton não tivesse mentido sobre a viagem no tempo e esse laboratório alternativo que está me alimentando chegou lá antes de mim?* Odiava o isolamento profissional e os momentos de êxtase por causa das descobertas e da velocidade dos avanços serviam como drogas paliativas, deixando a vida suportável, mas sempre arrastando-o ainda mais para baixo depois do pico de excitação. Além disso, estava lidando com a ausência do antidepressivo. Se havia algo misturado na comida, não saberia dizer. Os sintomas pareciam menores, distantes, como se o isolamento estivesse blindando o cérebro dos estímulos negativos externos e o mantivesse num estado mais gerenciável. Mas não desapareceram.

Nem teriam como desaparecer, afinal, havia sempre a voz de Elza aparecendo de tempos em tempos. Falando do futuro, incitando perguntas, fugindo do passado, tentando empurrá-lo até algum lugar desconhecido.

— Vó?

Sim, netinho.

— Estou errado sobre a viagem no tempo?

Só saberá quando souber de tudo, netinho.

— E quando saberei de tudo, vó?

Quando as ondas molharem seus tornozelos e você aprender a pedir perdão.

— Como assim?

Silêncio.

*

O ombro de Tom encostou no braço do cientista. Erick virou o rosto e viu Tom olhando para o módulo de energia, intenso, assim como Erick deveria ter feito até instantes atrás.

— Que foi, Tom?

— Sei não, mas do jeito que o senhor tava olhando, ou ia explodir ou ia sair um gênio daí de dentro. Achei melhor arriscar. Seria legal ter um gênio, né? Primeiro, eu ia pedir...

— Não foi nada, Tom.

— Sério, olha eu ia pedir...— Tom pensou melhor, coçou a cicatriz no antebraço e, abrindo a boca de supetão, como alguém com a melhor ideia do ano, devolveu a palavra a Erick. — Por que o senhor não diz o que quer antes, e eu falo depois? Assim eu peço umas coisas inteligentes que nem o senhor pediria pro gênio. Vai, fala.

Erick riu.

— Não tem gênio, Tom.

— Tem certeza? Olha, sei não, hein? — Tom cutucou o módulo de energia com o bico da bota, recuando em seguida, como se uma nuvem de vespas assassinas da Indonésia estivesse prestes a voar atrás dele. — Mas me conta, vai, o que o senhor pediria, moço?

— Eu pediria um jeito de sair daqui, Tom. Queria poder ver meus pais. Falar com meus amigos. Descobrir o que está acontecendo de verdade. Achei que descobriria algo aqui, mas acabei preso. Que belo detetive eu virei.

— Xiii, seu Erick. Lá fora não tá nada bom, não. Distribuíram esses gênios pra todo mundo, sabe? Tem um monte de gente brava. Tão querendo desligar... despistolar... desmamar.

— Desarmar?

— Isso, tão querendo desarmar o exército e fazer todo mundo viver em paz. Alguma coisa assim. A gente não gosta muito desse negócio de viver em paz, não.

Erick ponderou, pensando e extrapolando as informações de Tom. Ele nunca falava nada sobre a instalação, sobre ele mesmo ou sobre a M.A.S.E., e deve ter tagarelado por imaginar que informações do noticiário não tinham nada a ver com o voto de sigilo que fizera ao aceitar o trabalho.

— Gostar até gosta, Tom. A gente não gosta muito um do outro, isso sim. É só alguém pensar diferente e chamamos de inimigo.

— E não é?

— Inimigo é quem quer o seu mal, quem sabe que é errado e faz assim mesmo, que aceita uma mentira e te prejudica por causa dela. Inimigo é quem se recusa a pensar.

— Então a gente é amigo, né, seu Erick? — Tom cutucou a cabeça branca com o sorriso costumeiro.

— Claro, Tom. Somos amigos, sim. E obrigado por me contar essas coisas. Você está com medo?

GÊNIO DA LÂMPADA

125

— De quê?

— De estar lá fora, com os inimigos?

— Eu só estaria longe deles se me mudasse para outro planeta, seu Erick. Mas aí eu estaria sozinho. Não sei se gostaria de ficar sozinho como o senhor tá, não.

— Acho que ninguém gosta, Tom. Mas diz uma coisa, você disse que deram um desse aqui pra todo mundo? É mesmo?

— Se deram, eu não recebi o meu. Falaram que era um presente pra Humanidade. Não passei em casa hoje, vai que deixaram lá na portaria do prédio e o meu tá esperando, né? Mas ninguém mais vai precisar pagar a conta de luz e nem o supermercado. Aquele mocinho que foi pro futuro disse que não vai ter mais fome e nem guerra. — Um fio de preocupação riscou a testa de Tom, por imaginar ter falado demais. Erick percebeu e mudou de assunto.

— Sabe o que eu pediria pro gênio, Tom?

— O quê?

— Um jeito de sair daqui com meu amigo Tom, pra tomarmos uma cerveja juntos e não nos preocuparmos com presentes, guerras ou inimigos. Eu pediria um dia de folga. Uma noitada com meu amigo Tom, com meu amigo Andy e com minha amiga Becca. Já te falei do Andy e da Becca? Eles são fantásticos. Você adoraria conhecer os dois. Andy é esperto, fala muita bobagem e ele levaria uma bala por você. Becca é inteligente, linda e a mulher mais valente que eu conheço. Se o Andy começa uma briga, é a Becca quem sai no tapa e trouxa é quem não foge.

Por um instante mais longo que o suspiro de um recém-nascido, a alegria sumiu do rosto de Tom e os músculos relaxaram involuntariamente. Era como se uma máscara tivesse se revelado e caído ao mesmo tempo.

Tom ficou imóvel e mudo. Tom quase nunca calava a boca.

Erick respeitou o silêncio.

— Sinto muito, seu Erick.

— Pelo quê, Tom?

— Pelo senhor estar aqui sozinho, longe dos seus amigos.

— Obrigado, Tom.

Erick abaixou-se perto do módulo de energia, esfregou três vezes e fez três desejos.

Um beijo. Um abraço. Um pedaço de lasanha.

*

Tom limpou a sala, mantendo-se longe do módulo e de Erick.

Com a porta entreaberta, ele virou-se para o cientista, coçou a cabeça, franziu a testa e ergueu o indicador enquanto procurava as palavras certas.

— Por que o senhor não foge, seu Erick?

Ele pegou Erick desprevenido, mergulhado no computador e nas telas virtuais projetadas pela interface dos óculos, tudo agora conectado à nova fonte de energia.

— Oi, Tom? — respondeu sem tirar os olhos da pesquisa.

Tom repetiu a pergunta.

— Fugir? Eu sou apenas um cientista, Tom. Não sei escalar dutos de ar--condicionado, destrancar fechaduras e nem fazer uma corda usando meu único lençol e minha única toalha. E, sei lá, acho que o mundo lá fora está melhor sem mim.

— Eu acho que a gente só ganharia com o senhor lá, seu Erick.

— Queria compartilhar do seu otimismo, Tom.

— Eu queria mesmo ter conhecido os amigos do senhor, quem sabe um dia, né?

— Quem sabe um dia, Tom.

— Até lá, pensa nisso.

— Em quê?

— Fugir, uai. Eita homem que esquece de tudo. Sempre achei que gente inteligente nunca esquecesse das coisas.

— Desculpa, Tom. Muita coisa na cabeça. Prometo, vou pensar em fugir.

— Mas pensa em fugir só depois de amanhã, tá?

— Hã?

— É, depois de amanhã. Hoje é terça. Amanhã tem macarrão com almôndegas no refeitório e eu gosto muito das almôndegas. Pensa em fugir só na quinta, é melhor.

— Você é doido, Tom. Por que é melhor?

— Acho que se a gente fugir na quinta, o pessoal que trabalha aqui vai ficar a sexta-feira toda procurando pelo senhor, não vão achar, aí eles têm o fim de semana para se acalmar. Se a gente foge na sexta, eles têm que vir trabalhar no sábado e todo mundo vai ficar de mau-humor.

— Calma, se eu fugir, você vai comigo?

— Claro, ué.

— Por que, Tom?

— Porque eu nunca fugi numa quinta-feira, uai.

Erick gargalhou e Tom foi embora, arrastando as rodinhas do balde e o esfregão pelo corredor, o único ambiente além do laboratório que ele conhecia. O corredor com seus painéis iluminados do outro lado do vidro reforçado que o mantinha preso naquele aquário, preso às tentações da pesquisa e atrelado aos interesses de Stanton.

A presença do módulo de energia só comprovava o perigo de tudo que fizesse ali. Erick usara a fórmula para finalizar o protótipo que, até então, só ele conhecia por completo. Testemunhar o resultado de anos de trabalho manifestar-se como um golpe de magia das trevas, em poucos dias, dava arrepios e reforçava a ideia insana de Tom. *O que mais Stanton escondia? Não seria melhor sair dali?*

Permanecer ali o transformaria numa arma a serviço do homem que mentira para ele e, agora, também estava manipulando a opinião pública, governos e sabe-se lá mais quem. Tamborilando os dedos da mão esquerda contra o vidro da mesa, pela primeira vez, Erick compreendeu a nova realidade que aceitara tão rapidamente. O senso de urgência do primeiro dia retornou, uma vontade incessante de desmascarar a chegada a Marte, de transformar as revelações de Stanton em notícia, de destruir a reputação dele, de recuperar a velha vida. *Velha vida.* Ele riu. Ela não existia mais. Dentro daquele casulo maravilhoso e pelo qual teria doado um rim — se tivessem perguntado há um mês —, Erick não sabia mais se existia um cientista, um indignado ou o pior investigador de todos os tempos. Qual borboleta nasceria de uma lagarta tão deturpada, transtornada e dilacerada?

Erick era o astronauta dentro do *snowglobe* presenteado pela avó numa visita ao Kennedy Space Center. Um morador solitário e alheio aos olhares distantes das pessoas por trás das câmeras daquela redoma tecnológica. O mundo dele resumia-se a aguardar e olhar para a frente, para o futuro, enquanto Stanton decidia quando, e como, o globo seria girado.

Bom, se o Stanton decide quando a tempestade começa, eu decido quando ela termina.

— Vó?

Sim, netinho.

— Estou pronto.

Bom garoto.

Quando a tempestade parasse, Erick esperava ver o verdadeiro rosto do presente para escolher por qual futuro valeria a pena lutar. E para lutar, precisaria de armas. Torceu para não gerar uma borboleta, mas uma criatura com garras, resistência e sede de vingança.

LABIRINTO

O sol deveria ter raiado, os pássaros deveriam ter cantado e as crianças deveriam estar entrando na aula na manhã de quinta-feira quando Erick devaneava sobre o mundo lá fora, um universo lindo, divertido e em perigo. Mas, enquanto a abóbada branca lhe servisse de jaula, nada disso seria da conta dele.

Ignorou o trabalho, concentrando-se em estudar a estrutura do laboratório. A circulação do ar-condicionado ficava por conta de quatro dutos retangulares protegidos por grades parafusadas. Retirar os parafusos seria simples, passar o corpo pelo espaço disponível desafiaria as leis da física. Erick não passaria ali nem se regredisse aos cinco anos de idade. O mesmo valia para os dutos de retirada de ar. Gostaria de ter prestado mais atenção nos dramas sobre dobermanns, lontras e outros animais treinados para roubar bancos, caixas fortes ou se infiltrar em instalações secretas dos russos, ou de alguma república das bananas, nos filmes B que encontrara na mala com os pertences do avô. Eles nunca se conheceram, mas Erick herdou o gosto pelos longas feitos para a TV nos anos 1980 e na onda de *remakes* responsável por revisitá-los na era do *streaming*.

Uma doninha amestrada conseguiria passar ali. Mas você não tem uma doninha. E começou a rir.

A máxima "sentimos falta quando perdemos", ou nunca tivemos, fazia-se presente. Durante o exílio autoimposto, Erick controlava a distância da família. O cárcere não lhe roubara apenas a liberdade, mas também esse controle. Agora estava privado de tudo. Fotos, ligações, promessas feitas em silêncio e nunca cumpridas. Seguir a vontade alheia doía, maltratava, punia. E alimentava os primeiros focos de saudade.

A memória dos filmes do avô, a vontade de ver um pedaço da lasanha da mãe chegando pela esteira, um breve abraço ou o som da voz de Becca. Tudo tão próximo e acessível, e evitado por decisão própria, agora distante e intocável, como ideias de outras vidas ou mentiras repetidas tantas vezes ao ponto de tornarem-se verdades deturpadas.

Sentia falta daquilo que abandonara sem necessidade.

Erick elegera Stanton como responsável pela sequência lastimável de eventos do último mês, alguém para levar a culpa, alguém para ser odiado. Ele precisava olhar para outro lado, questionar e julgar as decisões de outra pessoa, só assim não teria tempo de considerar os próprios erros. Confiara no lobo em pele de cordeiro, claro. Mas havia criado uma versão particular de fantasia para afastar o passado, as obrigações e os sentimentos.

Ficar preso levou outra coisa embora. Ficar preso roubou a máscara usada contra tudo e todos. Sem ela, as defesas desintegraram-se como sonhos resistindo, e desaparecendo, ao despertar. A saudade chegou, e aumentou a vontade de ir embora.

Mas como?

A esteira por onde a comida chegava e ia embora era outra alternativa de fuga. Procurou um painel escondido na parte de dentro do laboratório, na esperança de poder controlar a comporta e deixá-la aberta pelo tempo suficiente para sair. Imaginava ser menos complicado escapar do compartimento adjacente. Entretanto, exceto pela junção da base da mesa com a porta, não encontrou nenhuma protuberância ou sinal de painel de controle.

Testou todas as janelas. As que alcançou, pelo menos. Nenhuma moveu-se. Bateu contra o vidro com o punho, como se batesse à porta do vizinho, e ouviu com atenção. O som era desanimador. As lâminas de vidro aparentavam ser grossas e resistentes. Desistiu do plano de arremessar as cadeiras contra elas.

Paredes sólidas. Teto alto demais. Painéis elétricos, sem passagem.

Entretanto, ter acesso aos cabos poderia ser útil. Por falta de alternativa melhor, Erick considerou um curto-circuito nos sistemas internos, talvez até algo suficiente para destrancar a única porta e permitir a fuga. Dali em diante, precisaria confiar em Tom.

Nesse momento, um calafrio percorreu o corpo de Erick.

Por que ele confiava em Tom? Ou pior, como ele conseguia confiar em Tom?

O sujeito queria fazer tatuagens de detento no primeiro encontro, passou uma hora perseguindo um gato invisível dois dias antes e jurava dominar a projeção astral e já ter sido um nobre inglês do século 14, um aventureiro numa cidade futurista, um açougueiro sul-africano e um *timelord* de Doctor Who.

Erick questionou a própria sanidade. Estava confiando o futuro dele, e de mais gente, a um faxineiro maluco que escolheu a data da fuga baseado no cardápio do refeitório. Onde estava o cientista premiado, o prodígio da M.A.S.E., o homem capaz de sonhar e viabilizar os primeiros conceitos da viagem no tempo?

A primeira resposta era sempre a mais honesta.

Erick estava perdido entre tantas reviravoltas, revelações e incertezas da clausura. Questionava cada decisão dos últimos 15 anos, as razões por trás de cada uma delas e os pensamentos presentes. A ansiedade de pensar em alguma coisa diferente, alguma saída inusitada, e receber uma reprimenda da voz da avó cobrava o preço e freava tentativas. A pressão externa do módulo de energia elevou os problemas. Recebera uma unidade operacional, não um protótipo como esperava, e boa parte do trabalho atual envolvia melhorar ainda mais o sistema para abastecer o veículo temporal. Ele não estava inventando nada.

O que realmente estava acontecendo ali? Qual era a função dele, de verdade?

No plano inicial, Erick pretendia criar uma cápsula grande o suficiente para comportar um adulto, usar a energia do módulo para abrir uma fenda temporal e proteger o viajante enquanto o mecanismo fazia a transição. Alguns metros bastariam, apenas o bastante para deixar o agora para trás. Brincadeira de criança transformada em sonhos de um maluco.

Ele riu e balançou a cabeça.

Loucura deve atrair loucura.

Mas a piada desceu amarga e real demais.

Para qualquer pessoa além dele, Erick estava ouvindo vozes, realizando uma fantasia psicótica de ser a peça central num complô mundial de manipulação em todos os níveis de influência e poder, e estava prestes a tentar escapar de uma prisão inexpugnável — pelo menos para as habilidades dele. O processo de desconstrução mental, do ego e das vontades parecia não ter fim, como o ouroboros engolindo o fim e gerando novos começos no ciclo eterno do caos e da ordem. Erick sobrepôs os braços, tocando a pele, os pelos, sentindo as reações e o calor do corpo. *Será que enlouqueci e fui internado? Será que nada disso é real?*

*

Na quinta-feira, Tom apareceu no corredor empurrando o balde e o esfregão. A porta abriu, ele entrou. Começou a limpar o chão com convicção peculiar. Cabeça baixa, foco no piso, sem assobios, sem uma palavra, sem olhar para o hóspede. Erick aguardou, paciente, braços cruzados e olhar fixo no faxineiro. Inevitavelmente, Tom aproximou-se da mesa de jantar. Erick levantou-se para recebê-lo.

— Tom?

Tom respondeu apenas com um sorriso rápido e falso.

Erick insistiu.

— Tom?

— Boa noite. — A resposta de Tom chegou com seriedade, distanciamento e, Erick imaginou, medo. Era o comportamento de alguém envergonhado por ter feito algo terrível. Tom podia ser estranho e maluco, agora medroso e recluso? Alguma coisa estava errada e as suspeitas anteriores de Erick só aumentaram. Teriam sido descobertos? Guardas estavam prestes a entrar pela porta e imobilizar os dois? Tom estava sob influência de alguma droga?

— Alguma coisa errada, Tom?

— Shhhh.

— O que foi, Tom? Estou ficando preocupado, homem.

Tom sussurrou com urgência.

— Estou tentando fugir e ninguém pode saber.

*

A ansiedade desapareceu do rosto de Erick atrás das mãos indignadas e a cabeça balançando, incrédula. Deixou o peso do corpo cair na cadeira e a força de vontade seguiu o rumo da gravidade, abandonando Erick e procurando um lugar melhor para morar. Ele batia a cabeça na mesa — sem muita força — enquanto a punição mental aumentava. *Por quê? Por quê? Por quê? Por que eu fui confiar nesse maluco? Eu sou muito tapado.*

Quando ameaçou outra batida de cabeça, um papel escrito à mão deslizou pela mesa. Erick leu a mensagem: *Quando ouvir o sinal, corre.*

— Tom, para com isso. Precisamos conversar. Eu tive umas ideias.

— Shhhh. — Ele continuou limpando o laboratório, sempre olhando para baixo, aproximando-se cada vez mais do fundo do ambiente, onde os experimentos estavam alinhados.

— Você não está preso, Tom. Para de me ignorar.

— Shhhhhh.

Escuta ele, netinho.

— Ah, não. Você? Agora? — disse Erick, deixando o olhar perder-se no infinito.

— Shhhhhh. Fica quieto.

Você disse que estava pronto, netinho.

— Não, peraí, calma. Não pra isso. Eu nem sei o que está acontecendo.

— Agora! — O grito de Tom ecoou, o balde voou contra o módulo de energia e ele deslizou na mesma direção. Primeiro, veio o barulho do contato físico, depois o chiado do calor interno evaporando a água, então um ruído assustador e crescente que terminou num estalo alto. As luzes se apagaram.

— Corre!

— Correr pra onde, Tom?

A indecisão manteve Erick imóvel. Quando finalmente os olhos acostumaram-se à penumbra, ele sentiu um puxão forte no braço direito e o corpo girou-se na direção da porta.

— Quer vir comigo ou não, seu Erick?

— Sim.

— Jerônimo!

Tom puxou o cientista e abriu a porta com facilidade. Então, correram para o lado esquerdo do corredor. Alguns metros à frente, luzes vermelhas começaram a piscar e girar no teto. Erick sentiu falta do outro componente do alarme *klaxon*, a buzina insistente vista em tantos filmes. Era como se o presente deixasse um recado claro: o entretenimento é feito para enganar e construir uma sensação de falsa realidade; no mundo de verdade, as coisas são como são, não como gostaríamos que fossem.

— Por aqui. — Eles continuaram avançando, percorrendo salas vazias, corredores praticamente idênticos e atravessando portas destravadas.

Erick sentiu o cansaço surgir ao mesmo tempo que a suspeita. Onde estava todo mundo? Por que tudo parecia tão deserto? Que lugar era aquele?

O labirinto continuava banhado pela luz vermelha e os únicos sons vinham da respiração ofegante de Erick, dos sapatos dos dois chiando contra o piso e das orientações de Tom. Depois de mais alguns minutos de corrida, esquinas, portas e ordens, chegaram à escadaria.

Tom parou na plataforma antes do primeiro degrau, Erick apoiou as mãos sobre as coxas enquanto recuperava o fôlego e tentava umedecer os lábios secos. A sensação de desorientação só crescia conforme ideias surgiam e desapareciam instantaneamente, nenhuma passível de aplicação ou menção perante a sequência de mudanças repentinas, estímulos e a ansiedade pelo fim da fuga. Mas do que estava fugindo? Do laboratório? Das artimanhas de Stanton? De um sonho destruído?

Ele pensava em tudo e nada ao mesmo tempo. Orquestrados pelo maestro Tom — de pé, sobre o balcão do bar onde Andrew McNab sorria —, os dobermanns e as lontras invadiram o apartamento de Becca para comer a lasanha da mãe dentro do *snowglobe* cheio de areia da praia e cercado com autofalantes tomados pela voz da avó. Lampejos do passado misturavam-se com os vislumbres do futuro, transformando o presente em algo não apenas passageiro e efêmero, como também instável e pouco confiável.

— Tom.

Tom não respondeu.

— E agora Tom?

As luzes vermelhas apagaram e um zunido cada vez mais alto começou a vir da porta atrás deles.

— Agora você desce que eu seguro eles.

— Eles quem?

— Desce, seu Erick. Salve-se. Não vou deixar me levarem com vida. Se um de nós tem que fugir, é melhor que seja o senhor.

— Tom, você não está preso. Para com isso.

— Vai. Lembre do meu sacrifício.

— Tom, o que está acontecendo?

— VAI!

Tom empurrou Erick escada abaixo e ele precisou segurar firme no corrimão para evitar despencar pelos degraus. Ele começou a descer e ainda virou-se para ver Tom abraçado contra a porta como um graveto tentando conter o rompimento de uma barragem. Alguma coisa bateu, empurrou e, sem muito esforço, venceu os esforços do faxineiro.

Erick não esperou para ver o que era. Ele só ouviu um zunido maior ainda, os rosnados de Tom e as mandíbulas metálicas que pareciam mastigar o ar sem misericórdia.

Ele continuou descendo.

Dois andares para baixo, as luzes apagaram-se, Erick tropeçou no escuro e caiu. As mandíbulas pareciam estar muito próximas.

*

Erick manteve os olhos abertos por trás dos braços levantados em defesa, precisava ver o que era, queria saber como morreria. Pensar em morte parecia natural, esperado. Inesperada foi a ausência do desespero e da angústia normalmente presentes a cada lembrança. Nunca teve medo de assumir o medo de morrer, mas não se lembrava de, alguma vez, esbarrar no assunto sem um arrepio ou o princípio de lágrimas.

Ele acreditava na ciência e ela não tinha resposta para o pós-vida, para aquele momento depois do fim, e isso o aterrorizava. Um simples momento. Antes, você está respirando, pensando, ativo, então algo acontece e todos os processos são interrompidos. A vida freia, para, acaba. Nada de narração com os últimos pensamentos, nem de resposta física ao desligamento e psicológica sobre o vazio, o frio, o nada. Naquele instante, haveria apenas a não existência.

Fosse religioso, acreditaria estar na companhia de anjos — ou demônios — e das pessoas que amou. Estaria num lugar melhor, na continuidade metafísica pregada há milênios para afastar o medo daquele instante único e garantido. O primeiro milésimo de segundo depois do fim. Fosse religioso, Erick encontraria conforto nas promessas do além.

Erick não acreditava.

Por isso ele chorava quando as luzes apagavam-se.

Por isso ele queria fazer tanto, tão rápido.

Por isso ele se sentia humano, pois cada segundo de consciência valia uma vida inteira.

*

Enquanto protegia o rosto e mantinha o olhar fixo no que vinha pela frente, e sem ver nada, inclusive a seringa que se aproximava pelo flanco esquerdo, o mundo à volta de Erick foi envolto em sons terríveis e ele caiu na escuridão com uma dor aguda no pescoço.

Antes de desmaiar, sem controle algum sobre o corpo ou o mundo, pensou: É assim que a gente morre?

INTRATEMPUS III

RAIOS E TROVÕES

A pessoa de outro tempo chegou com a tempestade fora de hora.

O vento forte e a chuva faziam os jacarandás balançarem com violência enquanto os raios espantavam as sombras e os trovões aterrorizavam um pedaço de Pasadena. Era verão na Califórnia e nenhum modelo meteorológico previu ou, por mais que tentasse, compreendeu a tormenta.

Um relâmpago mais forte — alaranjado e robusto — acrescentou mais uma rachadura na fábrica da noite, estilhaçando os céus e o asfalto, onde desapareceu deixando uma cratera. Um *sedan* elétrico solitário seguia em direção às duas guaritas muradas no final da rua e foi arremessado contra a árvore mais próxima, dobrando-se ao meio e interrompendo os sonhos dos quatro cientistas do Jet Propulsion Lab, da NASA.

A figura no fundo da cratera estava recolhida em posição fetal; gotas de chuva efervescendo contra o corpo quente e nu. Mais um raio peculiar emanou da tempestade e os olhos abriram-se. Piscaram. Moveram-se em testes motores. Os dedos seguiram o mesmo rumo, então os braços, as pernas, e o primeiro movimento coordenado. Levantou-se e vislumbrou os céus com um sorriso. No antebraço esquerdo, uma luz verde piscava intermitentemente. Com um leve toque, o brilho cessou e o firmamento acalmou-se, levando embora a tormenta brutal, deixando apenas uma lágrima perdida entre as gotas da chuva.

Com passos ainda inseguros, logo chegou ao carro acidentado. As duas mulheres mortas no banco traseiro olhavam para longe, num último esforço de ignorar a dor do fim. Na frente, um casal ainda preso pelos cintos de segurança, mas castigados pelas ferragens e pelo tronco da árvore. Pouco sobrara dos indícios de quem era ele. O crachá era a única certeza. Ela ainda agonizava, com o peito apertado pelo volante e o que sobrou do *airbag*, enquanto a guitarra de Keith Richards chorava e a voz de Mick Jagger lamentava.

The time is on my side.

Yes it is.

Observou enquanto ela engasgou no oceano de palavras por dizer envolto no sangue que pulsava com a respiração dolorosa; e partiu, assustada e sozinha, como todos partem. Indiferente, tomou os crachás dos dois cientistas, o dinheiro da bolsa dela e deixou a tragédia para trás. Caminhou rumo à cidade surpresa e lavada pelo toró inexplicável e cantarolou. "*The time, time, time is on my side... yes it is.*"

RAIOS E TROVÕES

PARTE

REENCONTRO

A pipoca no colo de Blake tinha um gosto perfeito. Sal na medida certa. Nenhum grão queimado. E o sabor que só milho da melhor qualidade garantia naqueles dias. Ainda assim, faltava algo. O balde tamanho família ainda estava pela metade quando a contagem regressiva terminou, o foguete levantou voo no Cabo Canaveral e milhares de entusiastas celebraram. Becca e Blake assistiram juntas pelo iReality. Blake em casa, comendo a pipoca. Becca congelando no ar-condicionado da central de controle, em Pasadena. Becca era a responsável pela carga e tudo acontecia conforme ela havia planejado. Com uma ajudinha do bom tempo, a missão não sofreu nenhum adiamento e a Estação Espacial Internacional receberia novos suprimentos e experimentos com tempo de sobra. Todos estariam seguros por mais um ciclo.

— Parabéns! Quer pipoca? — Por segurança, Blake murmurou, embora não precisasse. Ela não atrapalharia Becca, e o gesto serviu apenas para deixar os fãs mais empolgados pelo casal. A resposta de Becca foi um sorriso, um agradecimento pelo carinho, pelo gesto. — Tá tãoooo boa.

Distantes há três dias, as duas falavam-se constantemente e era Blake quem mais sentia falta da amiga. Era isso que faltava na pipoca. Alguém para compartilhar, alguém de verdade para ouvir os suspiros de deleite e, na hora certa, virar o balde sobre a cabeça. Milhões de pessoas ouviam cada palavra de Blake, analisavam cada sentimento e criticavam cada opinião. Nenhuma delas fazia falta de verdade. Nenhuma delas nunca esteve ali, com a coragem de dizer algo difícil e confiar na oferta de ajuda de uma estranha. Nenhuma delas fazia Blake sentir-se viva, relevante e querida como Becca.

Blake precisava disso e foi a primeira vez que se deu conta.

Sem Todd, sem companhia de verdade e sempre carregando fantasmas de um passado obscuro, manifestos num aspecto secreto do presente, internamente, Blake clamava por companhia e apenas Becca conseguira furar o bloqueio.

*

Sozinha, empanturrada de pipoca e um pouco entediada da vida de celebridade que escolheu depois de abandonar a faculdade, Blake Manners tinha uma decisão importante a tomar. Há um mês, teria seguido as ordens exatamente como das outras vezes. Sem dor de cabeça, sem dúvidas, sem demora. Hoje, depois de conhecer Becca, depois de confidenciar parte dos medos e da amargura pela possível morte do irmão e protetor, ter certeza era um luxo.

Toda certeza é um luxo.

Nossa mente elenca, categoriza e qualifica o conhecimento adquirido — habitualmente limitado e fragmentado — e a consciência organiza tudo mediante estímulos externos ou novos trechos de informação. A certeza é a ilusão de se saber tudo, de se estar apto a tomar uma decisão quando, na verdade, precisaríamos de mais tempo e sabedoria para sequer entender minimamente aquilo sobre o qual queremos ter certeza.

A vida não é uma equação matemática com resposta certa e constante, por isso ela é humana.

E decisões humanas carregam peso, consequências e não podem voltar.

Blake encheu mais uma mão de pipoca e foi comendo uma a uma enquanto decidia. Qual era o papel dela naquela história? Seria uma alma boa e colocaria a vida em risco para ajudar? Ou se transformaria no monstro de seus pesadelos e causaria dor?

O jogo das duas não era novidade. Blake escondia informações de Becca,

Becca contava só um pouco do que sabia para Blake. Era um balanço saudável, uma equação funcional e benéfica às duas, mas o mundo humano, novamente, não foi feito para existir em equilíbrio e fazer escolhas costuma, invariavelmente, mover a balança para um lado ou outro. Sem saber qual deles viraria primeiro, usando apenas a certeza do momento.

A escolha era terrível.

Becca retornaria na manhã do dia seguinte para continuarem as buscas e Blake precisava decidir se a trairia ou não.

Merda.

* * *

Joseph caminhou até a entrada para receber Becca.

Ela deu boa tarde e atravessou os portões adornados com golfinhos e as iniciais BM, dentro de um brasão com um golfinho enfrentando uma beluga em combate. Becca recusou a oferta de carona e preferiu atravessar os 300 metros que separavam a rua do mundo privativo de Blake. Ela queria ficar um pouco sozinha e aproveitar a paz do caminho sinuoso ladeado por uma sucessão de cedros-do-atlas, ao mesmo tempo majestosos e pacíficos. A natureza continuava sendo uma das poucas alternativas capazes de frear a intensidade da vida conectada ao iReality e Becca estava prestes a cortar esses laços.

Passar quase uma semana longe de Blake causou reações conflitantes. Era bom ficar um pouco sozinha? Sim. Todos os momentos eram bons? Não. Quando ficou longe, era como se descobrisse gostar mais do que deveria daquele vestido azul lindo, e que quase não entrava direito, que acabara de doar para uma prima mais nova. Conter a vontade de reconsiderar e pedir o modelito de volta causava angústia, quase um pesar. Não se fazia isso. Presente é presente. Longe das câmeras, Blake era até mais divertida e ótima companhia para jogar *Scrabble*, mesmo quando brigavam — sempre — para decidir se supercalifragilisticespialidoce era uma palavra válida ou não. Claro, nenhuma das duas conseguia formar essa palavra em especial, assim como nunca chegavam a um acordo. Becca escondia a sensação mais óbvia atrás das brincadeiras. A saudade independe de grandes complexidades, ela surge quando a pessoa sofre. Rebecca sentia falta de Blake. Simples assim.

Blake era o único canal dela com a pesquisa, com o mundo e com a esperança de encontrar Erick. A rede de Becca continuava sob vigilância e tudo que ela tocava envolvendo a M.A.S.E. ou a busca desaparecia. A de Blake também, mas elas conseguiam salvar tudo antes. Aos poucos, o iReality tornou-se uma ferramenta de trabalho e contato, nada mais. Becca chegou a temer pelos filmes ou livros favoritos. *Será que eles sumiriam também?* Preferiu não arriscar e deixou todos intocados.

Ela abriu os olhos para um mundo tão poluído e relegado ao segundo plano desde a infância. Becca nunca foi dependente do iReality, mas o hábito e o uso generalizado mantinham-na conectada por conveniência. Desligar foi fácil. Difícil foi encarar um mundo solitário, sem interações produtivas ou conversas reais. Encarou a peculiaridade de caminhar sem querer comprar, curtir, enviar ou ter informações excessivas sobre tudo à volta dela.

Mais um cedro-do-atlas apareceu e ela observou a árvore com um sorriso. Era uma planta linda, cercada por grama e, bem ao fundo, uma estrutura híbrida entre coreto e palco. De que adiantaria receber instantaneamente uma ficha sobre a família, o nome científico, o fato de ela ter vindo da África e qual a idade aproximada daquele espécime? O agora voltou a ficar interessante. Deixou a leveza do momento tomar conta ao ver cada grupamento de folhas balançando como bonecões de posto sincronizados, refletindo o sol fraco daquela tarde, ou ao apreciar cada galho retorcido e camada de casca desfiando ao longo do tronco; um constante lembrete da renovação e da persistência da vida.

A rua privativa encerrou a curva à direita e o passeio pelo bosque arquitetado terminava com a revelação de uma mansão modular, branca e repleta de paredes feitas só de vidro. Era como se helicópteros de carga tivessem erguido pedaços de várias casas com níveis e funções diferentes e soltado todas ali. Um mundo pacífico e atemporal terminara; o mundo moderno e caótico começava. As preocupações retornaram, enroladas como um prato de macarrão com molho demais. A massa estava lá, e ela via o princípio do espaguete, mas não sabia onde ele terminava, se eram fios segmentados ou tudo parte de uma única trama contínua que serpenteava, confundia e assustava.

Tudo centralizado em Blake, que esperava por ela na entrada.

Ela era o único caminho e o maior sintoma da doença. Becca culpava-se por precisar mergulhar naquele universo alimentado por adoração, ódio e inveja para resolver problemas pessoais e alheios a tudo aquilo. Erick e Andrew ainda existiam na mente dela, ainda precisavam de ajuda — mesmo que póstuma — e ainda estavam sendo esquecidos pela nova realidade. A cada anúncio da M.A.S.E., a opinião pública importava-se apenas com a grandiosidade e as transformações. Quem se importaria com um jornalista morto e um cientista desaparecido? Os dois desapareceram do olhar público antes mesmo de transformarem-se em estatísticas da violência urbana. Até mesmo Becca deixou a busca de lado por uns dias enquanto o trabalho pedia toda a atenção e as vidas sob sua responsabilidade estavam em jogo. Ela compreendeu estar lidando com duas catástrofes em potencial, embora cada uma tivesse uma magnitude diferente. Perder a Estação Espacial ou algum dos 27 tripulantes afetaria o mundo e causaria furor na opinião pública, perder Erick destruiria de vez o mundo dela e arruinaria a família dele.

E, sinceramente, ela não estava com a menor paciência de velar outro amigo.

Portanto, precisava de Blake. Estava de volta por causa dessa necessidade, pelo menos em primeiro plano. Desde o anúncio da viagem no tempo, Becca tomou ciência da solidão e estava feliz por ter tido o ombro amigo de Andrew e as boas memórias com Erick. Quando tudo isso foi arrancado sem piedade de dentro do coração, o vazio foi preenchido pelas tolices on-line e a dupla personalidade de Blake. Ela dava risadas com as macaquices da celebridade e encantava-se com os poucos momentos de sinceridade da pessoa. Becca compreendia tudo isso. Porém, julgava-se por precisar aliar-se a alguém cujo ganha-pão dependia da manipulação da vida, das decisões e dos destinos das pessoas, enquanto lutava contra alguém, ou alguma coisa, que fazia exatamente a mesma coisa.

Blake construíra uma fortuna cativando os outros e, especialmente por conta do ceticismo ampliado nos últimos cinco anos, Becca não conseguia evitar a pergunta: *Será que ela só está me usando pra aumentar o exército de seguidores dela?*

Blake sorriu quando ela aproximou-se dos quatro degraus que levavam até a entrada da casa. Atrás dela, só se via a porta branca desenhada para permitir a entrada do homem mais alto do mundo montado numa girafa.

— Pensei que tivesse desistido de vir me ver.

— Já que estava no escritório, aproveitei para adiantar mais algumas coisas e deixar minha chefe feliz antes de avisar que precisaria tirar mais dias de folga.

— E ela?

— Ficou feliz e me deu mais dias de folga.

— Você subornou ela?

Becca riu, chacoalhando a cabeça.

— Não. Eu só entreguei metade da próxima missão prontinha para ela. Enquanto você passa o dia tentando descobrir o que aconteceu com meus amigos, eu aproveito para trabalhar. Aquele cretino não se mete no meu trabalho, então acabou virando um lugar seguro. Ajuda a não pirar. — A verdade soa diferente. A verdade alivia qualquer tensão. Becca falava com leveza. — Novidades? Blake deu de ombros.

— Nada de útil. O pessoal achou as imagens apagadas do embarque do Erick, mas isso você já tinha visto. Parece que apagaram até o histórico escolar dele no MIT e nas escolas do Brasil.

— Gostou do lançamento?

— Achei o máximo. Você deveria criar uma conta para promover o programa espacial. Eu achava tudo isso um saco até você me explicar por que era tudo tão complicado e arriscado. Ninguém que eu conheço se importa com o espaço, sabe? Ainda é muito distante e todo mundo que fala sobre o assunto é *nerd* demais.

— Eu sou nerd demais.

— Nah. Você tem charme. Espectadores adoram charme e a maioria vai se apaixonar por você antes mesmo do primeiro foguete decolar. Foi exatamente assim comigo.

Becca riu.

— Você também falava sobre foguetes?

— Nah. Tonta. — Blake deu um tapinha no ombro da amiga.

— Sério, nunca soube como você começou.

O semblante de Blake fechou, antecipando a carga direta de memórias distantes, doloridas e impossíveis de serem apagadas. Mais de uma década se passara desde a faculdade, porém a angústia e os pesadelos que guardava só para ela retornavam como o gosto da última refeição. Recente e fácil de se descrever.

— Eu criei um espaço seguro para mulheres. Elas vieram até mim para confidenciar e dar apoio. Os homens vieram para se aproveitar. Botei a maioria deles pra correr. Os que ficaram realmente entendiam a importância do que eu fazia e muitos ainda estão comigo até hoje. Aí veio a fama e a maioria dos seguidores de hoje se importa mais com meu placar no Camper do que com meu passado. Por um lado, é até melhor assim. — Os olhos de Blake perderam-se atrás dos ombros de Becca, passeando pelo bosque sem sair do lugar, guardando segredos e evitando expor-se totalmente.

— Por falar em passado, eu preciso perguntar uma coisa.

— Pode falar. — A resposta foi rápida, quase um reflexo, e desencadeou um calafrio e o princípio de taquicardia. Becca notou o rosto corado e extrapolou o resto. Blake havia reagido da mesma maneira na primeira conversa sobre o destino de Todd. Becca esperava por algo mais dramático e foi surpreendida. Mais tarde, compreendeu o efeito colateral da vida de Blake: sempre atuando, sempre sendo julgada, nunca totalmente sincera. *Será que ela atua comigo também?* Pensou novamente.

— Estamos ao vivo?

— Sim.

— Pode...— Becca cortou o ar com a mão rígida. — É rápido, prometo.

— Tudo bem. — Blake acionou a interface. — Volto logo, pessoal. Fiquem com um episódio clássico de Buffy enquanto isso. — A transmissão de Blake foi substituída pelo programa de TV e as duas sabiam: ninguém assistiria, pois as fãs já estariam surtando para tentar descobrir os segredos da conversa particular. Seria um segredo de estado? Finalmente era a hora do primeiro beijo? O que Becca descobriu na Califórnia? Era um pedido de casamento? — Pronto.

— Obrigada.

Blake sorriu, franzindo o nariz e o centro da testa na direção de Becca.

— Então, o que é?

— Por que você nunca assumiu publicamente que o Todd morreu?

Blake arregalou os olhos.

*

Ela sabe.

Não, ela não sabe.

Ela tem que saber.

Ela não tem como saber.

Então por que ela está perguntando?

Porque ela é curiosa.

Ela sabe.

Ninguém sabe.

Ele sabe.

*

— Ainda não estou pronta, Becca. Ainda tenho esperança de que...

— De que seja mentira?

— Não estou te acusando e não quero te magoar. Mas sim. É uma foto e um pedaço de papel.

— Entendo. Talvez ficasse assim, esperançosa.

— E se seu amigo inventou tudo isso?

Tristeza tomou os olhos de Becca antes de ela baixar a cabeça para inspecionar os sapatos, o pavimento ou o nada. Talvez a manifestação de um medo transformado em realidade.

— Desculpe. Eu não... desculpa. Não foi minha intenção.

— Tudo bem.

O silêncio reinou entre as duas, até Blake dar dois tampinhas no espaço ao lado dela no degrau. Becca aceitou o convite. Elas aproveitaram o sol tímido e fecharam os olhos simultaneamente quando uma brisa soprou do bosque. O ar era fresco, convidativo. Um sopro do passado capaz de nutrir as apreensões do presente. O respiro levou os pensamentos conturbados de Blake embora. Nada de traição, segredos ou mentiras. Enquanto o vento soprava, ela acolheu a oportunidade de apenas existir.

Quando simplesmente relaxou pela última vez? A memória recente falhou e imagens de passeios etérios entre folhas secas e brisas traiçoeiras no parque Yellowstone, ainda na infância, e de uma corrida com Todd no gramado do colégio, tomaram o palco, atuando com paixão e arrancando suspiros e lágrimas da plateia singular. A garota Blake Manners ainda continuava guardada, preservada, mesmo depois de tantos anos de domínio da celebridade Blake Manners. A mulher-menina que tirava fotos numa *polaroid* restaurada, fazia montagens lindíssimas sobre a cama no misto de quarto e estúdio fotográfico, para as amigas do iReality, e sonhava em ser personagem de história em quadrinhos ao lado do cachorro caramelo com nome de personagem de série de ficção científica.

O devaneio terminou com um olhar digno de domingo de manhã na direção de Becca. A amiga a encarava com curiosidade e deleite. Blake compreendeu só ter conseguido relaxar por sentir-se segura, acolhida, e lutou para afastar a inevitável pontada de culpa.

— Me leva pra esse lugar qualquer dia?

— Onde?

— De onde você acabou de voltar. Nunca te vi tão tranquila e pacífica.

— Eu não sei voltar pro passado e lembrar fica cada dia mais difícil, mais distante. Eu só trabalho, eu só penso em desmascarar os *masos*... e eu só penso em você.

Becca sorriu.

— Eu também, Blake.

Elas compartilharam um sorriso de quem entende e torce por finais felizes.

Joseph surgiu tranquilo entre as árvores do bosque, atraindo a atenção das duas, levando embora o momento, protelando o futuro e trazendo o presente de volta. Ele carregava algo nas mãos e caminhava na direção delas.

REENCONTRO

O momento roubado era das duas e de mais ninguém. Poderia esperar.

Os pés de Becca tamborilaram por alguns segundos e ela umedeceu os lábios antes de falar.

— Por que, Blake?

Por mais que grandes decisões custem noites de sono, gerem planos impossíveis, improváveis e imaturos, e centenas de cenários oriundos apenas do próprio medo e insegurança, de fato, elas acontecem numa fração de segundo. A decisão é sempre momentânea e, nem por isso, perde a importância. Decidir é escolher um caminho e abandonar todos os demais, fechando a porta para o mundo hipotético e lidando, talvez pela primeira vez desde o começo do problema, com uma realidade factual. E com as consequências.

Afinal, o namoro só termina quando alguém diz adeus.

Blake observou Joseph, torcendo para que ele chegasse logo e interrompesse a conversa. Mas alguns desejos nunca mudam de *status*. Ele ainda demoraria alguns minutos. Decidir era inevitável.

E qualquer um dos caminhos era perigoso, turbulento e sem volta.

PUNHADO DE AREIA

Se a areia da praia sob seus pés durante a caminhada está úmida depois da última onda, se o chamado das gaivotas é alto e começa lá atrás, passa por cima de você e continua à frente conforme as aves seguem suas rotas, se a mão descansando carinhosamente sobre seu ombro é morna e conforta, é pecado, crime ou ousadia questionar a realidade e querer que o sonho dure para sempre?

Erick abaixou-se e pegou um punhado de areia, espremendo grãos e conchas, e esfregou tudo, limpando as mãos. Ainda de cócoras, respirou fundo e encarou o horizonte. As mesmas árvores, a mesma praia, as mesmas formas surgindo na distância, porém, elas pareciam continuar longe, sem tentar contato. Era um paraíso perfeito demais. Sem ameaças, sem medo, apenas a tranquilidade.

Mesmo assim, ousou pecar, cometer o crime, e fez a pergunta.

— O que é isso? — Apertou os olhos contra o sol e ergueu a cabeça, procurando a parceira de caminhada. Elza reagiu com um sorriso — meio sem jeito, meio espevitada —, oferecendo a mão para Erick levantar-se. Ele aceitou. — Onde estamos?

É irrelevante, netinho.

— Eu nunca estive aqui, nem sei onde é, como posso me lembrar tão bem?

Você nunca esteve aqui, sempre esteve aqui e continuará vindo aqui.

— Por quê?

Porque você precisa, netinho. É aqui que você encontra um porto seguro, é aqui que você encontra respostas.

— Mas eu não lembro.

Você não precisa se lembrar. Você só leva o que precisa daqui.

— Não entendo.

Não precisa entender.

Eles voltaram a caminhar, aproveitando o poente imutável, uma pintura tão belíssima e viva quanto inalcançável. O realismo e a impossibilidade do lugar vinha da perfeição. O ar era como o ar deveria ser — puro, fresco e imaculado. A brisa sempre soprava na medida certa. E as gaivotas nunca cagavam na cabeça de ninguém. A praia era só deles, como se a criação os tivesse elegido para herdarem um pedacinho exclusivo da existência. A mente humana funciona na busca constante pelo ideal, pelo perfeito, e é a primeira a rejeitar um mundo ideal quando o encontra, depois de um tempo.

E, nesse tempo, Erick, Elza, as ideias e a praia coexistiam, antes da ilusão desabar, antes do sol se pôr.

— Eu estava fugindo. Precisava chegar a algum lugar.

Fugir resolve alguma coisa?

— Não.

Então por que fugir?

— Eu disse que estava pronto.

Quem está pronto enfrenta. Quem está pronto age. Quem sabe faz a hora, não espera acontecer.

— Lá vem você com música velha. Daqui a pouco vai começar a citar Raul ou Pavarotti.

Que audácia. Respeite os clássicos!

— Tudo está muito confuso. Você mexeu comigo. Plantou ideias na minha cabeça. Você, esse lugar, minha carreira… tudo é invenção sua, não minha.

Eu só reagi a ideias que nasceram dentro de você. Eu ajudo, netinho. Quem coloca um pé na frente do outro é você. Eu posso ficar um século dizendo a uma pedra que se mova, mas ela vai continuar ali. Você decide. Você está no controle.

Erick interrompeu um passo, encarou o pé direito como uma criança descobrindo ter controle sobre os membros pela primeira vez, estudando a forma, o volume, a utilidade. Estava descalço, sentindo cada grão de areia e pedaço de cascalho sob o próprio peso. Moveu os dedos, brincou com o dedão. E pisou novamente, parando. Notou estar com uma pedra na mão. Arremessou-a contra as ondas e ela desapareceu no meio da espuma, como se nunca tivesse existido. Erick bufou.

— O problema é esse. Todas as regras mudaram, nem tenho certeza de qual jogo estou jogando, sabe? Pela primeira vez na vida, não sei qual é o próximo passo. Não sei de mais nada.

Então, você está realmente pronto.

— Para quê?

Para aprender algo novo.

Ele pensou por um instante, tentando assimilar a lição, compreender o próximo passo, e não reparou quando a praia e Elza desapareceram. Mas a voz dela permanecia.

Erick?

Ele não respondeu.

Erick.

Ele não tinha como responder. Sentia-se zonzo, distante, desconexo.

Erick.

Estava escuro à volta dele. Ou se esquecera de abrir os olhos.

Netinho, acorde.

Ele abriu os olhos, as luzes baixas do laboratório ganharam vida e uma dor na lateral direita do pescoço surgiu antes de notar que os braços e pernas estavam amarrados à cama.

Imóvel, desorientado e começando a ficar com raiva de quem resolveu amarrá-lo, Erick Ciritelli aceitou uma verdade: a partir daquele momento, não podia mais ter certeza de nada.

Se as amarras apertam os braços e pernas, se a luz incomoda os olhos e se o laboratório impossível existe dentro da improbabilidade, é obrigação do sábio questionar a realidade.

Acorde, Erick.

Erick despertou e sabia o que fazer, mas, naquele momento, ele tomou um susto. Estava de volta no laboratório, sim. A fuga falhou, com certeza. Mas ele havia certificado-se de que o ambiente estava conectado à origem dos dados da pesquisa por cabeamento inatingível. Então, o que explicaria a interface ativa de iReality em frente aos seus olhos?

Uma inspeção mais detalhada respondeu à pergunta.

No canto direito superior, um rosto conhecido sorria e acenava para ele. Erick piscou e esfregou os olhos, então checou o tipo de janela. Imaginou estar vendo um vídeo gravado, como uma daquelas fotos com vontade própria em Harry Potter, que viraram moda na virada do século, com animações e capturas de momentos de familiares mortos. A janela informava estar recebendo dados em tempo real. Era uma transmissão. Mas não poderia ser. *Como?*

Oi, netinho. Pronto pra briga?

Elza encarava Erick intensamente, e ele finalmente descobriu a extensão do presente da avó.

— Vó?

Não, eu sou a Fada do Dente. Diga 'ah'.

— Mas como? Por que não me alertou disso antes?

Sempre fazendo as perguntas erradas, netinho. Mas tudo bem. Acho que ainda dá tempo. Pode me ouvir?

— Estou amarrado a uma cama, não vou a lugar nenhum.

Ótimo.

E ela explicou.

✶ ✶ ✶

A justificativa de Elza terminou assim que os canais de notícias focaram as atenções na assembleia da ONU novamente. Erick prestou atenção na transmissão, procurando assimilar qualquer gota de informação nova e relevante para a situação dele. Queria entender por que o plenário não contava com a lotação máxima de delegados e como o mundo estava reagindo aos anúncios da M.A.S.E.

Sem nenhuma surpresa, Erick viu Peter Stanton tomar o púlpito e começar a falar. Novamente, ele presenciou a manipulação da opinião pública com os resultados do trabalho de Erick — ou parte, de qualquer maneira. Porém, conseguiu controlar a indignação e a raiva. Se foi pego de calças curtas no anúncio da viagem no tempo, agora estava preparado e tinha um plano próprio para contra-atacar.

Ou pelo menos tirar Stanton do sério. Isso já valeria o esforço. *Estragar o dia daquele puto seria melhor que maratonar Sandman de novo.*

Assim que o discurso acabou, o âncora da GNN começou a explicar tudo e Erick só teve mais certeza ainda da importância da ideia insana de Elza, ou de quem quer que estivesse por trás da origem daquela transmissão.

"... vez a M.A.S.E. abala as estruturas da sociedade no que parece ser uma cruzada sem trégua para alcançarmos o que os especialistas estão chamando de Futuro dos Sonhos. Se você está chegando agora, acabamos de ver Peter Stanton, o Porta-Voz do Amanhã, abrindo outra caixa de pandora econômica e política ao antecipar uma crise global pior que a quebra da bolsa em 1929, que o *boom* imobiliário de 2008 e mais devastador que o apocalipse comercial pós-pandemia de 2028. Stanton afirmou que o futuro só é próspero por conta da unificação das moedas num prazo de 20 anos. E, como das outras vezes, a empresa diz estar de posse de detalhes de como tudo isso aconteceu. De acordo com o emissário da M.A.S.E., espera-se um período de turbulência econômica durante a implementação, mas o resultado final será uma das grandes realizações da Humanidade. Mas como reagiram as grandes potências? E as cada vez maiores manifestações contra a intromissão da M.A.S.E. em assuntos de estado e nos direitos individuais? Pedir o desarmamento foi a gota d'água para muita gente. Depois do último anúncio, a delegação chinesa tem sido pouco vista em Nova Iorque e pelo menos metade dos países afetados pela realocação de terras para a agricultura está em estado de pré-conflito ou ocupada demais evitando catástrofes locais para se preocupar com novas mudanças repentinas. Para comentar a repercussão econômica do novo anúncio, vamos ao nosso painel com os economistas PH Siqueira e Cormac Wendig e a especialista em M.A.S.E., Lilly Pershin. Boa noite a todos..."

Erick fechou a janela para poder pensar e, finalmente, olhando para as mãos presas, percebeu poder manipular a interface do iReality com o simples pensamento. Jogou a cabeça para trás — o pouco possível — e gargalhou.

— O que você fez comigo, vó?

O que toda avó que se preze teria feito, netinho.

Eu tenho algum raio laser escondido no corpo ou, sei lá, consigo mover as coisas com o cérebro?

Não.

Poxa.

Você tem o que você precisa, netinho.

Posso regenerar um dedinho? Lutar contra um tubarão? Matar um zumbi?

Concentre-se, netinho.

Concentração. Fácil de falar, difícil de alcançar. Mais complicado ainda quando se descobre uma habilidade especial, algo que não deveria existir, algo diversas vezes tentado e nunca realizado. Uma interface totalmente mental mudaria o jogo, transformaria o iReality... e deixaria as pessoas cada vez mais dependentes do sistema. Tentou imaginar o próprio corpo imóvel, mas plenamente funcional e capaz no ambiente virtual. Logo lutava contra uma saraivada de imagens de pessoas saindo cada vez menos de casa, abandonando atividades físicas e esquecendo como se escova os dentes ou como se abre uma lata de atum.

Aconteceu antes.

Escrever à mão tornou-se cada vez mais peculiar e escasso conforme os computadores canalizavam a atividade humana. Aprender a digitar ganhou o lugar das aulas de caligrafia e ninguém precisava saber escrever corretamente, bastavam dois dedos para se comunicar. Depois, bastavam apenas dois dedões, e a escrita de cunho próprio tornou-se mania de escritores excêntricos e uns poucos românticos e românticas irredutíveis. Então vieram as mensagens de áudio e a comunicação humana nunca mais foi a mesma. Erick mesmo não se lembrava da última vez que escrevera algo à mão, quando escrevera o próprio nome.

Concentre-se no que importa, netinho.

O que importa? Sair dali importava, ficar sozinho por opção e poder pensar em tudo que acontecera nos últimos dias importava, impedir Stanton importava, descobrir o que estava acontecendo importava.

Stanton estava tentando modificar o mundo em proporções bíblicas. Erick não se surpreendeu ao pensar no assunto e uma janela de busca mostrar vários artigos e vídeos chamando o executivo de anticristo. E quanto mais se discutisse as possíveis implicações das revelações da M.A.S.E., mais tempo o plano teria para transcorrer sem muita oposição. Os aficionados por política também tinham poucas e boas para dizer a respeito da tática de distração de Stanton, e eles também faziam parte do jogo. Mas quando se pensava no cidadão comum, preocupado apenas com o trabalho, a hora de pegar os filhos na escola e quando seria a próxima feijoada, tudo isso servia apenas como entretenimento. "Alguém viajou ao futuro? Legal. Querem acabar com as armas? Finalmente. O nome do dinheiro vai mudar? Se eu não ganhar menos, tudo bem." É o que Tom teria dito.

A sociedade, as demandas individuais e os interesses dos poderosos estavam maduros para receberem a dose certa de manipulação, o empurrão forte o suficiente para fazer todos acreditarem estar levando a melhor quando, na verdade, apenas um jogador saía por cima. Para Erick, era impossível ignorar parte da própria trajetória, quando tudo que ele queria ouvir era um incentivo de Stanton para se dar por satisfeito, para continuar jogando, para aceitar a realidade sem questionamento ou resistência. Um lampejo reavivou a memória do último maremoto nas Filipinas. Mais uma vez, a Humanidade sentiu em uníssono, compartilhou a dor e a indignação, as fotos e vídeos da tragédia por semanas, até que a vida corriqueira voltou a pedir atenção e, pouco a pouco, as promessas de ajuda, os lamentos e as ameaças de levante contra um governo inepto em realocar a população de Manila — mesmo sabendo do aumento anunciado do nível do mar — para áreas mais altas na ilha de Luson perderam força e desapareceram. Exatamente como no incêndio do Rio de Janeiro, na destruição da Amazônia, no rompimento das barragens em Mariana e Brumadinho, na inundação de Miami. Devastação fazia observadores distantes sentirem-se mais vivos até serem acometidos pelo esquecimento.

Esquecer não é condicionamento, esquecer é um mecanismo de defesa necessário para continuarmos vivos e funcionais. Esquecer é a promessa constante de podermos viver novamente.

Entretanto, Erick lembrava mais do que deveria. Ele continuava a viver um sonho que não era dele e, agora, depois de tantos anos, imaginava estar perto de compreender a importância das memórias. Ele também não era nascido quando o Rio queimou, ainda assim, lembrava de tudo com detalhes. Para entender os sonhos, precisava reviver pesadelos. Precisava pagar o preço do não esquecimento, mesmo que artificial, de momentos que moldaram as vidas daqueles à sua volta e da Terra.

Alguém queria que ele lembrasse. Elza queria.

Era o plano dela. Ela queria que Erick soubesse. Queria que Erick não esquecesse. Ele precisava entender. Isso ficou claro, porém Erick ainda falhava ao encaixar as peças e ver como saber disso tudo o ajudaria a sair daquela cama, daquele laboratório, de onde quer que estivesse sendo mantido em cativeiro.

Stanton sabia disso e estava fazendo tudo direitinho. Se Erick continuasse isolado e sucumbindo à tentação de tantas novidades vindas sabe-se lá de onde, ele continuaria ajudando no tal plano. Ele fazia de tudo para imaginar a opinião pública tão indignada quanto ele, tão aguerrida quanto ele, tão disposta a tudo para interromper o plano da M.A.S.E., mas as frustrações nunca encontravam rostos definidos na multidão. Quando Erick pensava em alguém, lembrava apenas dos rostos de atores de filmes e séries. Fisionomias distantes e assumidamente cênicas. Ele não prestava atenção na multidão quando andava pelas ruas de Manhattan. Ele não jogava conversa fora nos bares da cidade. Ele convivia com o especialista sem face no trabalho e com rostos do passado, e o subconsciente era irredutível em não escalar os pais ou Becca no elenco de suas fantasias.

Erick sorriu. McNab vivia dizendo que ele precisava de amigos, nem que fossem amigos imaginários.

E foi justamente o que ele ganhou.

Será que se esfregasse a nuca três vezes, teria o direito a três desejos?

Tom daria risada disso.

Aliás, o que será que aconteceu com ele?

Elza não respondeu.

RESPOSTA ERRADA

Blake começou a cantarolar antes de ativar o iReality novamente. Becca ficaria mais retraída, como sempre ficava na presença de milhões, e Blake preferia assim. Era mais fácil ser sincera em público, era mais fácil compartilhar o peso da culpa e o conteúdo da resposta.

Ela queria dizer *"Você conseguiria me perdoar se soubesse que eu menti para você?"*

Ela queria falar *"Você me fez ver que errei por não querer ver."*

Ela queria gritar *"Você conseguiria me perdoar se soubesse que vendi sua alma?*

Porém, limitou-se a imitar os acordes de uma música e, aos poucos, as palavras foram saindo até ela entrar no clima e cantar alto o suficiente para Becca e os espectadores ouvirem. As palavras à capela soavam com sinceridade, os lábios tinham gosto de sobremesa favorita e os olhos escondiam um oceano de arrependimento.

Now, for the very first time.
Don't you pay no mind.
Set me free, again.
To keep alive, a moment at a time.
That's still inside, a whisper to a riot.
The sacrifice, the knowing to survive.
The first decline, another state of mind.
I'm on my knees, I'm praying for a sign.
Forever, whenever, I never wanna die.

As vendas de faixas e álbuns do Foo Fighters dispararam, para a felicidade dos herdeiros de Dave Grohl, os grupos de *shippers* entraram em combustão espontânea e, mais uma vez, a transmissão de Blake Manners disparou para o topo do iReality mundial. Bilhões estavam assistindo; parte torcia por um beijo, parte esperava por uma briga, e o resto só queria reclamar dos outros dois grupos. Blake não queria saber de nada disso, ela manteve a atenção em Becca como se uma anomalia cósmica estivesse prestes a manifestar-se entre as duas, jogando-as para pontos opostos da galáxia. Mesmo sem encontrar as palavras certas para contar a verdade, a canção escolhida pelo coração deixava claro para Blake: era preciso ser honesta.

Pelo menos parcialmente.

Becca sorriu de volta, enrubescendo e desviando o olhar depois de um momento. Se Blake era o sacrifício, o sorriso era o sinal.

— Por quê? Você realmente quer saber a verdade, Becca?

— Quero sim, Blake.

— Sabe aquele caminhão monstrengo na noite em que nos conhecemos? Depois do show?

— Sim. Joseph me salvou.

— Não.

— Como assim? Vai dizer que eu morri e tudo isso são só os últimos instantes da minha consciência?

— O Joseph não te salvou. Eu te salvei quando aceitei o trabalho de enrolar a sua investigação.

— O quê? Como...

— Se eu tivesse mandado aquele pulha pro meio do inferno e recusado a oferta, o caminhão teria passado por cima de você e você seria só mais um acidente — e ela fez aspas com os dedos —, mais uma estatística sigilosa ligada aos segredos da M.A.S.E.

— Você está brincando, né, Blake? Estamos ao vivo.

— Eu sei — fez uma pausa, olhando Joseph finalmente aproximando-se com um envelope. O rosto perplexo de Becca seria suficiente para deixar o segurança desconfiado, mas ele estava ouvindo tudo pelo iReality. Ele baixou os óculos e encarou Blake, inclinando a cabeça levemente para o lado e erguendo uma sobrancelha. *Você enlouqueceu?* Ele não perguntou, mas ela entendeu e respondeu mesmo assim.

— Eu não enlouqueci, eu só cansei dessa merda toda e não vou fazer isso de novo.

— De novo? O que está acontecendo, Blake?

Sem cerimônia, Joseph esticou as mãos, retirou a interface escondida atrás da orelha de Blake e desligou a transmissão. Tentou fazer o mesmo com Becca, mas ela esquivou-se, indignada.

— Sai pra lá, Tropeço.

— Justo. — Joseph puxou uma caixinha preta pouco maior que um contêiner de Tic Tacs do bolso do paletó, apertou o único botão no aparelho e o colocou no degrau entre as duas. — Vamos fazer do jeito mais difícil, então.

O olhar devolvia a pergunta da maneira mais acusatória possível. Ele pigarreou para reforçar o ponto.

Becca bateu forte com as duas mãos contra a madeira do degrau, fazendo a caixinha preta cair e Blake levar um susto.

— Alguém pode me explicar o que está acontecendo aqui? Vocês dois piraram?

Joseph estava prestes a falar, mas Blake ergueu a mão, com a palma para a frente, e ele recuou. Ela ajeitou a gola e as mangas dobradas da camisa branca, entrelaçou os dedos em oração, respirou fundo e sorriu novamente para Becca, como quem tenta, pela enésima vez, convencer a atendente da companhia aérea a encontrar lugares vazios — e na janela — num voo lotado às vésperas da tempestade. A primeira pitada de arrependimento entrou na corrente sanguínea de Blake, azedando os lábios e retardando a fala.

— Becca, Todd está vivo.

*

— Não, não está. Ele... você viu a lista, as fotos, as outras pessoas ali estão mortas. — O exército checou os outros nomes. Becca apoiou-se na indignação para afastar as verdades implícitas nas outras afirmações de Blake. O acidente fora armação? Quem estava por trás daquilo? Por que Blake estava dizendo tudo aquilo? — Eu sei que é difícil aceitar isso, Blake. Eu mesma só consegui chorar quando vi o corpo do Andy todo inchado e arrumado naquele caixão. Torci demais para ele estar vivo, sabe? E para tudo aquilo ter sido uma armação ou engano. Eu queria que a merda da viagem no tempo fosse verdade só pra eu poder voltar e salvar o Andy. Eu queria tanta coisa... e a vida só dá uma versão de tudo. Essa versão. A versão em que Andy e Todd estão mortos e nós duas estamos aqui, Blake. Aceite isso.

Quando Becca percebeu, ela já havia abandonado a mochila de viagem no degrau, estava de pé, ofegando e gesticulando na direção de Blake.

— E que porra é essa caixa?

Joseph respondeu de supetão.

— Um inibidor de iReality. Ninguém pode nos ouvir. E não podemos transmitir.

Ela passou as mãos pelos cabelos e coçou a nuca, entrelaçando os dedos e bufando forte. Mentalmente, contou até cinco. Com calma.

— Blake, o que foi...— Becca gesticulou de modo amplo na direção dos dois, da casa, do mundo— tudo isso? Que história é essa de oferta?

O conflito de emoções e sensações era intenso. Becca não queria acreditar no que parecia ser uma traição de Blake; por outro lado, ela havia entrado na vida da celebridade para conseguir uma vantagem, um porto seguro. Estava ali, naquele momento, esperando que a aliada encontrasse um meio — por mais insano que fosse — de furar o bloqueio e encontrar Erick. Ela tinha interesses, objetivos. Queria estar certa, ou melhor, queria provar a teoria de McNab e desmascarar Stanton. Ela queria tantas coisas. Por que culpava Blake por ter tantas ambições quanto ela? Por que sentia-se a única com o direito de alcançar um objetivo impossível?

Eu fui honesta, Becca pensou. Mesmo? — a consciência devolveu, impiedosa.

Ela não pode saber sobre o trabalho de Erick. Ela pode pensar o mesmo sobre Todd.

Mas ele está morto. Você não tem certeza.

Andy morreu. E só porque ele morreu, mais ninguém tem o direito de ser feliz?

— Blake, por favor, pense muito bem nas suas próximas palavras.

✻

Ela pensou, mas deixou o coração falar.

Pode parecer cafona? O que há de cafona em permitir que nossos desejos reais aflorem com quem realmente importa? Se é cafona ser humana e vulnerável, Blake aceitaria o título com orgulho, subindo ao pódio vestindo um chapéu preto enorme, com miçangas violeta e um corvo empalhado no topo, afinal, se é para ser brega, que seja de corpo, alma e estilo.

Mas ela duvidava encontrar redenção no final daquela conversa. Mentir era pecado, independentemente da chantagem, do medo, da esperança. Desde que aceitara a primeira missão, a terra por onde passava era manchada pelas consequências da escolha, como se uma camada de molho de tomate estivesse espalhada sobre uma bandeja fina. Aqui e ali, um tentáculo de espaguete apareceria — por vontade própria ou resultado de uma bolha agourenta —, mostrando haver algo sob a superfície. Poderia ser a esperança tentando fugir e voltar a respirar; poderia ser a culpa aumentando para, finalmente, consumir Blake. De qualquer modo, era uma realidade difícil de engolir.

— O caminhão ia matar você, Becca. Eu não deixei.

— Mas como você sabia? Quem quer me matar?

— Ele me disse.

— Ele quem?

— Não sei quem é. Mas ele está com Todd, e se eu não fizer o que ele me pede, nunca mais vou ver meu irmão. Ele... ele sabia que você estava tentando falar comigo e pediu para enrolar você, para te manter ocupada enquanto o plano dele se desenrola. Ele quer você fora do caminho e me deu a escolha: deixar você morrer atropelada ou te manter aqui, longe dele e do seu amigo.

Um brilho iluminou o rosto de Becca, reagindo às palavras de Blake.

— Amigo? Andy está vivo? Eles disseram alguma coisa sobre o Andy, Blake? Me diz!

— Não, não ele. Não disseram nada dele. — Ela viu os ombros de Becca baixarem, a empolgação escorrer para longe enquanto a frustração prévia retornava, enchendo a ruiva de fúria. — O Erick. Precisam dele para alguma coisa. Não sei o que é.

— Quem te contratou, me diz? — O desdém na voz era claro, proposital.

— Não sei.

— Onde está seu irmão?

— Não sei.

— Como sabe que ele está vivo?

— Ele envia uma mensagem todo mês. É a voz dele. Tenho certeza.

— E você acredita neles, Blake?

— Você não acreditaria, Becca?

Becca bufou e cerrou os olhos, perdendo-se em pensamentos longe do alcance de Blake. Ela aguardou, aproveitando a oportunidade para considerar as próprias decisões. Blake agiu por instinto quando jogou a merda no ventilador, em público, depois do que muitos já deviam estar considerando uma declaração de amor. Era um pedido de desculpas sincero. E qual a diferença entre as duas coisas? É preciso amar para se desculpar de verdade. Ninguém acredita em desculpas obrigadas pela lei, no aperto de mãos entre adversários depois de uma briga, nem nos cumprimentos de políticos antes da troca de ofensas num debate. Pedir desculpas é ser vulnerável, é admitir o erro e pedir perdão ao mesmo tempo, é suplicar redenção. Quem pediria, e esperaria, tudo isso de alguém sem ser por amor?

O amor por Todd a mantivera refém por anos, e ela havia acabado de colocar a cabeça dele na guilhotina sem perceber. Era o sacrifício necessário para libertar-se da incerteza do passado e dar uma chance para o futuro, para o próximo passo. Não sabia ao certo o que sentia por Becca, mas não se sentia mais sozinha e isolada entre milhões de adoradores. Quando ligava o iReality, era como se disputasse uma partida ininterrupta de Camper, lutando para manter-se intacta e respirando enquanto todo mundo atira de todos os lados, querendo tirar um pedacinho dela, ou um momento de atenção, e guardar para sempre.

É claro que Becca queria encontrar o amigo e precisava da ajuda dela, mas Blake sentia-se uma pessoa de verdade perto de Becca. Ela precisava de privacidade, de atenção de verdade e de um espaço para poder falhar, aprender e, nas horas mais desesperadas, chorar sem ser julgada.

Repetiu a pergunta.

— Me diz, Becca. Você não acreditaria? Você não acreditaria se alguém te dissesse que ainda há esperança, que um dia você voltaria a encontrar a pessoa que você mais amou, que a sua vida ainda teria algum sentido?

Becca conhecia a resposta errada.

* * *

Dois anos antes.

*

Chovia muito na baixa Manhattan.

Trovoava dentro do peito de Becca.

— Por que é tão difícil para você aceitar que estou fazendo tudo isso para, um dia, reencontrar a pessoa que mais amei? E se você puder reencontrar seus pais, Becca? Dar mais um abraço neles? Não valeria a pena? Não valeria nosso esforço, meu amor? E se... e se um dia eu perder você?

— Quero que a gente fique junto hoje, Erick. Não amanhã, e nem quero ter que pensar em voltar no tempo para arrumar as coisas. Nós podemos arrumar nossa vida agora. Temos que viver o momento, que aproveitar. Não quero te ver uma vez por semana, nem ter que atender ligações da sua mãe pelo resto da vida enquanto ela pergunta onde está o filho dela.

— Eu preciso fazer isso. É para o bem de todo mundo.

— É para o seu bem e você sabe.

— E o que está errado em querer ganhar uma batalha que seja? Já perdi todas até aqui. Me ajuda a vencer essa. Eu preciso de você.

— E eu preciso ficar sozinha. Quero respirar um pouco, Erick. Quero lembrar que existe vida fora da M.A.S.E. Quero olhar para o mundo lá fora antes de descobrir que joguei minha juventude e minhas ideias fora estando aqui dentro e, quando me der conta, estarei velha e sozinha.

— Eu estarei com você.

— Você estará com a sua pesquisa e tem uma coisa que você nunca entende, Erick...

— O que é, Becca?

— Por mais que você consiga viajar no tempo, já terá sacrificado a sua vida. Ninguém pode voltar o relógio biológico, ninguém pode parar o tempo e, pelo amor de Yoda, lembre disso: ninguém vive para sempre. Se você conseguir esse último abraço, vai ter jogado sua vida pela janela. Você vai ser um velho cuja única função é garantir que outra versão de você não cometa o mesmo erro.

— Por isso eu preciso de você, meu amor. Para chegar lá mais rápido, para poder terminar o projeto e deixar de me preocupar com isso.

— E esse é exatamente o problema. Eu não sou um recurso de pesquisa, Erick. Você já deveria ter percebido isso há muito tempo. Depois a gente se fala.

Becca deixou o dois dormitórios com cheiro de baunilha gasta e paredes amarelas matadoras de sonhos que dividia com ele. Passou a noite no The Watson da 57th, onde os pais passaram a lua de mel trinta anos antes. Precisava deixar a mente se perder nas luzes da cidade por um tempo. O taxista não falou nada, ela também não. Nova Iorque revelou-se uma pilha de panquecas com xarope de bordo e duas fatias de bacon: cheia de saudade e sensações boas, mas que pertence apenas às manhãs de domingo com os pais nos cafés de Los Feliz, no coração hipster e criativo de Los Angeles. Pertencia ao passado, e o passado não voltava.

Depois daquele dia, nada mais foi o mesmo. Viram-se cada vez menos, Erick aumentou as horas no laboratório e, pouco mais de dois meses depois, Becca pediu demissão. Ela despediu-se, ele continuou trabalhando. Foi uma separação triste. Desnecessária. Uma história que não acabou, desfez-se como o vapor fugindo da caneca com achocolatado e mel.

Quando Becca desfez as malas na casinha que alugou em Echo Park, no coração da concorrida Zona Oeste de Los Angeles, encontrou uma surpresa entre as camisetas. O *snowglobe* de Erick, com o pequeno astronauta, escondia-se entre a gola em V do Rush e a regata de David Bowie. Ela manuseou o objeto com uma das mãos e girou com força. A tempestade de neve envolveu o astronauta e as câmeras ao redor dele, bloqueando a visão de fora. Por poucos instantes, o boneco ficou sozinho, em paz, distante dos olhares constantes que esmiuçavam sua realidade enclausurada. Tentou imaginar Erick, naquele momento do outro lado do país, envolto em números, fórmulas e experimentos no laboratório da M.A.S.E., blindado contra o mundo real, blindado contra todos que o amavam enquanto acreditava, sozinho, numa promessa impossível — pelo menos enquanto ele estivesse vivo. Becca conhecia a pesquisa e as estimativas dela eram mais conservadoras. Para ela, levaria pelo menos mais 80 anos até ser seguro o suficiente tentar lançar alguém pelo tempo. Colado na base do bibelô, um recado:

Esse é meu mundo sem você. Agora também preciso voltar para reconquistar um beijo.

PS: Ele vai te proteger. Nunca se separe dele.

As lágrimas eram reais, a decisão também.

✶ ✶ ✶

— Eu entendo.

Blake sorriu, aliviada.

— Obrigada.

— Por que você fez isso, Blake? Se eu era um alvo, agora nós duas estamos correndo risco.

— Aquele cara sempre foi um babaca. Cansei de fazer o serviço sujo dele. E agora não tem mais volta. O que acha de realmente acharmos seu amigo?

— Temos muito que conversar, Blake.

— Eu sei, e se você aceitar meu pedido de perdão, teremos tempo de sobra para isso.

Joseph pigarreou, protegendo a boca.

— O que foi, Joseph?

— A senhorita Stone esqueceu isso no táxi. — Ele entregou um envelope pardo a Becca. Sem nada escrito, o único destaque era o lacre de cera verde e um brasão com a imagem de um urso.

— Obrigada, Joseph. Mas não é meu, não.

— O motorista voltou para devolver o envelope. Ele parecia bem convencido de que era seu.

Becca rompeu o lacre, abriu o envelope e retirou algumas folhas de papel. Inspecionou o conteúdo com cuidado, lendo cada linha e observando uma única foto.

— O que é isso? — A pergunta de Blake foi receosa, como se munida de um tipo de premonição. O rosto de Becca não dava nenhuma dica clara, mas também não exibia nenhum sinal de relaxamento ou indiferença. — Ruim? Muito ruim?

— A pessoa certa ouviu o seu chamado. Eu não fui a única a receber a pasta.

— Que pasta?

— Pode preparar o carro, Joseph? Precisamos sair. Blake, explico tudo no caminho.

Rebecca Stone e Blake Manners encararam-se por um minuto sem fim. Ainda havia muitos segredos entre elas, sabiam. Porém, se dessem o próximo passo juntas, precisariam desenvolver o começo de uma confiança real e um tantão idealista. Até agora, aproximaram-se com meias verdades. Para enfrentarem alguém disposto a matar Becca para silenciá-la, tinham que aprender a ser almas gêmeas.

— Joseph, você ouviu a Blake. Traz o carro.

Ele confirmou com a cabeça e saiu.

— Para onde vamos?

— Temos duas horas para encontrar com um cara que diz saber onde Erick está.

— Podemos confiar nele?

— Andy McNab confiava. Pra mim, basta. Tudo bem?

RESPOSTA ERRADA

Blake concordou com um gesto rápido e deu a mão para Becca. Ela aceitou, e as duas seguiram na direção da garagem.

Em algum lugar na cidade, alguém tinha respostas.

Em algum lugar diferente da cidade, alguém se preparava para acabar com a investigação.

STENCHTON

Quem já passou por isso nunca esquece do primeiro copo de *milkshake* virado sobre a cabeça, ou arremessado de um carro por um transeunte descontente com você, com algo que você disse, ou com as duas coisas ao mesmo tempo. Peter Stanton descobriu a sensação quando vestiu uma roupa de corrida toda vermelha — com o logotipo da companhia; fidelidade corporativa até no lazer —, justa contra o corpo magro, forte e em forma, e arriscou uma caminhada matinal pelo Central Park. O plano era descer até a extremidade sul do parque, dar três voltas ao redor do zoológico, respirar um pouco do ar não viciado dos dutos de ar-condicionado dos aposentos na M.A.S.E. e voltar para mais um dia de trabalho. Stanton tinha mais um discurso para preparar e, se nas oportunidades anteriores ele chacoalhou o mundo, desta vez, qualquer erro poderia incendiar a civilização.

Mas Nero não precisou enfrentar os nova--iorquinos.

O vendedor de cachorros-quentes mal-humorado, que parou de despejar salsichas na panela fervendo para cuspir no chão, deu o primeiro sinal. Stanton ignorou.

Ele deixou os sorrisos e cochichos de alguns casais e famílias na fila do zoológico alimentarem o ego e nublarem qualquer hostilidade. Àquele ponto, o Porta-Voz do Amanhã era presença constante em todos os *talk shows*, *feeds* de celebridades do iReality, jornais e revistas eletrônicas, e programas de comédia. Tirar sarro de Stanton era tão produtivo quanto ouvir as profecias futuristas dele. Ele criou a polarização e cada um fazia o que bem entendia com ela.

E isso incluía Tarz Tarkaz, um gigante de ébano cujo verdadeiro nome era Benny Kushak, uma celebridade do mundo dos *games*, *e-sports* e caças ao tesouro. Ele havia escolhido o Central Park como cenário para tentar aproximar-se do recorde de Camper — ele estava em 5º no *ranking* — e estava conversando com sua equipe de apoio quando viu Stanton aproximar-se. Tarkaz nunca desligava a transmissão. Nunca. Centenas de milhares de pessoas assistiram o confronto ao vivo. Milhões viram depois, transformando o momento na primeira manifestação pública de grande porte contra a M.A.S.E. e as visões do futuro.

Tarkaz estava sentado num banco em frente à saída do zoológico e gesticulou na direção do recém-chegado para os amigos. — Saca só, mano.

Eles observaram Stanton, já em sua segunda volta, e ele ignorou ter sido reconhecido novamente. Tarkaz tinha motivos para detestar Peter Stanton. Ele era defensor ferrenho da democracia e queria muito ver a Humanidade avançar, mas não na marra. Não por imposição. Para piorar, quando Stanton fez o discurso do desarmamento, o Departamento de Defesa começou a fazer cortes de pessoal e o irmão mais novo de Tarkaz — Tobby — foi dispensado do Exército, perdeu o salário e tentou cometer suicídio. Por último, Tarkaz simplesmente não ia com a cara de ninguém que aceitasse tão facilmente o papel de Messias quando tudo o que tinha eram promessas baseadas em informações que ninguém via, de uma viagem no tempo que só a empresa dele poderia realizar. Ele achava o rosto de Stanton altamente esmurrável.

Mas Tarkaz não era um homem violento. Como gostava de dizer, "havia alternativas à briga."

E, naquela manhã de sexta-feira, a alternativa era um copo de *milkshake* de chocolate e Oreo.

Quando Stanton iniciou a terceira volta, Tarkaz levantou-se. Os amigos seguiram o movimento. Assim que o executivo aproximou-se, Tarkaz deu dois passos para o meio da pista e abriu um sorrisão charmoso. Stanton reduziu o passo.

— Ei, Stenchton. Volta no tempo e arruma isso.

Tarkaz despejou todo o conteúdo do copo sobre a cabeça e o peito de Stanton.

Muita gente na fila aplaudiu e celebrou. Nova Iorque pode ter se acalmado com o passar dos anos, mas nunca perdoou a instalação da sede da M.A.S.E. sobre o coração verde da cidade. Stanton parou, o líquido escorrendo pelo pescoço e manchando a roupa vermelha de um marrom claro. Tarkaz e os amigos não riram. Não era uma piada. O assunto era sério. Era um desafio, uma voz na multidão ousando discordar e lembrar que, a despeito da força da companhia, as pessoas ainda estavam ali, ainda sentiam cada decisão, ainda sofriam sem entender os motivos.

Stanton lambeu a parte do *milkshake* mais próxima da boca, limpou os olhos e, sem reagir aos homens, continuou a correr.

Tarkaz gritou a plenos pulmões: — E aproveita pra voltar no tempo e arrumar as cagadas que você está fazendo, *maso*.

Ele não respondeu.

Tarkaz não jogou Camper naquele dia. Ele preferiu soltar os cachorros, o verbo e toda a raiva que tinha guardada sobre a M.A.S.E. para uma base de espectadores que, pelos menos durante a transmissão, viu-se concordando com ele e fazendo uma série de perguntas há muito esquecidas, ou simplesmente perdidas na miríade de informações, demandas e estresses do dia a dia. Naquele momento, Tarz Tarkaz fez parte do público relembrar de uma coisa tão fundamental quanto ignorada em massa: por que a M.A.S.E. conseguia fazer tudo que bem entendia e ninguém dizia chega?

Stanton permaneceu inabalado, embora uma coisa tivesse fixado-se em sua mente. *Stenchton*. Ele realmente estava fedido. *Stenchton*. Ele fedia à estupidez e ignorância de todas as pessoas que ele tentava salvar. *Stenchton*. Quem fedia eram eles. Um dia, o plano seria concluído, todos agradeceriam e o Porta-Voz do Amanhã seria o Salvador do Futuro.

Stenchton.

Mesmo assim, uma fração de raiva atravessou a fresta aberta pela repetição da ofensa, e ele pensou: *mas será que eles não mereceriam mesmo queimar?*

Nero enfrentou os nova-iorquinos, perdeu a briga, confinou-se a seus aposentos e considerou punir o mundo todo pela ousadia. Para isso, precisaria ser o único chefe.

INTRATEMPOS IV

O MARTELO DE LÁZARO

Os passos da diretora da missão pontuavam o silêncio e estremeciam a convicção dos 21 integrantes da equipe reunida na sala de controle encrustada no coração do Jet Propulsion Lab, locada da NASA pela ainda incipiente M.A.S.E. A estrutura era pequena e nunca havia sido utilizada, pois fora construída como redundância para a eventualidade de falha crítica nas outras duas salas montadas para o monitoramento de satélites e outras missões aeroespaciais. A M.A.S.E. conseguiu um bom preço e a NASA agradeceu pelos recursos extras. Todo mundo ficou feliz.

Mas não foi uma escolha ao acaso.

Os fundadores da M.A.S.E. sabiam que um cabo de alta tensão passava por baixo do prédio onde a sala estava abrigada e, depois de poucos dias de trabalho, a equipe conseguiu acesso à fonte de eletricidade. Muita eletricidade. Fornecida e paga pela belíssima cidade de Pasadena. Ninguém permitiria o acesso da equipe à rede principal sem muito investimento e muitas perguntas. Naquele momento, a M.A.S.E. precisava operar para evitar as duas coisas.

Foi o único jeito que Elza encontrou para testar seu plano, para fazer as coisas do jeito mais fácil, rápido e pagar o preço sem precisar sacrificar mais ninguém. As mentiras para a família e amigos não eram nada perto da alternativa caso o plano falhasse. Se precisasse haver sofrimento, que começasse e terminasse com ela. Noutros tempos, muitas mulheres chamaram a responsabilidade para si, para proteger a família, para lutar em guerras, para ficar sem comer, para interceptar balas ou agressões. Agora era a vez dela e, por sorte e competência, ela podia mudar tudo.

Os 21 presentes compunham todo o quadro de cientistas, pesquisadores, técnicos e especialistas da M.A.S.E. Vinte deles respondiam a uma diretora de missão, e pesquisadora-chefe, nos últimos quatro anos: Elza Gallardo. E era ela quem deixava o avental alvo esvoaçar enquanto caminhava com passos fortes, emborrachados por causa dos tênis brancos, até a bancada de controle. Ninguém mais se movia.

Elza conhecia todos aqueles rostos. Trabalharam juntos durante anos, escondendo a verdade de familiares, confinando-se em laboratórios remotos, testando o impossível e sempre correndo o risco de desaparecerem da vida de quem amavam com o apertar de um botão. A dedicação logo rendeu um apelido. Eles eram as Testemunhas de Lázaro. A versão mais curta pegou e cada um dos Lázaros trabalhava e aguardava, esperando pela ressurreição de vidas normais interrompidas pela necessidade de salvar todo mundo.

Tudo estava pronto. Nada dramático, sem luzes vermelhas piscantes, sem contagem regressiva absurdamente próxima do zero, nenhum dignitário militar ou estrangeiro observando o desfecho em seus uniformes e ternos escuros reunidos numa sala de observação. E nada de câmeras ou distrações desnecessárias. Elza teria apenas que inserir e virar sua chave e apertar uma tecla no teclado. Tudo fica simples quando o trabalho foi feito corretamente, sem pressa.

Naquele instante, Lázaro tornou-se uma piada distante construída sob a esperança de que todos tivessem uma segunda chance de viver, se arrepender ou, até mesmo, errar novamente. Porém, Elza conseguia se ver apenas como a melhor matadora do abatedouro. Ela encarava a vaca, olho no olho. Sem enrolação, sem mentiras. *Ela não sabe que estou me preparando para dar o golpe mortal. Ela não sabe que o jogo acabou, ela sabe apenas que estou ali e isso é tudo que importa.*

Assim que o martelo de Lázaro descesse, as pessoas sentiriam o efeito, de um jeito ou de outro. Não havia mais volta.

Elza apertou o botão.

A energia abasteceu os motores, a máquina ligou e sorrisos tomaram o lugar da apreensão. Por uma fração de segundo, tudo funcionou como deveria e Elza respirou aliviada.

Então os equipamentos apagaram, tudo escureceu e metade da Costa Oeste dos Estados Unidos seguiu o embalo com um apagão sem precedentes.

O teste falhou.

O plano dela falhou.

E Elza cumpriria a parte dela no acordo, deixando a liderança do projeto.

Agora restava apenas a alternativa, a pior versão de todos os seus medos. Todos teriam que fazer sacrifícios, ela só seria a primeira a pagar para a existência de um futuro. Qualquer que fosse.

Por um breve instante, acima de uma escola em Sussex, na Inglaterra, apenas uma garotinha viu uma fenda abrir-se nos céus e revelar um outro mundo.

PARTE

FERIDAS

Tinha que ser a M.A.S.E. Ninguém mais seria tão sujo a ponto de tentar matar Becca e usar Blake como isca para possíveis detratores da empresa. Toda vez que alguém ligado à empresa desaparecia, ou morria em condições misteriosas, as famílias corriam para denunciar e encontrar apoio no iReality. Invariavelmente, elas chegavam a Blake e ela aproveitava a celebridade e a bandeira de opositora para expor excessivamente as denúncias até que ninguém mais se preocupasse com elas, afinal, para os fãs de Blake, tudo que importava era desvendar o mistério do paradeiro de Todd Manners. Encontrar Todd deixaria Blake feliz, e a felicidade dela era tudo que os espectadores queriam.

Se ela ficasse mais feliz, com certeza atingiria o topo do *ranking* de Camper e a base de fãs entraria em euforia, vendo os esforços e devoção recompensados por terem "escolhido o ídolo certo".

Como na primeira vez que Becca a encontrou, Blake cintilava para pessoas desesperadas como um anjo benevolente capaz de compreender suas dores e perdas. Uma mulher disposta a peitar a companhia mais poderosa do mundo em prol da justiça e da verdade. A campanha de Blake era a arma perfeita, um Caríbdis digital pronto a consumir qualquer vítima e evitar que o público realmente se interessasse.

Blake confidenciou tudo no banco de trás da SUV blindada. Becca apenas ouviu, tentando encaixar as peças e formar as próprias convicções, ou pelo menos ter uma ideia menos caótica do mundo à sua volta. Se Stanton a queria morta, por que não fez nada quando se encontraram? E se Stanton a queria morta, ele seria plenamente capaz de ter matado Andy.

Um pensamento disparou um calafrio e um incômodo nas extremidades.

E Erick.

E quem mais ele quisesse fora do caminho.

✳

O couro branco predominava no interior da SUV e um minirrefrigerador estava cheio de latinhas de Coca-Cola — um dos maiores patrocinadores de Blake Manners — de todos os tipos, épocas e gostos. Blake abriu a tampa transparente e pegou uma Coca Morango, abriu e o chiado da lata tirou Becca do transe.

— Quer uma? — Ela ofereceu outra lata do mesmo sabor.

— Ah, não. Credo. Esse deve ser o refrigerante mais vendido no inferno. Tem clássica?

Blake riu, devolveu a lata e pegou outra.

— Toma.

Ela não falou muito desde que entraram no carro. Uma mistura de arrependimento e vergonha tomou conta de Blake. Ela também usava uma nova interface e prometera a Joseph controlar-se dali para a frente. Joseph não era mau ou violento, ele só era superprotetor e sabia mais da vida de Blake que qualquer outra pessoa. Ele agiu o mais rápido possível para evitar estragos e, mesmo assim, não foi veloz o suficiente. Quando Blake reiniciou a transmissão, ela permaneceu em silêncio enquanto o iReality explodia com teorias e milhares de pessoas escolhendo lados e, ela já esperava, abandonando e criticando-a por ter se aliado à M.A.S.E. Na cabeça de muitos deles, agora, ela era uma *maso* e isso era imperdoável.

Independentemente dos julgamentos, o silêncio de Blake potencializou o *feed* e ela alcançou o topo do *ranking* do iReality. Outras celebridades só falavam dela, os meios de comunicação entraram na especulação e todos queriam saber: qual seria a próxima declaração bombástica de Blake Manners?

Enquanto a tensão subia, tudo o que viam eram o rosto preocupado, distante e melancólico de Rebecca Stone. Os cabelos ruivos e soltos contrastando contra o couro branco, os olhos verdes procurando por algum sentido dentro da lata de Coca-Cola, como se as bolhas na escuridão pudessem esconder lampejos de sabedoria ou um sopro de esperança. Becca ganhou *status* de celebridade instantânea, afinal de contas, por que a M.A.S.E. estaria disposta a matá-la? Ninguém culpou a M.A.S.E. diretamente, mas os espectadores fizeram a conexão mesmo assim e nada tirava da cabeça do júri digital informal que havia só uma culpada nessa história toda. Mas ela estava com o aparelho desligado, alheia às distrações do ruído popular.

Quando falou, Blake estragara tudo e trocara o peso da culpa pelo desconforto do reajuste de realidades. A relação que tiveram até ali acabara. Algo novo precisaria começar ou o fim seria definitivo.

E isso a assombrava.

Quantas vezes na vida alguém realmente oferece uma segunda chance sincera? É difícil superar a desconfiança, é complicado ignorar a dor, é impossível esquecer o passado. E tudo que existia entre elas, naquele momento, era uma vastidão intransponível de arrependimento. Blake machucou mais. Blake precisava dar o primeiro passo e começar um processo de cura, de reconstrução.

Para isso, ela precisava ter certeza.

Ainda poderia pedir desculpas, poderia dizer qualquer coisa para voltar e tentar remendar o erro. E o que isso faria por ela? Só se vota uma vez e convive-se com os efeitos durante todo o mandato. Até agora, ela havia votado por conveniência, havia feito escolhas com medo de um mal maior, mas acabou por ajudar a validar o domínio de uma força terrível e, especialmente por trás da cortina de fumaça de coisas boas, maléfica. Como fora capaz de amplificar o sofrimento alheio apenas para aplacar a própria dor e esperar por um benefício egocêntrico? Como nunca percebera?

A resposta estava sentada à frente dela. Todd sempre representou tudo para Blake. Ele não apenas era um irmão gêmeo; Todd era amigo, protetor, apoiador e crítico mais sincero. Todd não estava mais ali, Todd não poderia fazer nada por ela e o medo de perdê-lo era o medo de esquecer toda a sua história, de abandoná-lo à própria sorte, de falhar com ele. Porém, cada ação de Blake movida por esse temor só alimentava, protegia e reforçava o poder do responsável pelo destino dele. Blake escolhera dar comida a um monstro inescrupuloso para salvar o irmão, para preservar algo que não passava de memória há três anos; ela finalmente percebeu ser a maior responsável pelo cárcere de Todd.

Nada mudaria enquanto ela não enfrentasse o medo e encontrasse uma alternativa melhor, enquanto não lutasse contra o monstro e, ao mesmo tempo, se livrasse dos temores e do romantismo do passado. Tudo o que somos foi construído no passado, porém, sempre vivemos à mercê do próximo passo e ele não depende de ninguém. Podemos mudar de lado, de direção, de rumo a qualquer instante, basta deixar a coragem e a humanidade falarem mais alto que as feridas.

Ela precisava da motivação certa. Becca estava ali.

— Becca.

Ela olhou.

— Vou corrigir meu erro, tá?

Becca assentiu com a cabeça.

— Eu prometo. Custe o que custar.

Tomando as mãos da amiga, Blake continuou.

— Eu errei para te salvar, entenda isso, por favor.

— Eu entendo.

— Ótimo, agora como a gente faz pra achar esse cara?

— Primeiro, você desliga a transmissão. Acho que ele não quer ser encontrado. Depois, a gente bola um plano.

— Vocês ouviram a Becca, pessoal. É hora de fazer estrago de verdade e, se você ainda está comigo e quer fazer parte dessa revolução, vá atrás de informações. Publique tudo que você achar, mostre para o maior número de pessoas e, depois, eu exponho tudinho, juro. Eu falhei com ela uma vez, não vou falhar de novo. Nenhuma de nós vai falhar. Agora preciso ir. Minha amiga Becca precisa de mim e temos um cientista para achar.

Blake desligou a interface.

— Pronto. Como posso ajudar?

*

Tinha que ser Stanton. Ele odiava Andy. Ele recrutou Erick. Ele nunca aceitou a saída de Becca. Ele, ele, ele, sempre ele. Stanton tinha motivo e oportunidade para ser o culpado, especialmente depois de chamar para si a responsabilidade de salvador da raça humana. Becca não duvidava da capacidade de manipulação de Stanton e desconhecia os verdadeiros motivos dele. Ela trabalhou por cinco anos na M.A.S.E. e nunca conheceu alguém capaz de contar algo sobre o passado de Stanton, ou de saber o que ele pensava sobre algum tema fora do escopo dos projetos nos quais ele estava envolvido. O homem era uma engrenagem corporativa e gostava de manter-se assim.

Tinha que ser ele. E Becca fizera o favor de ir até lá, perguntar sobre Erick, dar todas as pistas do interesse dela no assunto, tudo que ele precisava saber para iniciar a blindagem do iReality, para fechar as portas e guiá-la até o esquema de Blake.

Ela só estava surpresa com a tentativa de assassinato. No calor do momento, não percebeu. Acidentes acontecem todo dia e motoristas desgovernados nasceram com o primeiro carro. Relembrar fazia o coração acelerar novamente, como um gatilho da sobrevivência lutando para continuar ativo constantemente. Becca acomodou-se com o apoio da rede de Blake. Se mal-intencionado ou não, não importava. Ela aceitou um fato e precisava lutar contra ele: alguém estava frustrando os esforços dela.

Agora, ela era um alvo. A vida dela corria perigo.

Situações de vida e morte não eram novidade para Becca, embora ela sempre estivesse noutra posição. Como coordenadora de suprimentos e logística da Estação Espacial Internacional, ela lidava com as vidas de dezenas de tripulantes e suas famílias diariamente. Mas o trabalho dela era garantir a vida. Stanton havia optado pelo outro lado do espectro.

Por isso, olhar pela janela do carro tornara-se diferente. Imaginou-se como um clichê de novela, aquela pessoa que descobre que tem pouco tempo de vida e passa a valorizar tudo. O medo faz milagres. O medo amplifica a importância da vida. Mas o medo é um companheiro incômodo e azedo, como o taxista mal-humorado decidido a criticar tudo que você gosta — e ouvir as piores músicas, claro. Qual daquelas pessoas andando pela rua seria o próximo matador? O veículo parou no farol vermelho. Seria aquela mulher com o estojo do violino? Ou o senhor com uma sacola de frutas? E aqueles dois policiais encostados na viatura e olhando fixamente na direção delas? *Um deles vai tentar me matar?* O carro podia ser blindado, mas a mente é vulnerável a cada possibilidade. Aos poucos, o mundo transformou-se num lugar hostil enquanto Becca procurava alguma alternativa para viver em paz.

Entretanto, ficar em paz não resolveria o problema, não encontraria Erick e não solucionaria a morte de Andy. Ficar em paz não impediria Stanton de jogar outro caminhão para cima dela. Ele achava que poderia controlar o mundo e, contra toda a lógica, estava conseguindo. Aceitar as imposições de um engravatado egocêntrico não estava nos planos de Becca. De jeito nenhum.

Se estava em guerra, precisaria de aliados, e Blake tinha um exército.

Mas poderia confiar na mulher cintilante de olhos misteriosos e um armário cheio de esqueletos?

Você não é um deles. Ela salvou minha vida.

Ela foi enganada. Eu também.

Ela gosta de você. Eu sei.

Você gosta dela?

*

— Primeiro, dá uma olhada nisso aqui, Blake. — Becca retirou os arquivos de McNab e entregou tudo para Blake. — Aí a gente conversa.

Ela leu e o arrependimento tinha gosto de remédio vencido.

BARRA DE CHOCOLATE

A luz desapareceu quando a SUV mergulhou no estacionamento ao lado do *shopping* movimentado apontado por Becca. Joseph conduziu o carro por três pisos até o final da última rampa, onde um *sedan* preto alugado aguardava, todo apagado. Joseph reduziu a velocidade e piscou os faróis sinalizando SOS em código morse.

● ● ● – – – ● ● ●

A resposta veio em seguida.

● – ● ● ● – ●

— É o sinal. Vamos.

Becca liderou o grupo para fora da SUV. Ela viu a porta do *sedan* abrir e alguém caminhou na direção deles. Aos poucos, a sombra ganhou definição e revelou os traços acentuados de uma mulher negra, alta e, quando chegaram bem perto, de semblante sério. Becca poderia muito bem achar que era uma policial, uma daquelas agentes federais cujo bom humor fora exorcizado na academia e apenas uma mente analítica e obstinada pelo trabalho restara dentro do corpo. Ela parou a dois metros do trio e sinalizou para que fizessem o mesmo. Eles pararam.

O ar viciado do estacionamento era quente e cheirava a esquecimento. Só o zunido das lâmpadas falou por um tempo. Becca aproveitou o intervalo para tentar localizar aquele rosto na memória. Ela a reconhecia, mas de onde? Dos arquivos de Andy? Das pesquisas antes do início do bloqueio? Da M.A.S.E.? Não costumava haver delatores dentro da companhia, entretanto, também não costumava haver viagem no tempo e uma tentativa de manipulação global e lá estavam eles, vivendo em tempos estranhos e repletos de novidade.

Finalmente, a mulher falou.

— Obrigada por vir, senhorita Stone.

Aquela voz. Bem enunciada, alta e impressionante, como uma monarca revelando suas cores pela primeira vez. Ela era uma repórter. Foi ela quem deu a notícia da morte de Andy na TV, na noite do assassinato. Ela estava diferente sem o sobretudo e a maquiagem excessiva, disfarçada com agasalho de ginástica azul, cabelo preso num coque e olhos capazes de derrubar um reino.

— Obrigada pelo convite, June. — June Pears ficou um pouco surpresa não por ter sido reconhecida, mas pela velocidade com que Becca identificou-a. Ela era a setorista de tecnologia no escritório regional da GNN em Manhattan e, em diversas ocasiões, June havia comentado os progressos e o desempenho das missões lideradas por Becca para a Estação Espacial. Isso despertou uma questão em Becca. Por que uma repórter especializada estaria cobrindo um assassinato, de noite, na chuva, no lugar de alguém da equipe policial? — Como podemos ajudar?

— Você acha mesmo que pode ganhar esta luta, senhorita Stone?

— Agora que Andy morreu, alguém tem que tentar.

— Não estamos falando de uma vontade passageira. Há muita coisa em jogo e o risco é alto demais.

— Eu sei disso, por isso estou aqui. E você, por que está?

— Andrew era importante para mim. Tenho muitas suspeitas de que...

— Ele foi assassinado.

— Sim. Por que diz isso?

Becca contou sobre o apartamento e sobre o atentado contra a vida dela.

— Entendo. Faz sentido. Acho que nenhum de nós vai poder dormir muito sossegado daqui para a frente.

— Por quê? — As lembranças começaram a afetar Becca. Pela primeira vez desde aquela noite, ela sentiu que, de fato, Andy não estava mais presente. Falar tanto sobre ele, revisitar os documentos e travar aquela guerra pessoal contra o assassino mantivera a falta dele distante, surreal, quase um devaneio. Encontrar mais alguém que se preocupava com Andy trazia de volta a realidade: mais gente sentia falta dele, pois ele não estaria mais entre eles. Nunca.

Ela temia, com razão, ser incapaz de superar a dor. Por isso precisava desmascarar o responsável, por isso não podia desistir, por isso precisava correr o risco.

— Nós estávamos… interessados um no outro. Tínhamos um jantar naquela noite. Eu cheguei lá e encontrei a polícia. Ele gostava muito de você, senhorita Stone.

— Becca, por favor.

— Becca.

Ela deu um sorriso tímido.

— Sinto muito.

June respirou fundo e exalou, olhando além dos ombros de Joseph e da SUV, atenta ao único acesso à rampa. Os dedos nervosos da mão esquerda apertavam uma pasta de couro. Becca virou-se e fez o mesmo.

Nada.

Silêncio.

Privacidade.

Ausência.

Uma lágrima.

Desta vez, Becca falou primeiro.

— Você tem alguma ideia de quem foi?

— Não sei quem, mas sei o quê.

— Foi a M.A.S.E.! — Blake intrometeu-se, exaltada. — Tem que ter sido, só pode ter sido.

June encarou Blake por um bom tempo, contemplando a presença da celebridade, ponderando, decidindo. A espera silenciou Blake e jogou um balde Coca Morango sobre a exaltação da garota. Então, June concordou, fria.

— Sim, foi a M.A.S.E, senhorita Manners. De certo modo.

Blake sentiu a indiferença como alguém convidada por obrigação para uma festa de casamento. Becca também percebeu, entretanto deixou para analisar tudo depois. Considerava-se sortuda demais por ter encontrado mais alguém que soubesse, mais alguém capaz de entender seu dilema, mais alguém que sentisse a falta de Andy. — Como você pode ter certeza? Tem alguma prova contra Stanton? Andy não mencionou nada sobre ele nos arquivos.

— Stanton? Pode ser. Faria sentido, mas você não sabe de tudo, senhorita...

Becca franziu a testa. June esboçou um sorriso.

— Becca. Você não sabe de tudo. Você recebeu metade dos arquivos. A outra parte está comigo.

— Que outra parte?

— A parte que explica porque a M.A.S.E. deu sumiço em tanta gente. A parte que me coloca em perigo e eu não posso arriscar. Tenho um filho e ele não tem mais ninguém. Ele foi o único que me viu chorando por Andrew. Ele não entendeu. E como poderia? Eu precisei mentir em frente às câmeras e fazer de conta que o funeral não era importante para mim. Eu tive que fazer de conta que Andrew não representava nada para mim. Mas... mas ele era tudo. Ou poderia tornar-se. Ele me fez amar novamente e serei eternamente grata, mas meus tempos de idealismo... acabaram. Andrew confiou em você a ponto de enviar o resto do material e me pediu que te ajudasse como pudesse. Bem, é assim que eu posso ajudar. Mas agora preciso ir, espero que entenda. Boa sorte.

— Mas ele sabia que estava em perigo? Por que ele não fez nada? Não fugiu?

— Fugir para onde, Becca? Andrew não fugia e me mataria pelo que estou prestes a fazer. Ele fez tudo que poderia fazer, tenho certeza. E, sim, ele sabia que estava em perigo. Assim como nós sabemos. Opor-se à M.A.S.E. significa estar em perigo. Só espero que não seja tarde demais para mim. E torço para que termine bem para você. Torço mesmo. Boa sorte.

June Pears entregou a pasta para Becca, tocou o ombro dela com força, deu as costas e subiu pela escada de emergência, abandonando o carro e o trio perplexo.

✳ ✳ ✳

Enquanto não abrisse os documentos de June, a nova verdade existia e não existia na cabeça de Becca. Schrödinger gargalharia na cara dela, ao preferir as centenas de possibilidades conflitantes e correntes originadas da imaginação à única versão contida dentro da pasta de couro.

Mas o conteúdo também guardava outra coisa: um recado do além.

Semanas depois de folhear o material pela primeira vez, era como se carregasse a máquina do tempo pessoal com a apuração da última matéria do amigo, aquela reportagem tão importante e transformadora pela qual valeria arriscar a vida. Ela pensou nas palavras de June, em como teria agido no lugar do amigo. Teria fugido? Teria passado a batata quente para alguém? Teria ido a público sem certeza?

Era isso que faltava ao cenário todo. Faltava a prova cabal, a arma do crime... ou a identidade do culpado.

Ela teria mais capacidade para descobrir isso do que dois jornalistas experientes?

Muitas perguntas, poucas respostas. Vida sendo vida, como sempre.

As escolhas de Andy foram só dele. As escolhas perante Becca diziam respeito apenas a ela. Se largasse tudo aquilo no carro de Blake, pedisse para Joseph parar no próximo farol, saltasse e nunca mais olhasse para trás, talvez tudo caísse no esquecimento e o caso acabasse. Talvez fosse para o melhor. Talvez tudo que a vida esperava dela era que continuasse mantendo os astronautas vivos e indiferentes às loucuras da superfície. Talvez outro caminhão estivesse esperando por ela na próxima esquina e a sequência de eventos que a levariam para um fim trágico já estivesse em movimento e restasse apenas mover as peças e tentar ganhar o jogo.

Becca esperava abrir a pasta e encontrar uma *matrioshka* com cem camadas, dentro de um labirinto, trancada num cofre e protegida por um dragão invencível; uma missão impossível de ser desvendada. Temia encontrar o fim do caminho.

Encarou Blake por um tempo, decidindo se dividir a barra de chocolate com ela seria uma boa ideia. E se ela não gostasse de chocolate ou fosse alérgica? E se ela comesse tudo ou saísse correndo com o pacote? Ela já tinha comido toda a caixa de bombons antes. Os olhos de mel faziam de tudo para parecerem arrependidos e sinceros.

Becca não precisava tomar a decisão sozinha. Poderia escolher dar uma segunda chance, ter um ombro para amparar-se caso a queda fosse grande demais.

Primeiro, precisaria abrir a caixa e descobrir se enfrentaria o Rabo-córneo húngaro, a Cuca, ou o Viserion zumbizado.

Enquanto Becca lia, quem saltou para cima dela, sem subterfúgio ou dar tempo para pensar, foi Jack Torrance, com o machado ensanguentado em mãos e terror congelante nos olhos.

O OLHO DE XIAM

A M.A.S.E. estava construindo algo gigantesco.

A investigação de Andy cobria listas ainda mais extensas de pessoal, inventários de carga de navios e aviões, compras de matéria-prima e suprimentos de alvenaria, metal e madeira. E todos os rastros burocráticos terminavam no mesmo estágio, como pegadas desaparecendo nas dunas depois de um sopro do deserto. A papelada acabava quando as cargas embarcavam, com os mais variados destinos, e nada mostrava a chegada desse material ou pessoas.

Becca sabia reconhecer um projeto logístico de escala colossal quando via um, ainda mais quando alguém queria esconder o destino. Quem teria uso para as 978 toneladas de aço que nunca chegaram a uma vila pesqueira Bali? Ou as 200 mil peças eletrônicas compradas por uma ONG pró-inclusão digital fantasma no Brasil? Ela entenderia se Andy não tivesse encontrado alguns comprovantes do destino, mas não havia nenhum. A trilha simplesmente desaparecia.

Ela prestou atenção nas pessoas.

Em menos de uma década, mais de duas mil pessoas haviam desaparecido. Eram pedreiros, padeiros, gênios da computação, prodígios do cinema e da música, empreiteiros, ex-astronautas, ex-militares e, claro, cientistas. Muitos cientistas. Ela notou uma peculiaridade: se o mundo precisasse de uma nova geração de astrofísicos, estaríamos perdidos. Não restava quase nenhum jovem talento nas maiores universidades. Pouco a pouco, uma turma inteira do MIT sumiu e dois terços de outro grupo de Stanford largou o curso.

Quem vivia sozinho apenas desaparecia. Quem tinha família era listado como desaparecido, em intercâmbio em algum lugar inacessível ou, em muitos casos, morto. *Um bando de astrofísicos mortos teria chamado a atenção da imprensa, alguém teria notado.* Ninguém notou. E, pelo que os novos documentos indicavam, o esquema continuava até agora.

Erick.

Eles precisavam de Erick. Mas para quê?

Andy também incluiu um mapa com desaparecidos, com rotas de transporte e locais de sumiço de cargas e recursos. Tudo apontava para as costas, seja no Mediterrâneo, no Mar do Norte, Atlântico, no Pacífico ou no Índico. Tudo era feito com precisão pela M.A.S.E. Becca também conhecia outra coisa capaz de mover tantas pessoas e recursos dessa forma: um exército preparando-se para uma invasão.

*

Blake olhava para ela, tranquila demais para alguém perdendo seguidores e patrocinadores a cada minuto que passava fora do iReality. Becca a sentiu presente, dedicada. Qualquer coisa além disso seria especulação. Se fosse outra mentira, era bastante convincente. Se fosse verdade, parecia sincera. Logo a tolice ficou evidente para Becca. Estava no carro de Blake, esperando usar a influência de Blake, compartilhando encontros secretos com Blake e, mesmo assim, pensando em descartá-la ou, pelo menos, mantê-la no escuro em relação às novidades. *Que presepada, hein, dona Rebecca?*

— Tem certeza de que quer fazer parte disso, Blake?

— Eu já faço parte disso muito antes de você, Becca querida.

— Agora você está do outro lado. Vamos tentar usar um alfinete para assustar um mamute. É mais fácil ele transformar a gente em patê antes de conseguirmos fazer qualquer coisa. E se eu só não morri antes por sua causa, ninguém mais vai defender a gente.

— Eu sei.

— Mesmo?

— Aham.

— E o Joseph?

— Que tem ele?

— Vai ser perigoso para ele também. Não devíamos falar com ele?

Blake deu um sorriso sapeca e apertou um botão na lateral da porta.

— O que você acha, Joseph? Tá dentro? Está com medo dos *masos*?

O rádio clicou e, instantes depois, a voz de Joseph substituiu a música ambiente nas caixas de som: — Eles deveriam estar com medo de mim, senhorita Manners.

Blake piscou para Becca.

— Viu? Ele tá dentro. Escolhemos o lado certo dessa vez. O que tem pra mim?

Becca mostrou tudo o que já tinha lido e, enquanto escutava o resumo das deduções, Blake puxou mais alguns papéis da pasta e passou os olhos despretensiosamente por eles, até parar em uma foto e a cópia de uma passagem aérea.

— Seu amigo era estranho.

— Por quê? — Becca esticou o pescoço, tentando ver o que ela segurava.

Blake mostrou os dois documentos para ela.

— Um dia eu entendo essa fixação dele por imprimir tudo quando poderíamos ver tudo isso junto na interface...

— Coisa de jornalista. Se está impresso, ninguém pode apagar. Tenho certeza de que ele tinha tudo digitalizado também, só não achei aqui na pasta ainda. Ou a June preferiu jogar fora. Mas qual é...

Sem tirar os olhos da papelada, Blake continuou.

— A outra coisa que não entendo é por que alguém que não tem pinta de surfista estaria tão fixado em imagens de satélite do Havaí e teria comprado uma passagem aérea para o aeroporto de Kyiv Zhuliany, para o dia 24 de abril do ano que vem.

A atenção de Becca subiu muitos níveis, chegando quase a um estado de alerta máximo. Ela gesticulou na direção dos dois itens e Blake os entregou. Primeiro, concentrou-se em entender os relatórios de temperatura, atividade marítima, varreduras térmicas e altura das ondas na maior ilha do arquipélago do Havaí. Todo mundo sabia que aquela área continuaria proibida para contato humano por pelo menos uns 140 anos e seria inabitável por séculos. Outra coisa, os dados técnicos das imagens estavam grafados em mandarim. Ela tinha ouvido rumores sobre o 暹罗之眼, o Olho de Xiam, mas ninguém tinha certeza de que o novo sistema de vigilância chinês realmente existia.

Aquelas fotos não só provavam que ele era real, como também que Andy havia conseguido acesso e que a China tinha um plano em andamento.

Então Becca pegou a passagem aérea com o nome de Andrew Andy. Ela virou o bilhete do avesso. Em branco. Conferiu o logo da Lufthansa, o ponto de partida — o aeroporto Kansai, em Osaka —, a parada em Munique e a chegada em Kiev-Boryspil. Nada de anormal. Bem, nada além da passagem impressa.

Ele queria ter certeza de que alguém veria isso. Só pode ser.

Becca parou por um instante, olhos fixos na data.

Ele queria que EU visse isso.

Quem mais ficaria tão fixada naquele dia? Quem mais saberia que, em 24 de abril do ano seguinte, Becca e Andy tinham combinado uma visita ao Parque Yellowstone? Quem mais teria certeza de que ele não tinha nenhuma intenção de embarcar no voo em Osaka?

Aquela passagem era uma mentira e só poderia fazer parte de um recado para Becca, afinal, 24 de abril era o aniversário dela.

Agora me diga, Andy, seu idiota, por que você queria tanto que eu prestasse atenção em Chernobyl?

✳

Duas mentes pensam mais que uma. Dois medos constroem monstros. Duas mulheres obstinadas podem mudar o mundo. Antes de Joseph estacionar a SUV blindada na garagem, as duas já haviam pelo menos folheado todo o material. O nome de Todd Manners apareceu novamente, desta vez listado como "desaparecido", e Becca preferiu não fazer nada para conter o ânimo renovado de Blake. Ela não tinha certeza de nada, então, talvez Todd estivesse mesmo vivo e envolvido nesse projeto megalomaníaco.

Ao mesmo tempo, ela mascarou o aumento da esperança de encontrar Erick são e salvo e o nascimento de algo ainda imaturo demais para merecer um nome. Quase dois meses haviam se passado desde o desaparecimento e ninguém tinha nenhuma pista ou indício do paradeiro dele. Se algum espião quisesse esconder alguma coisa do iReality, bastaria vincular o documento ao nome de Erick Ciritelli e tudo desapareceria como mágica.

Graças à campanha de Blake, o nome dele também transformou-se em razão para piadas e ganhou o próprio significado nas redes. "Rolar um Erick" virou gíria entre os jovens quando alguém terminava um relacionamento sem dar satisfações ou abandonava grupos de conversa sem razão aparente. Também era possível "Dar um Erick" se alguém roubasse todo o seu dinheiro.

Nenhum dos conceitos era lisonjeiro.

As lembranças de Erick também chegavam com um gostinho amargo. Não só pelo carinho crescente por Blake, mas também pelo quebra-cabeças de Andy. A cada nova descoberta, começava a ficar claro haver assuntos mais relevantes e urgentes que localizar o amigo. Equilibrar-se sobre a ponta do *iceberg* que predominava lá embaixo, depois da linha de água cristalina, podia ser consequência da culpa e de algo mais, algo que ela não conseguia colocar em palavras ou pensamentos. Uma sensação de inutilidade, de fracasso e, de certo modo, de solidão na empreitada. Blake não sabia nada de Erick e estava ajudando por outras razões. Ela não havia convivido, amado e tido o coração partido pelo cientista. Para Blake, ele era apenas um nome. Para Becca, ele sempre representaria muito, independentemente do fim do romance. Foi com Erick que Becca escolheu ser mais vulnerável, aberta e sincera. Ela estava pronta, ele não. Machucar sem intenção não diminui a dor.

Becca e Erick estavam presos na mesma teia, porém só ela acreditava estar lutando para chegar a ele. Potencializado pelas constantes mensagens de Elena, e a recusa de Becca de responder a qualquer uma delas — se não há nada para dizer, melhor não dizer nada —, o subconsciente dela começava a convencer-se de que ele desconhecia a luta de Becca. O veneno da aranha cuidou da outra sensação: *Erick nem deve estar pensando em mim.*

★

Blake saiu do carro tão empolgada que até Joseph arriscou um raro sorriso. Era como olhar para uma das estátuas de Páscoa e vê-la celebrando uma vitória no truco, de virada, no blefe e no grito.

Por impulso e hábito, Blake acionou o iReality e explodiu na transmissão com pulos de alegria, sorrisos elétricos e urros guturais, como uma fada tocando guitarra e cantando *rock'n roll* sob o brilho alaranjado do entardecer. A alegria contagiou público e patrocinadores, que voltaram correndo para o lado da heroína. A natureza efêmera do sistema assustava pela previsibilidade. Para alguém como Blake, ficar em silêncio era a pior coisa. Contanto que ela estivesse falando sobre alguma coisa, ou convencendo pelo charme autêntico, uma parcela imensa da plataforma a adoraria. Era uma aposta certa. Ela nem pensava nisso, só agia com espontaneidade e os resultados vinham.

E, por mais que os críticos desmereçam essa habilidade, ninguém consegue emular uma pessoa sincera, um *chef* de primeira grandeza ou um escritor *best-seller*. Mesmo que outra pessoa replique os produtos fielmente, ou até venda algo roubado dos criadores originais, o desempenho será menor. Boa parte do negócio está ligada ao ato de ser quem cada uma dessas pessoas é. Só John foi Lennon. Só Charlie conseguiu ser Chaplin. Só Gordon foi Ramsay. E só Blake conseguia ser Blake Manners.

Blake falou sobre amor, descarregou tudo que sentia sobre esperança, incitou os seguidores a perseverarem e, por si, entregou alegria. A combinação de ouro do *marketing* pessoal. Naquele dia, porém, Blake ignorou as estatísticas e concentrou-se em ser feliz. Conquistar uma segunda chance e voltar a sonhar com o reencontro com Todd contribuíram, e muito, para esse estado de espírito. E quem poderia culpá-la? Quem não teria incorporado a persona de dez anos de idade e dado um *show* de simpatia para o mundo só pelo ato de estar feliz?

Quando o surto terminou e Blake anunciou estarem às vésperas de coisas grandiosas e cada vez mais próximas da vitória contra os *masos* que prejudicaram e causaram dor a tanta gente, ela reencontrou a razão de ser. E, como devia muito disso a Becca, olhou novamente na direção do carro e a viu cabisbaixa, rosto fixo num ponto perdido no horizonte além da janela do carro.

Ela não era a única carente de uma nova perspectiva.

Tudo bem, Becca. Estou aqui com você e não vou a lugar nenhum.

✳ ✳ ✳

Sem compreender totalmente como ou por que, Becca sentia-se traidora, traída e esquecida ao mesmo tempo.

E estava errada nos três casos.

OS CANAS

A voz de Erick tremulou, procurando foco e lógica no fim do túnel nebuloso do adormecimento.

— Be-cca. — Preso à cama, ele parecia tatear no escuro em busca dela. — Becca. Preciso encontrar Becca. Ela vai saber. Becca vai saber o que fazer. Becca. Be-cca... encontrar... Be-cca.

As palavras reverberavam pelo que parecia ser o amanhecer no laboratório. Sem relógios ou contato oficial com o mundo lá fora, Erick acostumou-se com o horário imposto pela instalação. A intensidade das luzes diminuía duas horas depois da última refeição e voltava, gradativamente, pouco antes do café da manhã surgir pela esteira na parede. Tom costumava aparecer a cada dois dias, depois do almoço.

Tom não aparecia há duas semanas. Desde a fuga.

Erick descobrira outra coisa. A voz de Elza surgia cada vez menos depois de ter sido preso à cama, e quase desapareceu. Nos dias seguintes, quando ele viu-se imobilizado apenas por uma espécie de algema de plástico — conectada a uma corda branca comprida o suficiente para permitir acesso a todo o laboratório —, a voz começou a retornar. Erick concluiu que a energia cinética do corpo alimentava o implante na nuca. Isso também explicava a curta duração dos conselhos mentais.

Entretanto, ainda se perdia entre teorias e alternativas para saber por que o implante nunca havia sido ativado antes do cárcere.

Ele balbuciou uma vez mais: — Be-cca.

A última lamúria inconsciente despertou o *kraken*: — Becca-becca-re-becca-sapeca-becca-teca-meleca-becca-peca-peteca.

Erick acordou assustado com o grito em alta velocidade, rolou da cama e caiu de frente no chão, batendo tudo que tinha direito contra o piso branco.

— Ai!

A voz repetiu o mantra, mais rápido ainda.

— Beccabeccarebeccasapecabeccatecamelecabeccapecapeteca. Blablabecca. Becca aqui, Becca ali. Só Becca. Tribecca. Pateta.

Ele rangeu os dentes por conta da dor e, com muito esforço, virou de barriga para cima.

Então viu Tom pairando sobre ele feito uma criança procurando uma formiga para queimar com o feixe de luz concentrado da lupa.

— Porra, Tom. Que susto.

— Pronto, virou o disco.

— Hã?

— Tá repetindo a mesma coisa há um tempão. Achei que tinha quebrado, dado *tilt*, sei lá. Você é estranho.

— Eu sou estranho? Sério? Eu, estranho?

— Você não faz ideia. De onde eu venho, gente que fala sozinha fica trancada em casa, longe de todo mundo, abraçando o travesseiro e rezando pro capeta, ou pra ET, cada doido com a sua mania.

Erick sorriu, levantando e sentando-se na cama. Olhou ao redor, imaginando uma roda metálica num canto e uma imensa parede de vidro de onde gigantes, ou um sádico maluco, observavam conforme o *hamster* apertava os botões corretos e deixava os mestres felizes. Tom não estava errado.

— Só não precisava me assustar, pô.

— Dá próxima vez, jogo água. Quer agora? — Tom abaixou-se e pegou o balde com detergente, pronto para arremessar o conteúdo contra Erick.

Erick recuou, mãos à frente do corpo, palmas expostas, pânico no rosto.

— Não, não, não!

— Então, tá. — Tom deu de ombros e continuou a limpar o chão.

— Tom. — Ele não respondeu.

— Tom! — Mesma coisa.

— TOM! Olha pra mim. — Ele olhou.

— Onde você esteve? O que aconteceu?

— Os *canas* me levaram. Tentei fugir. Quis encurtar minha pena por conta própria e agora vou apodrecer nessa gaiola. Não tente fugir, garoto. Os *canas* te pegam, eles sempre te pegam. Melhor pagar o preço como um homem digno, encarar o monstro de frente e aguentar o tranco. Fugir da raia nunca traz bons resultados, ainda mais quando as pessoas que amamos precisam da gente, quando uma decisão pode mudar tudo. Fugir não é para covardes, é para irresponsáveis. Se você desiste, o que isso diz a seu respeito, hein?

Erick piscou uma, duas, três vezes e chacoalhou a cabeça.

— Tom, você não está preso! Você trabalha aqui! E por que você tá falando como um personagem dublado de série antiga? *Canas*? Quem fala *canas* hoje em dia, Tom?

— Você é muito sonhador, garoto. Você devia ver a realidade como ela é, não como gostaria que ela fosse.

— Tom, você é o faxineiro.

— Sou tão prisioneiro quanto você, garoto. Sou prisioneiro das minhas escolhas, do meu passado e da minha dívida com o futuro. Sou prisioneiro dos *canas*, eu não tenho nada na vida, só esse esfregão e meus anos para cumprir. — Dizer que Erick não estava entendendo mais nada diminuiria, e muito, o momento. A vontade de bater a cabeça contra a parede até o mundo voltar a fazer algum sentido era imensa e, pelo jeito, Tom não estava nem aí para nenhuma interrupção do cientista. Ele parecia outra pessoa. Os olhos eram os mesmos, a cicatriz no braço era a mesma e os cabelos brancos não negavam, era Tom, mas as palavras, o ritmo e a alma soavam com as de uma pessoa ao mesmo tempo calcada ao passado, presa no presente e saudosa do futuro. Era uma contradição em constante movimento, seguindo para todas as direções sem sair do lugar. — Você precisa escolher melhor do que eu, garoto. Eu pensei apenas em mim, tentei fugir, fui egoísta. Egoístas não comem cru, eles ficam sem comida, sem saber o que é a felicidade de receber um sorriso apaixonado, um abraço sincero, um afago sequer.

— Tom, você tá legal? Olha, desculpa. Eu devia ter desistido da ideia de fugir. Você foi muito legal em me ajudar, mas é claro que ouviram. Esse lugar deve estar cheio de câmeras. Eles sabiam que a gente ia tentar escapar, me desculpa. Se fizeram alguma coisa horrível com você, a culpa é minha. Sinto muito, mesmo.

— Você não está falando nada com nada, garoto. Os *canas* te pegaram também? Os *canas* sabem como quebrar qualquer um. Eles ficam lá, na sala vazia, contando piadas, fazendo de conta que sempre têm razão, ignorando a nossa dor, ignorando quem a gente é. Sabe o que sempre digo? — Ele esperou.

Já aceitando o papo insano, Erick entrou no jogo.

— Não, Tom. O que você sempre diz?

— Quando só tem uma pessoa rindo da piada, alguém na sala está sofrendo.

Erick desistiu de responder, limitou-se a pousar as mãos sobre as coxas, respirar fundo, contemplar a mensagem e concordar com a cabeça.

Tom continuou.

— Então, garoto, a melhor coisa que a gente pode fazer é pensar um pouco nos outros, parar de brincar de ilha e lembrar que quando a gente é egoísta, a gente age igualzinho aos *canas*. Eu machuquei muito a minha família antes de vir parar aqui, agora tenho que servir meu tempo sozinho. Você tem família, garoto?

— Tenho.

— Próximos?

— Não.

— Culpa deles?

— Minha.

— Humm.

— É.

— Se tivesse que escolher de novo, escolheria o quê?

— Faria o mesmo. Tenho uma missão.

— Não, você tem escolhas. O tempo não volta.

— Posso mudar isso.

— Mesmo que pudesse, mudaria para outras pessoas. Você, como você é, só existe um. Sempre vai existir só um. Cada erro, cada acerto, cada escolha dessa vida vai com a gente até o final. Eu só quero olhar para trás e me orgulhar de ter feito as escolhas certas aqui na clausura.

Erick viu a oportunidade de provocar.

— Mas você não... não está preso?

— E não somos todos prisioneiros do passado?

— Mas podemos mudar o tempo.

E, como se uma chave tivesse virado na cabeça de Tom, tudo virou de pernas para o ar.

— Tá maluco, seu Erick? Tá querendo estragar os relógios de todo mundo? Ah, essa juventude.

— Tom?

Tom olhou por cima dos ombros, virou o corpo, vasculhou a sala e virou-se para Erick novamente.

— Ué, tem mais alguém aqui, seu Erick?

Erick escondeu o rosto nas palmas das mãos, xingando em silêncio.

— Tom, quem é você?

Ele mostrou o esfregão.

— Eu limpo o chão, seu Erick.

— Quem pegou você depois da fuga?

— O senhor tentou fugir, seu Erick?

— Tom, não brinca.

— Melhor não fugir não, seu Erick. O pessoal aqui é meio bravo e eles têm uns robozinhos estranhos trabalhando como segurança. Aliás, seu Erick, vim me despedir. Disseram que vou limpar outro lugar a partir de amanhã, mas insisti para vir aqui dar tchau pro senhor. Gostei muito do senhor, viu?

Conformado, Erick abriu um sorrisão simpático e, esperava, sincero.

— Tudo bem, Tom. Foi um prazer conhecer você. Espero que tenha almôndegas no outro lugar. Lembrarei de você nas quartas-feiras.

Tom estava quase na porta quando ouviu a resposta de Erick, virou-se e retribuiu a despedida.

— Obrigado, seu Erick. Lembrarei do senhor nas quintas-feiras. — Saiu, fechou a porta e desapareceu no corredor.

Quintas-feiras? Ele lembra! Putaquepariu, o que tá acontecendo aqui?

(DES)RESPEITO

Stanton saiu bufando e pisando forte no intervalo de uma reunião a portas fechadas com a delegação diplomática da República Popular da China. A oferta era boa. A oferta era irresistível. Mesmo assim, Beijing continuava irredutível. Os chineses também queriam anistia de todas as imposições feitas pela M.A.S.E. na Assembleia Geral da ONU.

Isso era simplesmente inaceitável. Para o plano funcionar, todas as nações precisavam aderir às exigências no tempo certo. O trabalho de Stanton era garantir o funcionamento perfeito das negociações e do cumprimento das metas. Stanton arrancou o paletó enquanto entrava no elevador mais próximo e apertou o botão do andar da residência. A reunião recomeçaria em trinta minutos. Ele precisava fazer uma ligação privada.

*

Vinte e cinco minutos depois, Stanton voltou com o rosto indecifrável. A testa suava um pouco e poderia ser atribuída aos passos rápidos para evitar o atraso. A delegação já aguardava quando ele chegou e Li Huang, a embaixadora, moveu a cabeça em respeito, reconhecendo a pontualidade de Stanton. Ele retribuiu o gesto e tomou seu lugar à mesa.

As próximas palavras não testariam apenas as habilidades de Stanton como negociador, mas também colocariam à prova a lealdade dele à M.A.S.E. O dilema era dos maiores: o que oferecer a uma nação que já tem tudo e quer mais ainda? A solução está nas antigas técnicas de *marketing* do mundo pré--iReality. Crie um problema e ofereça a solução. Porém, a pegadinha é fazer parecer que só você pode resolver o entrevero. Para complicar o cenário, a China tinha o péssimo hábito de fazer tudo sem pedir ajuda para a M.A.S.E.

E isso incluiu instalar uma base na Lua.

Mas esse hábito estava prestes a mudar. O plano pedia. Stanton entregaria.

Stanton precisava ser perfeito. Mas quem disse que Stanton queria fazer aquele negócio?

Por ele, a delegação chinesa poderia voltar para casa de mãos abanando enquanto ele encontraria outro jeito de garantir a adesão deles ao plano. Sempre havia alternativas, só a morte não tinha solução. Enquanto respirasse, ele poderia dar um jeito, encontrar um ponto fraco, qualquer coisa. Se dependesse só dele, é o que aconteceria.

Mas não dependia só dele.

A ordem veio de cima e era clara: alinhar a China agora, custe o que custar. E ele não queria abrir mão do recurso mais precioso à sua disposição. Mesmo porque Stanton claramente tinha outros planos para ele. Se fosse abrir mão de um recurso tão poderoso, precisaria ganhar algo maior ainda em troca.

— Senhora Embaixadora Li Huang, vossa excelência foi generosa em sua oferta, mas não podemos aceitar sua solicitação de exclusão de um cenário claramente destinado a englobar todos nós. A raça humana, sem exceções. Então, respeitosamente, sou obrigado a recusar sua nobre oferta. — Stanton falou sem nenhum traço de emoção ou ressentimento. O tom era enfático, especialmente no enaltecimento das características e palavras da visitante.

Li Huang manteve contato visual com Stanton o tempo todo, piscando pouco e concentrando-se em cada palavra dele. Ela precisava sair da reunião com uma vitória incontestável para Beijing e estava segurando todas as cartas. Stanton tinha apenas mais um trunfo na manga e ela duvidava que fosse suficiente.

Stanton inspecionou a mulher de cabelos longos presos num rabo de cavalo, casaco social cinza sobre o vestido negro e mãos afiadas. Ela batia o indicador da mão direita contra o tampo de vidro da mesa no ritmo dos acordes iniciais da bateria de "Iron Man", do Black Sabbath. Ele respirou um pouco e a embaixadora aproveitou a chance para falar.

— Obrigada pelas palavras, Sr. Stanton. Temo que não podemos chegar a um acordo...

— Entretanto...

Ser rude e interromper um dignitário não costuma ser uma estratégia bem-sucedida com nenhum delegado da ONU. Fazer isso com a delegação chinesa é um pedido de suicídio político. Li Huang parou a batida na mesa e recolheu os dedos, riscando o vidro quase imperceptivelmente no processo. Quase.

Stanton conhecia os riscos e queira passar uma mensagem: eu estou no comando aqui. Nem a interrupção e nem o lembrete caíram bem com a delegação, que, prontamente, fez menção de levantar-se. Ele ergueu a voz e encarou Li Huang com afinco. Um desafio. Ela vacilou tempo suficiente para ele continuar.

— Entretanto, vossa excelência precisa compreender a generosidade da nossa oferta e o tamanho das mudanças propostas. Nada disso será possível sem a presença, apoio e compreensão da inestimável República Popular da China. — Um jogador de pôquer tomou o lugar de Stanton, usando cada palavra como uma carta, cada ideia como uma aposta, cada pausa como blefe. Para não arriscar ser interrompida novamente, Li Huang conteve o impulso de falar. Stanton aumentou a pressão. — Também entendemos os riscos e a importância de uma relação longeva e estável com o povo chinês. Portanto, pergunto, vossa excelência Li Huang, o que mais posso oferecer para sairmos daqui como amigos hoje? Ou melhor, como aliados.

— O senhor jogou tudo fora quando esqueceu o respeito.

Li Huang levantou-se e os demais delegados seguiram. O assessor dela, antes sentado à esquerda da embaixadora, correu até a porta para abri-la.

— Li Huang — se interromper era ofensa, ignorar o protocolo era um tapa com luva de pelica — antes de sair, veja minha última oferta. Você vai se arrepender se não olhar. — Stanton deslizou uma folha impressa na direção do assento há pouco utilizado pela embaixadora.

Li Huang deu as costas para Stanton e seguiu em direção à porta. Quando chegou ao batente, parou. Ficou imóvel por alguns instantes. Então cochichou algo no ouvido do assessor e ele correu até a mesa, pegou o papel e levou até ela. Li Huang leu, olhou para Stanton, leu novamente. Desta vez, foi a testa dela que suou.

— Isso é sério, Sr. Stanton?

— Se vocês quiserem, é todo seu. Mas você assina o acordo aqui, hoje, sem concessões, do jeito que eu preciso. Vocês adotam a moeda única, ajudam a erradicar a fome e entregam as armas.

A voz firme e apressada de Li Huang soou em chinês, os outros cinco delegados dispararam porta afora. Ela se recompôs, ajeitou o casaco e voltou ao lugar à mesa. — Precisamos de uma hora.

— Sem problemas, não tenho nenhum compromisso até lá, posso esperar. Estou aqui para servi-los. — O sorriso calculado e dissimulado de Stanton foi incapaz de alterar o semblante pasmado de Li Huang. Ela não tirava os olhos do papel.

Se aquilo fosse verdade, e Beijing concordasse, a China moderna estava prestes a tornar-se a nação mais poderosa da história sem disparar um tiro sequer.

E Peter Stanton estaria controlando os fios da marionete.

DÚVIDA

O dia de Blake começou com uma partida de Camper, na sala multimídia, com tudo do bom e do melhor, montada na entrada dos aposentos. Desde o retorno de Becca, ela abandonara os jogos e despencara no *ranking*, caindo para sétimo lugar em número de vitórias. Ninguém havia vencido a competição, então ela ainda tinha tempo. O primeiro colocado estava com 177 vitórias consecutivas. Blake Manners ainda mantinha a marca de 151 partidas invicta.

Ela jogou quatro rodadas antes de Becca acordar, ganhou todas e subiu uma posição na colocação. *Cento e cinquenta e cinco na conta, mais quarenta e cinco pra entrar pra história.*

Becca saiu do quarto vestindo um conjunto de pijama — calça e camisa brancas de algodão e estampadas com unicórnios coloridos, emprestados de Blake — e calçando pantufas da "Alice do País das Maravilhas". Jogou os cabelos para trás e revelou um rosto amassado e feliz.

— Banheiro?

— Tem um lá dentro, Bé. Não viu?

Becca chacoalhou a cabeça.

— Quantos *closets* você tem?

— Não o suficiente. O banheiro fica no fim do corredor. Deve ter uma escova nova no armário embaixo da pia. Eu tinha deixado uma para você lá na suíte, mas não tem problema.

Blake deu uma piscadinha para Becca. Ela enrubesceu, mostrou a língua, deu meia-volta e desapareceu no corredor. Subitamente reenergizada, Blake anunciou que jogaria mais seis partidas e não desistiria até conquistar o título de melhor jogadora de Camper da história. Mas não foi isso que empolgou sua base e acordou os plantonistas de fofoca. Foi a conversa.

O número de seguidores de Becca já crescia constantemente desde o primeiro contato com Blake, mesmo sem ela usar a plataforma de forma social. Agora, eles dispararam. Quem estava acordado àquela hora queria, precisava, tinha que ficar mais perto de Rebecca Stone. Em seguida, os vídeos de *shippers* desmaiando viraram moda no iReality, assim como camisetas e itens digitais com frases como ACONTECEU, É VERDADE, *LOVE HAPPENS*.

Blake jogou as partidas e venceu todas, quase perdendo a última quando Becca aproximou-se por trás da cadeira de jogo e tocou seu ombro. Blake quase atirou a única flecha disponível contra o céu virtual do Japão Medieval, onde outro arqueiro escondia-se atrás de uma pilha de guerreiros mortos, em que o sangue contrastava com o vermelho das detalhadas armaduras samurai. Atrás dele, o Castelo de Osaka queimava e explodia. Blake conseguiu controlar o impulso, recalibrou o tiro e soltou a flecha. Ela traçou uma parábola sobre a barreira e alojou-se entre a nuca e as costas do adversário.

Cento e cinquenta e nove.

* * *

Desesperado, o quinto colocado resolveu jogar ao mesmo tempo.

Terminou como um arqueiro samurai morto num campo de batalha em Osaka.

* * *

Blake pulou de volta para a quinta posição e precisaria de mais 18 vitórias para alcançar o líder. Agora o jogo ficava perigoso. Era na luta pelo primeiro lugar que a maioria dos jogadores exagerava, forçava a barra e, assim como o arqueiro derrotado, caía antes de chegar à praia.

Ela sentiu um calafrio conforme a tela de mostrava os dados da partida, incluindo a flechada no ombro que Blake levou no primeiro turno e os dois tiros certeiros nas rodadas seguintes, além de uma breve descrição do Cerco a Osaka, entre 1614 e 1615, armado pelo shogunato Tokugawa e que terminou com a destruição do clã Toyotomi. Camper fazia isso com todos os cenários históricos.

As duas pensaram a mesma coisa. Ao mesmo tempo.

Blake desligou o jogo, desativou o iReality e virou-se para Becca, que segurava uma caneca de chocolate quente.

— Não pode ser. — As palavras de Blake podiam oferecer indignação, mas nenhuma convicção.

Becca optou pelo silêncio.

— Bé, sabe que dia é hoje?

— Vinte e quatro de outubro.

— Falta quanto tempo pro seu aniversário?

Ela respondeu sem pensar.

— Seis meses.

Blake correu de volta para o quarto e voltou segurando um pedaço de papel. O bilhete impresso da passagem aérea de McNab. Ela falhou ao tentar esconder o medo atrás de um sorriso. Entregou o documento para Becca. Ela esticou a mão e aceitou a oferta.

— Olha o número do assento, Bé.

Becca olhou e nem tentou esconder o temor. O bilhete mostrava: Assento 6m.

Seis meses. 6m.

— Bé, alguém queria que a gente visse isso hoje! Mas como alguém pode saber disso? Os cenários dos jogos são aleatórios. Eu nunca tinha jogado com esse pano de fundo. E justo hoje? Justo agora? Isso tá muito estranho. Tô com medo.

Becca tomou mais um gole do líquido quente, colocou a caneca sobre a mesa mais próxima e tomou Blake pelos ombros.

— Não fique. Sério. Precisamos manter o foco.

— Como você consegue ficar calma numa hora dessas? Isso não faz sentido!

— Blake, você não pensou na coisa mais óbvia?

— Qual? Tem alguém vigiando a gente?" Tão logo terminou de falar, Blake começou a olhar ao redor, procurando por câmeras, olhos nas paredes ou qualquer instrumento capaz de espionar as duas.

Becca riu.

— Blake, você transmite a sua vida no iReality, acha mesmo que alguém precisaria espionar a sua casa? Qualquer um sabe quase tudo que a gente está fazendo. Não seja boba.

Blake desviou o olhar, sentindo-se tola e repreendida ao mesmo tempo, como a garota que comeu todos os biscoitos do pote e que, por puro descuido, esqueceu de enchê-lo novamente para esconder a contravenção gastronômica.

Ela sentiu a mão de Becca tocar seu rosto. Macia, morna, gentil.

— Ei, não foi nesse sentido. Olha pra mim, por favor.

Blake olhou.

— Blake, contra quem estamos lutando?

— A M.A.S.E.

— Sim. E o que eles andam dizendo que conseguem fazer por aí? E querem usar para mudar o mundo?

— Viajar no tempo?

Becca concordou com a cabeça.

— Mas você disse que era mentira. É mentira?

Pela primeira vez desde que se conheceram, Rebecca Stone desconfiou das próprias certezas e ficou sem resposta.

*

A dúvida é mais profunda quando não sabemos de onde ela vem. Becca perdeu-se no devaneio conturbado do próprio silêncio, ouvindo vozes de todos os lados, incapaz de isolar uma delas e ouvir, mesmo que as palavras fossem desagradáveis. Desde o primeiro momento, teve a certeza do engodo de Stanton, da mentira da viagem no tempo. Agora, sem perceber, armara uma arapuca para seus argumentos e encontrava-se confrontada por uma daquelas perguntas cuja resposta é aparentemente simples, mas cujos desdobramentos podem alcançar até mesmo os valores que determinam quem somos, o que fazemos e por que fazemos o que fazemos.

A pergunta era curta: você está certa?

Becca acreditava estar certa. Estava certa quando se apaixonou por Erick. Estava certa quando deixou ele e a M.A.S.E. Estava certa ao aceitar o novo trabalho. Estava certa em seguir a trilha de migalhas deixada por Andy. Estava certa desde que se lembrava.

Mas toda essa certeza existia por conta dos sentimentos dentro dela, das informações que tinha, de mecânicas que entendia. Pela primeira vez desde o começo daquele período conturbado, Becca reavaliou sua posição. Ouvira de Erick tudo que sabia sobre a viagem no tempo. E isso aconteceu há anos do calendário e há séculos na memória. Ela viu Stanton assumir o lugar de Erick e nunca questionou o golpe. Stanton praticamente confirmou isso, mas tudo eram impressões. A única certeza era a predisposição a não gostar de Stanton. Nunca gostou, na verdade. O que ela realmente sabia sobre a pesquisa naquele momento atual? Nada. Entretanto agira por impulso e baseada no cenário construído instantaneamente, e nas certezas de sempre, por conta da morte de Andy. Construiu uma estratégia, um plano de batalha e colocou a vida em risco sem pensar duas vezes.

Nunca ocorrera a Becca que sabia apenas o que alguém queria que ela soubesse.

Até agora.

Stanton estava manipulando o mundo com os discursos na ONU e, indiscutivelmente, com pressão nos bastidores. A M.A.S.E. conseguiu esconder um projeto tão monstruoso quanto misterioso da imprensa e das autoridades por décadas. Como não havia pensado que eles seriam capazes de manipular outras variáveis dentro da equação? O encontro com Blake pareceu aleatório a princípio, afinal, ela era a única falando contra a M.A.S.E. e, depois, provou-se ter sido premeditado. Uma pessoa desesperada e sem alternativas só precisa de alguém para compartilhar a dor e transferir a responsabilidade para voltar a funcionar individualmente. Enquanto isso não acontece, a culpa pela inabilidade de encontrar justiça transforma qualquer um em escravo da dor e da perda. Blake cumpria essa função, a despeito da natureza falaciosa da ajuda oferecida.

E quem cumpre uma função permite o funcionamento de um sistema.

Qual?

Pergunta errada. A pergunta certa já trazia a resposta embutida. Becca fazia parte desse sistema. O desaparecimento de Erick fazia parte desse sistema. Andy fez parte, até desviar demais dos parâmetros. Enquanto a rebeldia de Becca dava pinta de ser uma variável prevista e acomodada na equação, a investigação de Andy ganhou volume de anomalia e, como um organismo lutando contra um corpo estranho, ele foi eliminado.

Será que o contágio das ideias dele estava previsto? A tentativa de assassinato era indício de que não, assim como a rebelião de Blake. Doce Blake. Mesmo com os olhos abertos, tateia no escuro à procura de uma nova missão para redimir-se, para exorcizar os pecados, escolhas, e o fantasma de Todd — vivo ou morto — a assombrava e mantinha controlada com grilhões renovados mensalmente por uma mensagem de áudio.

O sistema parecia saber demais sobre ela, sobre tudo e todos, sobre improbabilidades e coincidências. Ela ficou incomodada com a pontada sentida no ego. Se havia alguém mexendo os fios e pauzinhos do teatro de marionetes, onde Becca terminava e onde começava o plano?

Mesmo assim, Becca lutou e a resposta veio em formato de alerta. Foi impossível conter a memória da única tia, já próxima do fim, falando sem parar sobre o grande plano divino, sobre as intenções de Deus e o papel de Becca na coisa toda. Conformismo era necessário, até fundamental, na vida de vários tipos de seres humanos. Há quem precise de definição no dia a dia e até depois da morte, com ou sem certeza. Há quem só funcione por conta de um objetivo capaz de guiar cada decisão moral. Há quem seja incapaz de conviver com a solidão inerente à humanidade e aceite o dogma, as promessas e as mentiras como preço do ingresso no grupo. Nenhum deles está errado. Para eles, livre arbítrio é poder escolher no que acreditar e como acreditar. Becca não era nenhuma dessas pessoas. Para ela, livre arbítrio era escolher a melhor alternativa para o próximo passo, mesmo que isso significasse escrever uma história totalmente nova e inesperada.

Só somos livres quando criamos nossa versão do futuro.

Alguém estava controlando o futuro dela e, por mais que existam muitas verdades e alternativas, Becca não estava nem um pouco satisfeita com as perspectivas.

A pergunta de Blake voltou à baila e trouxe as amigas.

A viagem no tempo é mentira? Ela não tinha certeza.

Alguém está tentando controlar a realidade? Provavelmente.

Mas como? Como ignorar uma sociedade tão dependente quanto ingênua, acostumada a existir através de telas invisíveis, consumismo inserido em qualquer atividade social e apática e plácida o suficiente para aceitar abrir mão do mundo real por uma realidade aumentada, e orientada, por corporações, políticos manipuladores armados com medo, ódio e frustração, e celebridades famosas por nada além da própria existência?

Celebridades. iReality. Blake.

Becca abandonou os pensamentos e fitou o rosto cativante de Blake.

— Quer saber se é mentira?

— Sim.

— Não sei, Blake. Não sei.

A dúvida é uma mulher com salto quebrado, num dia de chuva, sem estepe para trocar o pneu do carro. E ela havia acabado de dar um tapa na cara de Becca.

DÚVIDA

RADIAÇÃO

"*O mundo está mesmo de pernas para o ar, pessoal. Eu estava lendo as notícias dias atrás — eu não vivo só de* rock'n roll, *né? E se você só pensa em música, devia olhar ao redor de vez em quando. Tem mais gente nesse mundo com você!* — então, estava lendo e vi muita gente, muitos especialistas, falando em guerra com a China depois que eles abandonaram as discussões na ONU e se fecharam mais ainda. Nunca pensei que viveria para ouvir boatos de guerra. Guerra é coisa de filmes e livros de história, e deveria ficar lá. Bom, fiquei preocupado. Por mim. Por você. Por todo mundo. Aí, assim que pisei no estúdio hoje, sabe a primeira notícia que vejo no meu* feed*? Aliás, você pode assinar meu* feed *agora e receber tudo que eu leio, inclusive uma seleção especial de notícias e artigos para quebrar a bolha! Então, a primeira notícia falava que a China tinha concordado com todas as propostas da M.A.S.E. e estava pressionando os outros países ainda em cima do muro para aceitarem a ideia de paz mundial. Vai entender. Bom, se eu entendesse de* *guerra e política, eu estaria na Casa Branca, não pegando onda todo dia. Mesmo assim, acho que vale a pena mandar um 'Valeu, China'. E como estamos falando de guerra, vamos relembrar um pouco mais da história do* rock'n roll *com* 'Fortunate Son', *do Creedence Clearwater Revival, a maior de todas as músicas de protesto contra a Guerra do Vietnã, no século 20. Uma guerra idiota que, infelizmente, não conseguimos evitar. Você está ouvindo a Rádio Honolulu Rock, KWAV 323, 89.1 FM, o som das ondas do* rock. *Eu sou Sean Fernald III e esse é o som do Creedence.*"

* * *

O maior perigo de imaginar-se envolvida num plano global de invasão de privacidade, manipulação política e antecipação do futuro é acreditar que qualquer acontecimento, coincidência ou palavra faz parte do tal plano, ou, sabe-se lá como, está conectado. Sofrer de apofenia não era um problema exclusivo de Becca e Blake, qualquer humano era suscetível a ela e a História estava cheia de exemplos.

Quando a primeira base lunar foi estabelecida, os colonos afirmavam existirem sereias nas bordas das crateras e alguns juravam ter ouvido o canto sedutor temido por marinheiros nos oceanos e no espaço. As imagens nas cordilheiras eram resultado do ângulo do Sol e uma leve distorção nas janelas dos habitats, por isso só algumas pessoas conseguiam ver as sereias. O som foi descoberto por acidente, quase dois anos mais tarde.

A autorização para a introdução de animais de estimação permitiu a chegada de Bilbo Bagaceiro, um Shih Tzu de pelo longo com duas tonalidades de marrom no rosto e branco no resto do corpo. Por conta do rosto amarronzado, a tripulação do ônibus espacial o apelidou de Chewie, afinal, ele parecia mais *wookiee* que *hobbit*.

Assim que pousou, Bilbo Bagaceiro, Chewie ou, na memória das pessoas, apenas "o cachorro da Lua", entrou em estado de agonia intensa e constante. Ele rodava, arrastando-se pelo chão, e chorava de dor. Ninguém entendeu nada. A solução mais imediata foi colocá-lo de volta na nave e devolvê-lo à Terra. Porém, minutos depois do pouso, o pânico canino passou e ele parecia o cãozinho mais feliz do universo. Uma análise detalhada sobre a estrutura da base lunar revelou o problema: um transmissor defeituoso dentro da base estava emitindo ondas sonoras a 45 quilohertz, ainda dentro do espectro do infrassom, que provocava anomalias em algumas interfaces do iReality. Bilbo Bagaceiro entrou para a história, matou as sereias e viveu o resto da vida em solo lunar.

Assim como o cão e os colonos, Becca e Blake estavam ouvindo centenas de frequências invisíveis, vendo formas aleatórias ganharem outros significados e pirando sobre detalhes absolutamente aleatórios à volta delas. Se o tênis de Blake havia sido fabricado na China e o rádio falou a respeito dos chineses, era um sinal. Se as árvores no bosque inclinavam-se para a direita

RADIAÇÃO

por causa do vento, era proposital. Tudo virou razão para desconfiança e, rapidamente, transformou-se num jogo aprofundado, desnecessário e sem perder o fundo de verdade entre as duas.

*

Joseph percebeu. Elas estavam cansadas, precisavam de um meio de limpar a mente. Ele intercedeu. Ele também precisava aproveitar para fazer uma confissão.

Elas almoçavam na sala de estar quando Joseph aproximou-se. Ele aguardou Becca terminar de comer o sanduíche de salmão com maionese e alcaparras e Blake comer os últimos três *sushis* do rolo em rápida sucessão, enchendo a boca de arroz e tentando falar com Becca, quase cuspindo tudo para fora. Becca gargalhou. Joseph deixou as crianças brincarem. Fazia bem.

— Blake, se nós somos Osaka, então temos que voar até Chernobyl e contratar um guia chinês. Eu falo um pouco de mandarim, dá pra quebrar o galho. Esse guia provavelmente vai ser o mesmo contato que passou as fotos do Olho de Xiam para o Andy e nós...

— Senhorita Stone.

As duas olharam para ele, surpresas pela aparição repentina e pela interrupção.

— Ai, credo, Joseph. Você precisa de um sino no pescoço. Já falei isso?

— Já, senhorita Manners. — Ele colocou a mão sobre o coração e curvou-se respeitosamente, sem o menor jeito para a coisa. — Perdoe a intromissão, senhorita Stone. Mas preciso alertá-las sobre essa teoria.

— Tá certo, Joseph! Brigada! Não é isso, Bé. Concordo que nós duas somos Osaka, mas o castelo estava explodindo, olha aqui — ela projetou a transmissão da partida de Camper, mais uma vez, na TV da sala — e se o castelo explodiu, devemos procurar um especialista em bombas ou energia nuclear que trabalhe no aeroporto de Munique, que é onde o voo faz escala. Aí a gente vai até Beijing e procura um observatório ligado ao Olho de Xiam, tenho certeza de que estarão esperando por nós.

— Mas a passagem é só para daqui seis meses, Blake. Não é isso.

Joseph limpou a garganta.

— Senhoritas. Devo alertá-las sobre as duas teorias. Não, sobre todas as teorias. Depois dos últimos 22 rastreamentos de produtos, nomes e menções e de já saber tudo que preciso saber sobre Chernobyl e todas as camadas do casulo que compõem o confinamento de segurança da usina, de provar que o nome de nenhum personagem de 'Meu Querido Pônei' é um anagrama para qualquer piloto atualmente empregado pela Lufthansa e que — e preciso enfatizar essa parte — não existe nenhuma câmera ilegal ou secreta instalada em nenhum lugar da residência, tenho a obrigação de pedir que parem.

Blake ficou indignada, arregalou os olhos e tapou a boca com a mão. Ela mordeu o indicador antes de falar.

— Joseph, que absurdo. Nós não podemos parar, temos que encontrar o Erick, o Todd e parar o viajante no tempo. É nossa missão.

— Eu compreendo, senhorita Manners.

— Então como pode pensar em dizer para pararmos?

— Vocês precisam parar de se comportar assim. — Joseph trocou o tom sério herdado por todos os seguranças no curso inútil de preparação, levado a sério apenas por quem serviu nas Forças Armadas, pela voz grossa e firme de um policial. — Vocês estão perdendo tempo. Vocês estão perdendo o foco. Qual o próximo passo? Tentar descobrir se a Lua é feita de queijo ou chamar uma vidente para fazer uma *séance* e contatar a alma de Andrew McNab?

Elas trocaram olhares esperançosos e empolgados.

— Não, não, não. Podem parar. Foi uma ideia esdrúxula. Nem pensem nisso.

Elas suspiraram em lamento.

— Fui indiscreto enquanto dormiam ontem de noite, senhorita Stone.

— O QUÊ? — Becca gritou. Blake levantou-se por impulso.

— Não, não isso. Estão malucas? Não. Eu tomei a liberdade de ler os documentos deixados pelo senhor McNab. Então, deixem-me ser um pouco mais indiscreto e fazer uma pergunta. Por que vocês estão tentando preencher tantas lacunas quando tudo parece tão lógico e direto?

Blake coçou atrás da orelha.

— Como assim, Joseph?

— Não tem nada em Chernobyl ou em Pripyat. Não hoje em dia. Isso é apenas uma pista.

Becca entrou na conversa.

— Pista para o que, Joseph? Fala logo, homem.

— Radiação.

Elas permaneceram quietas.

— A passagem serviu para chamar a atenção da senhorita Stone e, por mais maluco que pareça, devo confessar que Osaka pode mesmo ter saído do jogo. Mas a passagem só serve para as senhoritas pensarem em radiação.

— E o que tem a radiação, Joseph? — Blake perguntou, mas Becca saiu correndo de volta para o quarto. Ela voltou com todas as fotos de satélite, boquiaberta e demonstrando os primeiros traços do pânico que sentiria instantes depois.

— Meu Deus, Joseph.

— Sim, senhorita Stone.

RADIAÇÃO

— O que eu perdi?

— Radiação.

— Dá pra vocês dois falarem a minha língua? Tô perdida.

Becca revisitou as fotos como uma maníaca tentando arrancar as entranhas da última vítima com as próprias unhas e sem nenhuma anestesia. Mas os gritos vinham de dentro dela mesma. Gritos de frustração, de autocensura, de crítica, de descontentamento. Como não vira algo tão óbvio?

— Blake, olha aqui. — Blake olhou. — Não existe radiação.

— Em Chernobyl?

— Não, lá tem de sobra para acabar com o mundo umas três vezes.

— Onde, então? Tá me dando siricutico, Bé.

— No Havaí, Blake. Não tem radiação no Havaí. Essa foto deveria mostrar uma mancha vermelha imensa sobre a ilha.

— Mas isso aqui não é calor? — Blake apontou para uma mancha levemente amarelada sobre a região central da ilha.

— Sim, Blake. Mas é o mesmo de qualquer cidade. O Havaí está sob quarentena, não deveria haver nada além de radiação lá e, pelo jeito, tem gente.

Elas falaram simultaneamente.

— Erick. Todd.

Joseph limitou-se a sorrir, vitorioso. Quando as garotas voltaram a falar numa velocidade muito além do que ele era capaz de compreender, mas na direção certa, Joseph retornou à cozinha, pegou uma cerveja gelada, foi até a varanda, abriu a garrafa e aproveitou o momento. Na metade do primeiro gole, espiou as poucas formações de nuvens no céu. Se estivesse certo, eles viajariam muito em breve.

Joseph não costumava estar errado. Aproveitando o embalo de acertos, ele arriscou uma contagem.

Cinco.

Quatro.

Três.

Dois.

Um.

Nada.

— Bem, não se pode acertar todas.

Então a voz veio de dentro da casa.

— Joseph, como a gente faz pra furar o bloqueio ao Havaí e pousar na ilha?

Joseph tinha algumas ideias e elas podiam esperar até a cerveja terminar.

CHAMA E ROCHA

Colocar o pé para fora de casa pode ser perigoso, subir num avião rumo a uma zona proibida e isolada por um bloqueio militar é insanidade. E o que não é? Crescer em sociedade nos ensina a buscar segurança, fazer as escolhas certas e evitar superexposição ou qualquer coisa capaz de ameaçar-nos. Escolhemos amizades, carreiras, lugar para morar, onde aguardar na calçada antes de atravessar a faixa de pedestres e evitar o retrovisor do caminhão ou aquela poça d'água que está olhando para você, sempre com um objetivo: preservação. Sobreviver aumentou a expectativa de vida, desenvolveu a medicina e a tecnologia de prevenção, mas cerceou um instinto inerente ao ser humano — a caça. Passamos a caçar uns aos outros, inventamos novas arenas onde o perigo recaía apenas sobre avatares ou palavras, sempre garantindo a sobrevivência do corpo, da identidade individual, do *status quo*. Até as revoluções aconteciam longe do campo de batalha, das ruas, dos muros dos opressores.

A Humanidade ficou dócil, domesticada. Reservando momentos de raiva e explosão de ansiedade para quem estava mais próximo, para quem nunca aprendeu a lutar e não podia defender-se.

Mergulhar de perto na rebelião de Blake Manners e Rebecca Stone significava reencontrar o desejo ancestral de ser. Isoladas, elas destacavam-se em seus campos e áreas de influência por razões diferentes e igualmente atrativas. Gente que sabe o que está fazendo sempre encontrava admiradores no mundo pós-iReality. Gerações aprenderam a espelhar-se em histórias de sucesso na esperança de, um dia, inspirarem como elas faziam naquele instante. Porém, juntas, elas eram a chama e a rocha, formando um magma cheio de propósito, energia e impossível de ser parado.

Blake aproveitou a sensação de não conseguir conter tanta vontade e disposição dentro de si e envolveu seus seguidores, convocando o exército a desencostar das cadeiras, encontrar os fãs geograficamente mais próximos e, pelo menos uma vez na vida, vivenciar a experiência humana como ela sempre deveria ter sido. Em grupo, ao vivo, com o calor da companhia e a incerteza da reação do outro lado, com gente de verdade tendo que encarar e lidar com a adversidade, diferença de opinião ou a paixão excessiva do interlocutor. Acima de tudo, ela pediu que esses grupos mudassem alguma coisa. Neles, ao redor deles, ou as duas coisas. A verdadeira inspiração.

A escolha era de cada grupo, de cada desejo coletivo, da necessidade de cada lugar.

Antes de desligar a conexão, e avisar não ter a menor ideia o que aconteceria quando o avião pousasse, ela deu a última ordem aos seguidores.

— Desconectem e olhem pro lado de vez em quando. O amor da sua vida pode estar olhando pra você, e você vai perder a chance de se sentir amada. A gente se vê no outro lado.

— Meio piegas, hein, Blake?

— A galera adora drama e uma cafonice, Bé.

— Pronta?

— *Yep.*

— Ainda dá tempo de voltar.

— E perder a chance de desmascarar um complô mundial e fazer os *masos* mijarem nas calças em pânico total? Eu pagaria pra fazer isso! — A empolgação de Blake era contagiante, como uma criança pulando na piscina de bolinhas pela primeira vez e descobrindo um portal para a terra dos unicórnios embaixo do escorregador. — Aliás, eu estou pagando para fazer isso. É dinheiro bem gasto.

Joseph tentou alugar o jato particular pintado de azul com faixas amarelas ligado na pista três do aeroporto Portland-Hillsboro, mas a locadora insistia em mandar um piloto próprio e exigia a declaração do plano de voo antes de liberar a aeronave. A lista de exigências continuava e tudo isso tomaria tempo e levantaria suspeitas demais, então Blake mandou Joseph comprar o avião. A locadora vendeu e enfiou a faca. Blake ameaçou comprar a locadora e demitir todo mundo e o preço voltou ao valor de mercado para um veículo usado. Ela fechou negócio.

Que dia! Bati meu recorde logo cedo e agora tenho um jatinho. Fofo.

No topo da escada, Joseph gesticulava para as duas embarcarem. Ele já havia registrado o plano de voo falso, conseguido autorização para decolarem e, até onde a torre de controle sabia, o Embraer Fire Manatee B-4100, prefixo N7878F, voaria direto até Honolulu, levando dois pilotos e duas passageiras.

Blake deu um passo à frente e Becca manteve-se no lugar.

Ela respirou fundo e esfregou os olhos antes de repetir a pergunta.

— Pronta mesmo?

— Sim, Bé. Tá preocupada por quê?

— Isso não é uma partida de Camper. Vamos enfrentar um bloqueio militar. Podem atirar na gente, de verdade.

— Eu sei.

— E quer ir mesmo assim?

— Você não quer?

— Eu te meti nessa, não quero te machucar.

— Eu me meti nessa no dia que meu irmão sumiu e aceitei enganar a primeira pessoa. Não quero que pense nada de errado de mim, tá? Mas tenho minhas próprias contas a acertar com os *masos*. Faria isso só por você, num piscar de olhos. Tô fazendo isso por mim também, tá?

— Tudo bem, então. Acho que só fiquei com um pouco de medo.

— Fica tranquila, Bé. Estamos fazendo a coisa certa.

Becca respondeu com uma mentira.

— Ótimo, então. Vamos nessa. Hora de colocar as peças do quebra-cabeça no lugar certo.

Sem coragem, guardou para si um pensamento preocupante. *Quantas pessoas já não perderam tudo fazendo a coisa certa? Quantos já morreram cheios de certeza e convicção?*

★

Sentir o couro branco do assento envolver o corpo enquanto o universo parecia querer abraçá-la fez Becca relaxar. O jato tinha nove lugares. Elas escolheram os bancos do meio, ao lado da janela central sobre a asa. Joseph fez questão de conferir os cintos de segurança pessoalmente. Ele afivelou Becca, então checou Blake. Desejou boa viagem, deu as costas e seguiu até a cabine de comando.

— Peraí, por que o Joseph está indo para lá?

— Quem você acha que vai pilotar o avião?

— Ele não é seu segurança?

— Joseph é meu guardião. Por sorte, ele também foi piloto de combate, paraquedista e membro das forças privadas de segurança de pelo menos três países no Oriente Médio antes de vir trabalhar pra mim. Ele é um cara bem versátil. Só não jogue pôquer com ele. Péssima ideia. — A resposta factual e quase automática com um conteúdo tão rico e inesperado surpreendeu Becca. *Não havíamos combinado ser sinceras sobre tudo? Como nunca soube que o Batman estava protegendo a gente?*

— E você só me avisa agora?

— Ué, você só perguntou agora.

— *Okay*. Mereci. — Becca bateu a palma da mão contra a testa, mostrou a língua e fez "duh".

Elas riram.

— Se alguém pode pousar esse jato no Havaí, esse alguém é o Joseph. Enfim, tava aqui pensando. E se tiver radiação lá, como vamos saber? Será que voar por cima vai nos contaminar?

— Não nessa velocidade e altitude. Se fosse um helicóptero, talvez. Mas como o Jack Bauer ali não deve ter trazido um contador Geiger, e nem sei se um funcionaria tão alto, é melhor ele procurar por movimentação nas cidades antes de pousarmos. Se tiver gente lá, podemos pousar.

Os alto-falantes trouxeram a voz de Joseph até elas.

— Preparar para decolagem.

Blake ofereceu a mão para Becca.

— Eu odeio decolagens.

— Eu me sinto livre. — Becca sorriu.

As turbinas atingiram potência máxima e contribuíram para a atmosfera de apreensão antes do momento decisivo. O jato disparou pela pista e, em poucos segundos, estava no ar, rumo às águas geladas do Pacífico, em rota direta com o destino de Rebecca Stone e Blake Manners.

Embora não pudessem ver nada além do horizonte, sabiam: em breve, precisariam enfrentar as armas dos militares e o peso da verdade.

MOSCAS

O assento de poder das grandes nações nunca é ocupado pelos representantes eleitos democraticamente. Presidentes, primeiros-ministros e chanceleres podem influenciar o rumo da História, mas eles tinham limites. Quem opera longe do escrutínio público, dos mausoléus corporativos e das guerras parlamentares faz o que bem entender. O assento mais poderoso daquele momento foi construído ao longo de décadas, com calma, segurança e mentiras, e Peter Stanton ocupava o trono sem remorso ou insegurança.

O trono não era bem um trono, era uma espreguiçadeira de couro bege, posicionada ao lado da parede de vidro por onde a luz matinal entrava e transformava o apartamento de Stanton num paraíso silencioso. Ele aproveitou o calor convidativo como um rei confiante o suficiente para curtir a vida sem servos, conselheiros ou familiares interessados na sucessão. Lá fora, Nova Iorque acordava para mais um dia de paz graças aos esforços dele.

De nada, gente ingrata. Titio Stanton vai cuidar bem de vocês, enquanto vocês merecerem.

Uma mosca surpreendeu Stanton. A residência era hermeticamente selada e seria o lugar mais seguro do quartel-general da M.A.S.E. em caso de qualquer acidente ou ataque envolvendo armas biológicas. Ele transformara os aposentos numa espécie de *bunker* autossustentável por anos. Como uma mosca conseguiu infiltrar-se?

O inseto voou em círculos pela sala de estar, pousou na mesa de jantar, num copo, no carpete e, finalmente, firmou-se contra o vidro, na altura dos olhos de Stanton. Ele fez uma lista mental de todos os objetos. Jogaria tudo fora e compraria novos. Impossível conceber a sujeira que a mosca trouxe para dentro do santuário, espalhada no copo no qual ele bebia, na mesa na qual ele se alimentava, no carpete por onde ele caminhava. Ela ficou lá, alisando as asas, movendo as antenas, ajustando a posição de tempos em tempos.

Você não deveria estar aqui. Você não faz parte do meu mundo. Por que não ficou no seu canto? Por que não aceitou o lixo que damos para vocês? Tem tanto lixo lá fora. Seu lugar não é aqui. E agora o que eu faço com você? Você não vai entender um alerta. Você é estúpida como aquelas pessoas ali.

Ele esqueceu-se da mosca por um momento e focou na cidade lá embaixo, onde milhões andavam de um lado para o outro, imersos no iReality, indiferentes às grandes decisões e felizes com as histórias e narrativas que o sistema oferecia para deixar os dias menos chatos, para facilitar nossa jornada pela vida. As maravilhas da realidade aconteciam por todos os lados, às vezes a menos de um metro de algumas daquelas pessoas, entretanto, quase ninguém as apreciava a olho nu, deixando a magia do momento passar. Esse era o legado de uma tendência no início do século 21, quando pais e mães desistiram de ver as realizações dos filhos e passaram a filmar e fotografar tudo com obstinação. Aquela primeira camada de separação entre o real e a superexposição nunca mais foi embora.

Stanton olhou novamente para a mosca.

Se eu ligar meu iReality e esmagar você, quanto tempo até as pessoas esquecerem tudo que eu fiz, todo o bem que promovi? Ignorariam tudo que ainda vou fazer para me criticar por acabar com a vida de um inseto insignificante? Agora, se eu fizer isso em segredo, sem ninguém ver, sem uma audiência, eu posso queimar suas asas, jogar seu corpinho patético no ácido e dar um choque no líquido antes de você morrer. Ninguém diria nada. Ninguém saberia. Todo mundo ficou bom demais em esquecer das maravilhas da privacidade. Por que eu compartilharia o show particular da melhor bailarina do mundo ou a mor-

te de uma mosquinha inconsequente? Você entrou no meu reino, sem convite, sem permissão, você vai sofrer as minhas punições. E a maior delas é: ninguém sequer vai saber que você existiu.

Peter Stanton abriu a palma da mão e deu um tapão no vidro.

Ele manteve a mão pressionando a janela por um tempo, até a súbita bolha de gosma fresca esquentar com o sol. Novamente, encarou Nova Iorque, sabendo que aquele abismo nunca olharia de volta; ele estava ocupado demais olhando para todos os lados ao mesmo tempo.

A alma e o destino de vocês também são meus. Eu decido quando o sofrimento termina e quando vocês podem encontrar alguma paz.

Retirou a mão do vidro e não esboçou nenhuma tentativa de limpar os restos da mosca. Caminhou sem pressa até um dos cômodos perto da cozinha e voltou com um borrifador de *spray* de limpeza multiuso e outro de álcool de uso médico; também trouxe dois panos de alta absorção. Havia mais mosca na mão de Stanton que no vidro. Ele limpou o vidro primeiro, espalhando o produto de limpeza e passando o pano logo em seguida. Olhou para a palma melequenta e despejou o álcool, aplicando o tecido imediatamente. Ele removeu os restos do inseto e repetiu o processo, tanto no vidro quanto na mão. Apertou o pano compulsivamente contra a janela, como se quisesse apagar os prédios e pessoas daquela área, feito um cartunista descontente com a própria criação.

De súbito, parou com um sorriso condescendente. Olhou para mão e para o vidro limpos.

— Pronto. Impecável.

Voltou à cozinha e jogou os panos no incinerador, observando o fogo consumir tudo.

Uma das janelas transformou-se em tela e o alerta de comunicação piscou logo em seguida.

Stanton atendeu e saiu o mais rápido possível. Outra mosca estava se metendo onde não devia.

Uma mensagem chegou à interface pessoal dele. Ele leu e sentiu vontade de morder o cotovelo.

Alguém tentou queimá-lo.

SOBRECARGA

Tom nunca mais voltou.

Erick cedeu ao tédio, voltando a operar os computadores, porém com novo objetivo e vontade renovada. Ele queria sabotar os planos de Stanton e destruir a M.A.S.E. por dentro. Elza discordava. Para ela, apenas enfraquecer Stanton seria o suficiente para atraí-lo. Erick queria mais. Ele queria ver Stanton perder algo, assim como ele perdeu. E, naquele momento, Stanton tinha tudo a perder.

Sozinho, as opções de Erick eram limitadas. Com a ajuda de Elza, a brincadeira mudava de figura. Sozinho, sem Tom, ele teve tempo de sobra para pensar. Motivado e concentrado, Erick era letal. Para um cientista, claro. Ele mal conseguiria esmagar uma lesma sem correr o risco de cair ou ficar no zero a zero; isso se a lesma não conseguisse escapar. Já no âmbito das ideias insanas, poucos conseguiriam fazer frente ao gênio do brasileiro.

O primeiro obstáculo era encerrar o isolamento. Os computadores do laboratório estavam programados para receber dados, não para enviar. Pelo menos não simultaneamente. Erick tinha permissão para salvar os cálculos, propostas e descobertas dele numa área segura. Quando acordava no dia seguinte, elas não estavam mais lá. A não ser que alguém fosse até a sala durante a noite e removesse os dados fisicamente, devia haver algum jeito de transferir as informações. Se ele não podia sair do laboratório, e o implante só funcionava na cabeça dele, suas ideias e códigos sairiam.

Para executar o plano, Erick precisava enganar o sistema, e o módulo de energia era perfeito para isso. Quando tentaram fugir, Tom fez o equipamento pirar e o sistema reagiu com caos e paralisação. Causar tanta bagunça novamente seria contraprodutivo. Um pequeno pico de energia, porém, seria muito útil. Se o pressentimento de Erick estivesse correto, o sistema operacional que ele utilizava era blindado contra qualquer tentativa de acesso externo. Pelo jeito, ele foi feito exatamente para mantê-lo isolado. Erick permitiu-se saborear uma pitada de egocentrismo, afinal, além de ter recebido um laboratório particular, ele também inspirou a criação do sistema operacional mais seguro que já vira. De qualquer maneira, todo sistema é vulnerável em uma etapa: reinicialização.

Erick configurou o módulo de energia para uma sobrecarga leve, suficiente para derrubar o sistema e permitir acesso antes dos protocolos de segurança serem ativados. Quando tudo estava pronto, ele escolheu o computador mais promissor — levando em conta a velocidade e o volume de informações que recebia — e liberou a energia.

As luzes ficaram mais fortes e apagaram. Todos os computadores e experimentos desligaram, assim como a luz do corredor que trocou o branco por uma penumbra escarlate. Como da outra vez, nenhum guarda apareceu. Dois minutos depois, a iluminação voltou à vida e, em seguida, os computadores. Erick estava certo. Aquele era o *hub* principal do sistema do laboratório. O *prompt* de comando piscou e Erick deu a cartada.

Depois de três bipes consecutivos, o computador reiniciou novamente e carregou um sistema operacional básico e vulnerável. Erick não esperou para celebrar e começou a alterar os elementos necessários para a próxima fase da missão.

Por puro instinto, olhou para a porta, esperando encontrar algum guarda ou alguém vindo descobrir a origem do surto energético. Ninguém apareceu.

Aquele lugar começava a dar arrepios.

Logo voltou a atenção para o console. Ele tinha muito a fazer para conseguir expor as mentiras de Peter Stanton ao mundo.

✳

Erick levou três horas para programar tudo. Elza ajudou, guiando o neto pela programação desconhecida até ele familiarizar-se com a estrutura da rede. As coisas ficaram mais fáceis dali em diante, tão fáceis que ele ignorou o almoço — arroz, bife e fritas — trazido pontualmente pela esteira. O prato retornou por onde surgiu, intocado, meia hora mais tarde.

A principal arma de Erick era demonstrar como ele havia aprimorado o módulo de energia e distribuir os esquemas de construção gratuitamente pelo iReality. Se a primeira cartada da M.A.S.E. fora conquistar a população — especialmente as camadas mais pobres — com a alforria da conta de eletricidade, esperava que a companhia perdesse credibilidade como salvadora da pátria perante a população, tornando mais fácil questionarem o papel da empresa na sociedade. O segundo golpe era mais pessoal e bruto. Erick havia composto um vídeo explorando todas as improbabilidades das mensagens da colônia em Marte e deixando claro ter sido tudo uma mentira. Infelizmente, ele não tinha o vídeo que Stanton havia mostrado. A esperança era de que McNab visse, mergulhasse no assunto e fosse capaz de publicar alguma coisa no *The New York Times*. Também incluiu toda a pesquisa da verdadeira viagem no tempo. Se o mundo soubesse o que ele estava fazendo e resolvesse criar novos núcleos de pesquisa, talvez ele perdesse a importância e pudesse sair.

O plano também continha uma parte mais íntima. Caso o sistema percebesse a invasão, não permitisse outros envios e ele fosse silenciado, provavelmente para sempre, precisava aproveitar a oportunidade para corrigir alguns erros.

Escreveu uma longa mensagem para os pais. Bem, mais para Elena. Foi sincero. Pediu desculpas. Justificou as escolhas mais uma vez. Contou sobre a voz de Elza. Sobre a fuga. Sobre como foi um tolo ao abandoná-los por causa de um sonho idealista e como sentia falta de um belo prato de lasanha todos os dias. Para André, deu um número de conta bancária e apenas um recado — ESTÁ NA HORA DE COMPRAR UM CARRO NOVO. Com pesar, mas igualmente consciente, despediu-se. Encerrou com algo difícil de escrever, acreditar ou aceitar. Algo necessário: GOSTARIA DE TER SIDO UM FILHO MELHOR. AMO VOCÊS.

Para Becca, abriu o coração e pediu perdão. Só amou de verdade uma vez e foi incapaz de perceber o próprio erro até ser tarde demais. A arrogância da juventude e o medo de nunca fazer parte de nada — nem do coração de ninguém — herdado da infância mantiveram-no fechado para tudo e todos por muito tempo. Só percebeu quando Becca partiu. Só sentiu quando procurou por ela no escuro e encontrou apenas o vazio no lado direito da cama. Só arrependeu-se quando perdeu a viagem no tempo, ficou sem nada e percebeu já ter tido tudo de que precisava quando estavam juntos.

Eram mensagens de despedida. Uma série de adeus sem dizer a palavra. Era o momento mais honesto de uma vida marcada pela obstinação, entrega total e abandono dos próprios sentimentos. Deixara a saudade por Elza nublar o amor recebido e bloquear qualquer reciprocidade por muito tempo. Deixara as amarras do passado inviabilizarem qualquer alternativa de um futuro protagonizado por ele, e por suas emoções, permitindo apenas um futuro tão ideal quanto impossível. E se conseguisse viajar no tempo? Mudaria o quê?

Salvar Elza poderia transformar tudo. Porém, se era realmente ela quem falava com ele naquela tarde, existiria alguém que precisaria ser salva ou teria simplesmente sacrificado toda a vida por um sonho tolo?

Prometeu tomar as rédeas do presente, caso escapasse. Prometeu viver. Daquele momento em diante, Erick preservaria até o dedinho menos favorito do pé, órgãos vitais e não vitais, e distribuiria fortunas aos necessitados para ser ele mesmo, nem que apenas por algumas horas ou minutos. Nada disso mudava os planos e sonhos em relação à viagem no tempo, porém, pela primeira vez, Erick entendia por que queria fazer tudo aquilo. Ele precisava viajar no tempo para que, em momentos terríveis como aquele, pudesse devolver a vida a muitas pessoas que nunca tiveram chance de lutar e de viver de verdade. Ainda não tinha muita certeza de quando, e se, isso aconteceria, mas identificar a razão para todo seu esforço fez Erick sentir-se bem. Decidido. Pleno.

Salvar Elza perdera o propósito. Afinal, ela poderia muito bem estar viva e falando com ele. E se não estivesse? Tudo que Erick aprendeu sobre a avó deixou claro: ela viveu muito, fez coisas fantásticas, e se escolheu o trabalho e a ciência em vez da família, foi decisão dela. Ela sabia o risco. Ele também. Porém, agora ele tinha a chance de escolher um outro caminho. Nunca abandonaria a ciência e o fascínio pela possibilidade de mudar o mundo, e nunca mais abandonaria o desejo de continuar essa jornada em boa companhia.

Por fim, mandou uma mensagem curtinha para o iReality pessoal de Peter Stanton, só para ele saber quem foi que fez tudo aquilo no exato momento em que tudo se tornasse público: Agora é minha vez de tirar tudo de você, seu merda. Foda-se. Beijinhos, E.

Erick revisou todos os anexos, mensagens e os dados do sistema. Tudo parecia pronto. Ele respirou fundo, fez uma dancinha da vitória como um indígena bêbado numa comédia faroeste sem noção e, quando terminou de girar em frente ao computador, apertou o botão.

— *Yippie-Ki-Yay, Motherfucker!*

* * *

O melhor jeito de se descobrir o caráter de alguém é jogar essa pessoa no mar, com um colete salva-vidas, e uma outra pessoa que quer o colete tanto quanto ela. A verdade sobre qualquer um surge com velocidade e sinceridade quando confrontamos situações de vida e morte. E gente até então convencida da própria santidade descobre-se sendo o vilão da história. Não é uma questão de maldade, sobrevivência desperta o melhor e o pior em cada um de nós. Entretanto, muita gente nunca tem a chance de realmente descobrir quem é e, por obrigação social, passa a vida inteira conformando-se com papéis e condutas esperadas e aceitáveis. O garoto negro da favela poderia ser um herói nacional, igual àqueles que lia nas histórias em quadrinhos, se tivesse sido aceito pelos bombeiros, pelo Exército, ou conseguido aquele emprego na empresa de seguros. O jovem médico de família rica poderia ter assumido o comando de um grupo de *hackers* se tivesse perdido tudo depois da acusação de negligência. Como a vida é o que é, o garoto negro passou a vida trabalhando no bar da esquina e o jovem médico passou a vida na mesma riqueza que sempre conheceu.

Às vezes, a vida oferece alternativas.

O avião de Blake ignorou as ordens da torre de controle de Honolulu e já começava a ignorar os contatos da Marinha quando todos ali dentro tiveram uma oportunidade de descobrir se realmente acreditavam na missão.

A voz de Joseph invadiu o sistema de som novamente, mais retórica que preocupada.

— Senhoritas, estamos atraindo muita atenção. Se dermos meia-volta nos próximos dois minutos, ainda podemos evitar toda a dor de cabeça. Depois disso, invadiremos a zona de restrição aérea e podem atirar na gente. Sigo no rumo?

No fundo, ambas sabiam, ele perguntava, como um padre às avessas, se estavam dispostas a morrer juntas "na morte provável, na prisão possível, contraventoras até que a eternidade as separe."

— Sim.

A resposta de Blake foi rápida e convincente. Blake era um anjo caído em busca de redenção. Ser agradável e fofa no iReality podia ser suficiente para reconquistar anunciantes e espectadores, porém nunca seria suficiente para cicatrizar a ferida dentro dela. Conseguir a segunda chance com Becca foi apenas o primeiro passo de um processo que duraria anos para ser concluído. Precisaria fazer muitas coisas boas, pagar muitas dívidas e gastar muitas lágrimas na solidão da cama, no escuro, ou escondida no banheiro, até se sentir novamente digna da confiança dela mesma, de acreditar ser uma pessoa boa.

Isso se sobrevivesse ao peso que o destino de Todd já colocava sobre suas costas. Faltavam alguns dias para receber a mensagem mensal do irmão, então demoraria a saber se as ações dela, e as próximas horas, já teriam repercutido em quem quer que o mantivesse em cativeiro. Mentiu para si, dizendo-se preparada para descobrir que Todd morreu. Inventou uma realidade paralela na qual ela aceitaria o encerramento das mensagens sem lágrimas e com a convicção de uma veterana de muitas guerras. E já considerava dezenas de cenários capazes de justificar o silêncio. Uma punição? Um jeito de fazê-la sentir dor para, no futuro, usarem Todd novamente? Envios de mensagens com Todd sofrendo sob tortura ou enlouquecendo numa cela esquecida nalgum canto escuro?

A culpa que sempre temeu criou monstros e, ao mesmo tempo, alimentava um novo jeito de encarar a vida e as consequências para suas decisões. Foi o jeito de Blake aceitar o passado e tentar corrigir o futuro.

Ela fez os próprios votos quando embarcou no avião. Agora segurava a mão de Becca e esperava a decisão dela.

Só passariam a lua de mel entre as belezas do Havaí se o casamento se consumasse e a noiva estava insegura desde antes da decolagem.

⋆

Naquele jato, a viagem de Portland até o aeroporto desativado de Hilo levaria pouco mais de quatro horas, com Joseph fazendo de conta que seguia para Honolulu. Ele pretendia mudar de curso o mais tarde possível, para evitar qualquer suspeita. Blake e Becca tiveram tempo de sobra para conversar.

Elas falaram praticamente sobre tudo, menos sobre o problema em questão.

Blake insistiu algumas vezes e encontrou resistência de Becca, que mudava de assunto ou limitava-se a olhar pela janela. A única decisão clara entre as duas era esperar até chegarem para decidir se pousariam ou não. Nenhuma delas tinha dúvida sobre a aposta arriscada na qual envolveram-se. Blake concordou em não ligar mais o iReality, para evitar que fãs resolvessem seguir o exemplo e começassem a tentar invadir um lugar que, até segunda ordem, estava totalmente contaminado pela radiação remanescente da tentativa de ataque terrorista.

Ninguém mais precisaria correr riscos, ainda mais sem saber o que fazer caso as suspeitas estivessem certas.

Becca confidenciou o prato favorito — caranguejo da neve no vapor com manteiga derretida. Blake preferia *shao mai* de camarão e porco. As duas também adoravam a culinária japonesa e combinaram visitar Tóquio e, claro, Osaka, depois que desmascarassem a M.A.S.E. Como seriam celebridades temidas em todos os cantos, Blake esperava que toda a comida fosse de graça. Becca gostou da ideia. Fizeram planos, imaginaram cenas, improvisaram situações inusitadas e encontraram vários jeitos de fazer Joseph passar vergonha, para a diversão das duas. As ideias envolviam, mas não se limitavam a: fazer Joseph tentar interromper a travessia de pedestres em Shibuya usando apenas uma plaquinha e uma fantasia de Super Mario e ir pescar o almoço deles — embora a última pudesse agradá-lo mais que irritá-lo.

Chegaram até a discutir o super-herói favorito. Blake defendeu o Pantera Negra com todas as forças, enquanto Becca visitou todo o multiverso para provar a magnanimidade do Dr. Stephen Strange. Mulher Maravilha e Capitã Marvel eram *hors-concours*. Nenhuma das duas gostava do Homem de Ferro. Becca adorava *Sandman*, por influência de Erick. Blake preferia *Fábulas* e tinha a guerreira das rosas, a capa da edição 20, tatuada no braço direito. Becca não tinha tatuagens e brincou: — Já viu Ferrari com adesivo?

Por um tempo, a vida parecia boa e os problemas voaram para longe, empurrados pelo vento que soprava das memórias, dos gostos e do que fazia de cada uma delas quem eram. Entretanto, o silêncio sempre retornava e Becca buscava consolo na vista da janela. Estava perto demais das nuvens para encontrar alguma forma e, bem lá embaixo, as águas do Pacífico pareciam uma gelatina verde que ganhou forma em meio a uma ventania, preservando as ondas em camadas adocicadas e distantes.

Então veio o chamado de Joseph e estilhaçou a ilusão, fazendo a gelatina transformar-se no prenúncio de um *tsunami* inevitável.

Ela encontrou os olhos de Blake e a ouviu dizendo 'sim' enquanto estendia a mão em sua direção.

A resposta decidiria o destino das duas. Se desse certo, também alteraria o futuro da Terra. Se falhasse, ninguém saberia que duas mulheres resolveram enfrentar um gigante enterrado na memória e nos sonhos de uma espécie para mostrar que, no fundo, ele não passava de um truque de mágica projetado como sombras no fundo de uma caverna.

*

— Rebecca?

Foi a primeira vez que Blake usou o nome completo de Becca desde que se conheceram. O truque funcionou e Becca deixou as nuvens para lá e retornou ao momento.

— Oi, Blake.

— Tudo bem?

— Tudo, tudo.

Becca acomodou a mão de Blake entre as mãos suadas dela, como um sanduíche delicado e quentinho. Ela apertou um pouco, aproveitando para convencer a si que tudo ali era real. Desde o princípio, estava de acordo em correr o risco — sozinha. Envolver outras pessoas realmente deu um novo peso às suas escolhas. Porém, cada um precisa saber de si. Joseph parecia bem decidido e Blake fizera a escolha dela.

Ela compreendeu não estar escolhendo pelos dois. Precisava decidir o próprio rumo. Na verdade, não era questão de decidir, era meramente a necessidade de lembrar-se de tudo que a levara até ali. Andy. Erick. As mentiras. A manipulação. A tentativa de assassinato. A perseguição. A existência de alguém disposto a não deixar que ela, e tantos outros, seguisse a vida como bem entendesse, que procurasse o jeito dela de ser feliz.

Como aceitar esse passo para trás numa vida tão marcada por arrojo, dedicação e liberdade? Fazer o avião dar meia-volta significaria aceitar uma existência ditada por alguém que achava normal, ou ao menos aceitável, matar e sequestrar pessoas, e guardar grandes descobertas para benefício próprio. Alguém que a fizera ter medo por ser quem sempre foi. Voltar atrás seria aceitar o terror a cada passo.

Não poderia viver assim. Ninguém deveria viver assim, sendo apenas um recurso útil no trabalho, mas tolhida em todos os demais aspectos.

Só existia uma resposta possível.

— Sim, Blake. Vamos em frente.

— Você ouviu a moça, Joseph. Arrebenta, meu querido.

— Afirmativo. Chegaremos lá em aproximadamente 20 minutos.

Elas sentiram o volume dos motores e a vibração aumentarem, conforme o avião inclinava-se para a esquerda e acelerava.

Independentemente do desfecho à frente delas, encarariam o monstro frente a frente. E era melhor ele preparar-se, pois elas estavam armadas com a verdade, a esperança de libertar um inocente e o legado de um melhor amigo e um irmão gêmeo.

INTRATEMPOS V

FANTASMA

Como sempre, a ligação tocou três vezes. Como sempre, a voz de Elza soou como um calmante em meio a qualquer tempestade. Como sempre, Erick sorriu. Encostou-se contra o assento do turbojato e falou, mais aliviado, como se uma dose leve de morfina tivesse invadido o corpo todo ao mesmo tempo.

— Oi, vó.

A voz de Elza tinha gosto de morango com creme de leite, batido com açúcar e Led Zeppelin.

— Oi, netinho. Como posso ajudar?

— Fiz de novo.

Às vezes, ela salpicava um pouco de Seinfeld e Elaine, infernizando os amigos ainda no ginásio.

— Você sabe que já deveria ter parado de usar fraldas, né, netinho?

Ela gargalhou, ele também. Dois dos dez passageiros sentados no lado oposto olharam para ele. Ele pediu desculpas movendo os lábios, sem dizer nada.

— Não, não, vó. Eu abandonei todo mundo de novo.

— Foi por uma boa razão, netinho?

— Espero que sim, vó.

— Por que não me conta, netinho?

Ele contou.

— Humm. Eles vão te culpar como me culparam, vão...

— Me perder como te perderam?

— Talvez, netinho. Isso te incomoda?

— Estou voltando para arrumar as coisas, para impedir essa mentira. Estou voltando para garantir que tudo continue como está.

— Nada volta a ser o que era depois que o futuro se revela, netinho. Mas você não começou essa jornada justamente para mudar tudo?

Erick ponderou as palavras com cuidado. Teria se tornado a personificação de uma contradição? As palavras traíam ou revelavam as verdadeiras intenções dele dentro da M.A.S.E.?

Ele sentiu um tremor leve quando o turbojato decolou verticalmente, pairou no ar por alguns instantes, virou-se na direção desejada e começou a acelerar. Os compensadores de gravidade da M.A.S.E. funcionavam bem no espaço e, em condições climáticas ideais, eram praticamente infalíveis na atmosfera. Exceto pela decolagem, nenhum passageiro teria do que reclamar.

— Quero voltar para manter a pesquisa de pé, para concluir meu plano, vó. Ainda não estou pronto.

— Tome cuidado, netinho. É perigoso aceitar a jornada como a única coisa que importa. Isso de trilhar o caminho só tem importância quando se chega a algum lugar.

Eles ficaram em silêncio por alguns instantes.

Erick ouviu um bipe.

— Netinho, preciso ir. Falamos depois, tá? Te amo.

— Te amo, vó. Sinto sua falta.

— Eu sei. Também sinto a sua.

E após uma pausa.

— Comporte-se, netinho, ou a Inquisição Espanhola vai te surpreender.

Juntos, concluíram: — Ninguém espera pela Inquisição Espanhola.

Erick desligou, fechou o aparelho, guardou num bolso interno da *duffle bag* e encostou a cabeça no apoio do assento novamente. Não conhecia mais ninguém no voo e foi informado pelo piloto que era o último passageiro. Ele dividia o lado direito da aeronave com outras nove pessoas. No lado oposto, outros dez indivíduos ocupavam-se com interfaces do iReality. Alguns resmungavam por instinto sobre problemas de conexão. Erick não tinha do que reclamar, a ligação havia funcionado perfeitamente.

Olhou pela pequena janela atrás dele e viu as luzes de São Paulo ficando menores e mais distantes.

Das outras vezes em que partiu, sentiu alívio. Naquela oportunidade, um pouco de angústia ficou entalado na garganta, como se tivesse engolido algo grande demais e estivesse prestes a engasgar nos próprios erros. Tomar mais uma dose do antidepressivo não resolveria muita coisa imediatamente, mas daria a sensação de estar fazendo alguma coisa a respeito do pré-desespero trazido pela angústia. E a água ajudaria a limpar a impressão física do engasgamento. Pegou tudo no sacolão e virou a pílula com meia garrafa d'água. Algo mais continuava entalado.

Palavras.

Trilhar o caminho só tem importância quando se chega a algum lugar. Pensou num professor de ótica avançada, no terceiro ano da faculdade. Gabes Beach era o nome dele. Beach ensinava para pagar as contas, mas a mente dele sempre estava em outro lugar, trancada no laboratório que ele construiu na garagem de casa, onde a pesquisa de quase 30 anos continuava inconclusiva e continuaria até o fim da vida dele. Beach perdeu-se no meio do caminho, apaixonando-se demais pela jornada e esquecendo-se do objetivo final. Beach virou piada pelos corredores da universidade e era constantemente comparado a um escritor amador, aquele tipo presente em todas as oficinas e cursos literários, perdido entre pilhas de livros técnicos e rascunhos de ideias, mas sempre sem nunca escrever uma obra completa.

Manter as coisas como estavam significava continuar pesquisando. Manter o rumo atual significava confiar em Stanton. Não mudar nada significava aceitar o circo armado pela M.A.S.E. Finalmente, Erick compreendeu a real situação. Lutar para manter as coisas como estavam seria jogar contra o próprio patrimônio. Ele precisava fazer tudo se mover mais rápido, e sem Stanton, para alcançar o objetivo? Stanton dizia que ele ainda não estava pronto e, bem, se Stanton havia se provado um articulador mentiroso, sobre o que mais ele estaria mentindo?

Descobriria quando chegasse ao destino imediato.

Erick gritou bem alto para os pilotos e viu uma tempestade à frente.

— Ei, quanto tempo até chegarmos em Nova Iorque?

Todos os passageiros olharam para ele como se ouvissem um fantasma falar.

*

O turbojato mergulhou nas nuvens, um raio iluminou tudo e revelou a silhueta da aeronave antes dela desaparecer dos radares, das redes, dos olhos do mundo.

PARTE

O ESCORPIÃO

Sob ameaça, o escorpião retrai-se e, como último recurso, finca o ferrão nas próprias costas para evitar captura, sofrimento e derrota. Porém, é justamente entre o recuo e o suicídio que ele torna-se mais mortal, afinal, a ferroada letal pode atingir qualquer um, ou qualquer coisa, que se aproxime. Sob ameaça, Peter Stanton era mais perigoso que mil escorpiões, e ele não tinha a menor intenção de tirar a própria vida.

Cruzando o país por uma rota estratosférica a bordo do turbojato mais rápido da M.A.S.E., Stanton mergulhou fundo na interface tática de defesa da empresa. Eles estavam sendo atacados e Stanton partiu ao resgate imediatamente, sem desperdiçar um segundo sequer pensando em como lidar com a ameaça. Stanton era um homem de muita ação e pouco remorso.

Depois de dedicar a vida toda à conclusão do plano, não vacilaria tão perto do objetivo e sabia que chegara a hora de assumir o comando total da operação. As orientações deixadas pelos fundadores eram importantes, claro, mas nada dura para sempre. Ele não seria como os norte-americanos, escravos de uma constituição há muito desatualizada. O mundo muda, as pessoas crescem e os problemas evoluem por rumos inesperados, contrapostos apenas por quem vive no momento, não por quem continua preso a dogmas do passado. Estava na hora do Porta-Voz do Amanhã bradar com voz própria.

E todos ouviriam, em alto e bom som.

Sem pensar muito, Stanton ativou as defesas — todas elas — posicionadas para situações extremas e tentativas de invasão como aquela. Deixaria para decidir como lidar com a traição da China depois. Acreditava ter neutralizado a única nação próxima de ameaçar a M.A.S.E. com a última negociação, mas no jogo da manipulação, os melhores mentirosos costumam vencer. Se ofereceram uma mão em amizade e usaram a outra para apunhalar Stanton, haveria consequências, tanto fazia terem enviado uma frota militar ou um jatinho privado.

As defesas eram cria de Stanton. Ele acreditava na cortina de fumaça sobre o maior segredo da M.A.S.E. e, ao mesmo tempo, acreditava na persistência e genialidade humanas. Era questão de tempo até alguém juntar as peças na ordem certa e só restaria ele entre a continuidade do plano e a catástrofe total.

Para sorte da M.A.S.E., ele estava certo. Ele sempre estava certo. E estava pronto.

Com o sistema de defesa físico acionado e pronto para repelir qualquer tentativa de invasão, ele pôde dedicar-se ao segundo problema: Erick.

✱

O *firewall* do laboratório foi enganado por tempo suficiente para que os arquivos de Erick fossem enviados do terminal dele, porém o sistema conseguiu recompor-se antes das mensagens mais parrudas deixarem o servidor. Até onde Stanton sabia, dois comunicados saíram dali: a provocação que ele mesmo recebeu na interface pessoal e uma outra mensagem de texto, entregue em algum lugar na América Latina.

Ele tinha certeza de quem havia recebido o conteúdo. Como toda ação tem uma reação, e as de Stanton costumavam ser desproporcionais, como o jogador de pôquer com mais fichas na mesa, ordenou a apreensão imediata dos pais de Erick. Se ninguém podia saber, então ninguém saberia. Estava na hora de ser mais persuasivo com o garoto. *Vamos ver quem tira o quê de quem hoje, moleque.*

A interface tática recebeu uma atualização e Stanton torceu o nariz. Mais uma mensagem passou. Ele leu uma cópia. Era a despedida para Rebecca Stone. O desabafo emocional e intenso seria muito útil quando encontrasse Erick cara a cara. Ele também poderia usar a ex-namorada como arma na negociação que, cada vez mais, ganhava tons de ultimato envolvendo vida ou morte. Stanton percebeu mudanças no pupilo, reconhecido principalmente pelo comprometimento máximo ao trabalho, acima de tudo. *Trancar você aí não foi uma ideia tão boa assim, não é mesmo? Ainda bem que agora eu dou as cartas.*

Para evitar novos transtornos, Stanton iniciou o isolamento total do laboratório. Erick continuaria exatamente no mesmo lugar até ele chegar e, quando ele quisesse, do jeito que quisesse, teriam uma conversa definitiva sobre a função de cada um deles no plano.

Até quando Stanton precisaria convencer pessoas de que estava lutando pelo bem delas? Até quando o mundo se recusaria a ver a beleza no caminho que ele preparava para a Humanidade? Até quando seria visto como um inimigo quando tudo o que queria fazer era trazer a paz e a harmonia? Escolhera aceitar o papel de profeta guerreiro, o alvo que receberia os golpes mais fortes e sairia sempre mais preparado e aguerrido de cada batalha. Ele sofreria pelos demais e seria lembrado por sua devoção.

*

O turbojato pousou antes dos primeiros mísseis serem disparados.

MONTANHAS

Becca chorava como uma cascata congelada por causa da mensagem de Erick. As lágrimas estavam lá, mas a verdadeira emoção mantinha-se escondida atrás do gelo. Ela aceitou o pedido de desculpas e logo percebeu tratar-se de uma despedida. Cada palavra ganhou mais peso, cada sentimento foi ampliado, cada lembrança voltou à vida.

Entre soluços, reencontrou a voz.

— Ele está vivo, Blake.

— Quem, Bé?

— Erick está vivo. Ele está preso em algum laboratório secreto, mas está vivo. Ele acabou de enviar isso. — Ela exibiu a mensagem para Blake, que leu rapidamente e compartilhou a emoção, alimentando-se um pouco dela para manter a própria esperança.

Elas abraçaram-se. A celebração da primeira vitória real em muito tempo.

Para Becca, era a validação de todo o esforço e a transformação do 'sim' recente em 'vamos logo, estamos perdendo tempo'. Salvar Erick também significava recuperar um pouco do mundo quase destruído com a morte de Andy. Então, algo lhe ocorreu. Ela releu a mensagem e ele falava em ter enviado provas para Andy. *Meu Deus, Erick não sabe.* Se e quando o reencontro acontecesse, seria agridoce.

Queria descobrir se havia mesmo alguma coisa na zona de exclusão do Havaí para continuar a busca. Na despedida, Erick tinha medo de ser descoberto logo depois de enviar as mensagens. A janela de oportunidade diminuía a cada avanço do relógio e momento de indecisão.

Becca olhou novamente para as nuvens e, embora estivesse longe do alvo, viu a maior ilha do arquipélago; antes dos ataques, a menos populosa. Aquela que nomeava o estado. A ilha do Havaí. Era imensa, com montanhas robustas e altas cobertas com um tapete de árvores ao centro, rodeada de praias — onde ficavam as ruínas das principais cidades.

Montanhas altas. Ilha do Havaí. Árvores. O que estava errado aí?

Ela pegou o comunicador e chamou a cabine de comando.

— Joseph? Estamos a caminho da ilha certa?

— Sim, senhorita Stone. Estamos prestes a ser interceptados pelo bloqueio naval, aliás. Se eu puder ajudar, diga logo, preciso dar um jeito nos dois caças que estão se aproximando.

— A Ilha do Havaí não é vulcânica, Joseph?

Ele olhou pela janela frontal, ignorando os dois destróieres à frente dele e as ordens que os pilotos de caça transmitiam pelo rádio. A ilha estava lá, ela só estava... diferente.

— Senhorita Stone, a rota está certa. Acredito que estejamos vendo a mesma coisa estranha. Preciso ir. Chamo quando despistar o bloqueio.

Blake falou preocupada, tentando espiar pela janela para entender a conversa entre Becca e o piloto.

— Como ele vai se livrar de um bloqueio militar?

— Achei que você soubesse, Blake.

— Ele não conta tudo para mim. Sempre fico feliz em saber que ele vai resolver o problema sem saber dos detalhes.

— Acha que ele tem um truque na manga agora?

— Espero que sim, senão a gente nem deveria ter se dado ao trabalho de vir até aqui. Então, me diz, o que tem de errado com a ilha?

— A Ilha do Havaí é praticamente vulcânica. Está vendo aquelas montanhas gigantes ali ao redor da ilha? — Becca mostrou. Blake finalmente conseguiu enxergar.

— Sim. Tô vendo.

— Bom, as outras ilhas do arquipélago têm montanhas altas na costa. Aquelas ali não deveriam existir. Deveríamos estar vendo as áreas dos dois vulcões.

— Mas as fotos dos chineses não mostravam aquele monte de coisa verde?

— Sim, tem muito verde, mas sem elevação. Eu pensei que os anos de radiação poderiam ter surtido algum efeito na areia vulcânica e provocado algum surto de vegetação. Mas agora, vendo tudo de perto, tenho quase certeza de que alguma coisa ali enganou o Olho de Xiam.

— Por quê?

— Pela única razão possível. Pela razão que estamos aqui... a M.A.S.E. está escondendo alguma coisa ali.

— O que você acha, Bé?

— Alguma coisa grande, alguma coisa que precisaria de milhares de pessoas e suprimentos para ser construída. Algo capaz de fazer Stanton matar para manter em sigilo.

Elas ficaram em silêncio. Becca revisitando os medos e os encontros com Stanton ao longo dos anos, momentos nos quais ele nunca escondera uma devoção doentia pela M.A.S.E. e o desejo de ver todos os funcionários compartilharem das ideias dele. Stanton era aquele sujeito apaixonado pelo sabor de sorvete mais estranho e só ficaria feliz quando todo mundo abandonasse morango, chocolate e flocos em favor de lichia com laranja. Becca, Erick e outros cientistas ao redor deles ignoravam o fanatismo, considerando não ser nada mais que discurso de executivo viciado em vídeos de motivação. Agora ela via a verdade. Ele acreditava em tudo aquilo. Ele vivia na realidade alternativa na qual existia apenas a M.A.S.E. e seus opositores.

Naquele momento, Becca estava no lado mais fraco no cabo de guerra.

Blake manteve a atenção fixa na janela por mais um tempo e, enfim, quebrou o silêncio.

— Becca.

Ela virou a cabeça e prestou atenção em Blake.

— E se Erick estiver aqui? E se eles dois estiverem aqui?

Becca engoliu em seco.

— Joseph, é aqui. Tem que ser aqui. Precisamos pousar.

Se Blake estivesse certa, elas estavam rumando para a boca do monstro.

Então, sentiram os primeiros sinais de turbulência causados pelos tiros de advertência das baterias antiaéreas dos destróieres.

O MERGULHO

Planos são fantásticos até darem os primeiros passos no mundo real. Ninguém é capaz de ordenar nuvens a se dispersarem, ninguém controla a maré e ninguém em sã consciência arriscaria peitar a Marinha dos Estados Unidos baseando-se numa decisão impulsiva. As duas passageiras fizeram praticamente tudo para ter uma chance de questionar décadas de história, anos de mentiras e toda a noção de bom-senso do mundo. Agora era a vez do piloto cumprir sua parte. Se desse certo ou errado, saberia em aproximadamente dois minutos. Depois disso, os caças que o flanqueavam teriam permissão para atirar e abater a aeronave invasora.

Joseph fechou a porta e isolou-se na cabine de controle. Não havia nada mais a ser feito pelas jovens senhoritas lá atrás. Agora o *show* era dele.

Ele manteve o jato no curso, sem demonstrar qualquer pânico perante a escolta claramente apta a abatê-lo sem o menor esforço e garantindo que os tiros de advertência continuassem sendo apenas isso. Qualquer mudança de rota repentina poderia acabar em uma imensa bola de fogo sobre o Pacífico.

Sozinho, ele transmitiu a mensagem mais importante de sua vida.

— Escolta armada, aqui é N7878F solicitando permissão para pouso na pista um-charlie do aeroporto de Hilo, câmbio.

A resposta veio em seguida, com o forte chiado do ar sendo bombeado pela máscara do piloto líder da escolta.

— Negativo, N7878F. Aqui é Omega 9. Você está invadindo uma área restrita. Retorne agora ou seremos obrigados a forçar sua mudança de rumo ou a encerrar sua viagem. Câmbio. — A voz do piloto militar era jovem e carregada com um sotaque do sul, Texas, provavelmente.

— Entendido, Omega 9.

Um instante depois.

— N7878F, aqui é Omega 9. Você não alterou o curso.

— Afirmativo, Omega 9. N7878F mantendo curso para pouso na pista um do aeroporto de Hilo. Mensagem prioritária: Trago frutas e magia para as crianças do Condado. Câmbio.

— Repita, N7878F.

— Afirmativo, Omega 9. Mensagem prioritária: Trago frutas e magia para as crianças do Condado. Retransmita para o comando da frota, por favor. Câmbio.

Os caças ficaram em silêncio e Joseph temeu o pior. Ele repetiu a mensagem e pegou os pilotos no meio de uma conversa.

— ... pra acreditar nesse cara? Que dia. Ah, N7878F, aguarde enquanto retransmitimos.

Os tiros de advertência pararam. Os caças F-33 prateados continuaram guardando os dois lados do jato. Joseph aguardou e ignorou as primeiras gotas de suor escorrendo na testa. Anos de serviço poderiam chegar ao fim, mas essa última missão já tinha passado de tediosa há três anos e ser babá de uma celebridade, por mais simpática e agradecida que a senhorita Manners fosse, estava muito aquém das habilidades do agente Joseph Cooper. Mas a CIA precisava de alguém para investigar a celebridade contratada pela M.A.S.E., então ele aceitou o trabalho.

Porém, ter passado o último ano sem enviar nenhum relatório ou dar as caras — afinal, não havia absolutamente nada de novo a ser relatado — pode ter deixado algumas pessoas irritadas e resultado no cancelamento dos códigos de segurança e imunidade dele. Normalmente, usaria a carteirada para evitar *blitz* da polícia, uma multa aqui e outra ali, e ficaria com certo peso na consciência, pois a situação não era digna de revelar a natureza de seu trabalho. Entretanto, quando se está prestes a ser explodido por dois caças ou canhões bem grandes criados exclusivamente para abater intrusos como você, era, de fato, o momento digno para usar as credenciais.

A frase em código dizia a qualquer unidade militar que um agente precisava de apoio. Os caças sozinhos não saberiam, mas os técnicos nos destróieres eram treinados para reconhecer um agente de campo. Acreditarem ou não nele, era outra história.

— N7878F, aqui é Omega 9. Desligue seu *transponder*, câmbio.

Joseph acatou a ordem. O jato desapareceu dos radares.

— N7878F, confirme identidade de segurança e contracódigo 1984, câmbio.

Joseph puxou um dispositivo do bolso. Ele se parecia com um caderninho de notas e, quando Joseph o acionou, revelou apenas um campo com quatro dígitos. Ele digitou 1984 e recebeu o contracódigo de três números.

— Positivo, Omega 9. Confirmando identidade: India-Sierra-Tango Sete. Contracódigo: 5-0-1. Câmbio.

— Recebido, N7878F. Aguarde. Câmbio.

Joseph aguardou.

O chiado do rádio do Omega 9 retornou pouco depois.

— Confirmado, N7878F. Você está autorizado para continuar. Tem certeza de que quer descer lá? Nem a gente tem autorização para chegar tão perto. Comando informa que não seremos capazes de auxiliar depois que você entrar na Zona Vermelha. Confirma rumo? Câmbio.

— Obrigado, Omega 9. Confirmo rumo e agradeço a preocupação. Acho que ficaremos bem. Informe o Comando que há um relatório pronto para ser enviado em 24 horas, caso algo aconteça comigo.

— Positivo, N7878F. Mais alguma coisa que possamos fazer por você?

— Negativo, Omega 9. Prossiga. N7878F câmbio final.

Joseph viu enquanto Líder Prata batia continência antes de puxar o manche e empinar o bico do caça para cima, abandonando a escolta e deixando o jato particular sozinho. O ala fez a mesma coisa e, em instantes, Joseph, Blake Manners e Rebecca Stone estavam sozinhos e à mercê dos segredos do Havaí e das montanhas que não deveriam existir.

*

O conforto do jato era impressionante. Bem, para uma aeronave de frota comprada às pressas e abastecida com todos os salgadinhos e refrigerantes das máquinas automáticas da locadora e dos escritórios adjacentes — o que significava um suprimento decente de Coca Morango, Coca-Cola clássica, dez garrafas de água mineral, 40 saquinhos de variações de coisas parecidas, mas com nomes esquisitos, para Cheetos e Doritos e muito chocolate.

Ficou melhor ainda quando os tiros pararam e Joseph avisou que ficariam bem.

Ele não disse como fez para passar pelo bloqueio, elas não perguntaram.

Blake já estava na terceira barra de chocolate com amendoim e caramelo quando Joseph anunciou a entrada na Zona Vermelha. Era o espaço aéreo imediato ao redor da ilha. Pousariam no antigo aeroporto de Hilo em menos de 20 minutos.

A visibilidade ainda era limitada às montanhas do perímetro. A rota os levaria ao redor da ilha. Joseph preferiu evitar sobrevoar o centro da formação, pois as montanhas limitariam qualquer aproximação. Teriam que chegar pelo mar.

Joseph saiu da cabine e deu dois contadores Geiger para elas.

— Se pousarmos e esses medidores dispararem, saímos de lá imediatamente. Combinado?

Elas concordaram, afinal, não é sadio questionar uma pessoa que carrega contadores Geiger por aí. O que mais ele teria naquela mala? Balas de prata? O segredo de Capitu? Água benta? Mesmo assim, olharam, atônitas, para ele como se fosse um ser de outra dimensão. Até Blake deixar escapar o ar e gargalhar.

Ele retornou aos controles, feliz.

Becca ficou curiosa.

— O que você está fazendo, Blake?

Blake ligou o medidor e o aproximou do resto do chocolate. O detector emitiu estalos e zunidos. A barra permaneceu imóvel.

— Já pensou se estamos comendo coisas radioativas a vida toda e nunca olhamos? — Blake fez o sinal da cruz, passou o dedo pelo pescoço, mostrando a língua, fingindo-se de morta.

Becca gargalhou.

— Eu comi um frango que teria explodido esse detector. Se é que era um frango. Parecia mais um pombo supercrescido com anabolizantes e bruxaria. Tinha gosto de qualquer coisa, menos frango. — Becca inchou a cara e encolheu os braços, fazendo a dança da galinha sem sair do assento.

— O que mais poderia ser radioativo? — Blake perguntou e gesticulou na direção da bolsa de Becca.

O MERGULHO

Ela puxou a bolsa para mais perto e vasculhou os conteúdos. Encontrou o batom escondido embaixo do *snowglobe* de Erick. *Daqui a pouco me livro de você.* Também pegou um pote de Tic Tac e o *kit* de maquiagem.

— Começa pelo batom.

Blake começou a investigação e as duas fizeram uma cara de surpresa, com direito a olhos esbugalhados e bocas abertas, quando o Tic Tac fez o marcador se mover.

— Tá de sacanagem!

Mesmo às margens do desconhecido, elas encontraram razões para exaltar a felicidade e sorrir. É peculiar do ser humano ignorar desavenças, esquecer experiências ruins e passar por cima de temores quando as decisões do mundo à nossa volta estão definidas apesar da nossa vontade. Soldados às vésperas de grandes batalhas compartilhavam desse otimismo contagiante, como atores instantes antes da cortina subir. Só assim descobrimos a essência das prioridades e paixões, só assim transcendemos os medos e conseguimos ser felizes de verdade.

Becca encarava o desconhecido à frente e revisitava mentalmente os momentos, razões e escolhas responsáveis por estar a bordo do jato, ao lado de Blake, tentando salvar o mundo, uma pessoa de cada vez.

— Sabe, Blake. Eu sempre sonhei em passar minha lua de mel no Havaí. Uma vez, até planejei tudo. Olhei hotel, consegui um voo corporativo como favor da empresa e até fiz o itinerário. Oahu parece ser linda.

— E por que nunca veio?

— Lua de mel sozinha não tem graça. Levei um fora duas semanas depois.

— Ah. Sinto muito, Bé.

— Não tem problema.

Blake abriu a boca para falar e hesitou. Uma, duas, três vezes. Então, tocou o ombro de Becca e falou tudo de uma vez.

— E se eu trouxer você aqui? Quer dizer, não aqui aqui. Em Oahu, nessa viagem que você planejou... do seu lado. Com você.

Becca jogou a cabeça para trás, fechando os olhos e deixando o peso do mundo sair de suas costas.

— Eu adoraria, Blake. — Ela pousou a mão direita com delicadeza sobre o rosto de Blake, sentindo a pele macia e lisa, encarou os olhos de mel, um pedaço da franja, o nariz pequeno, a boca fina e entreaberta. Blake fechou os olhos e desviou o olhar. Becca levantou o rosto dela novamente. — Ei. Tá tudo bem. O que foi?

— Eu... eu... toma. — Blake tirou a interface de iReality do ouvido e colocou em Becca. — Não preciso mais disso. Não enquanto estiver com... com você. Eu...

Sem soltar, Becca continuou.

— Calma. Respira e pensa. Pode falar. Não tenha vergonha.

— Eu te amo, Bé.

Becca respondeu sem palavras e os problemas do mundo dissiparam-se num beijo.

E o beijo foi interrompido pela virada brusca do jato, uma explosão e uma série de alarmes sonoros.

Becca pegou o rádio e chamou Joseph.

— O que foi isso?

— Estamos sendo atacados.

— Mas não passamos pelo bloqueio?

— Sim. Os mísseis estão vindo da ilha.

— Mísseis?

— Sim. Preparem-se para o impacto.

— Como assim, Joseph?

— Sinto muito. Vou fazer o possível.

O primeiro impacto jogou o jato para cima, como se ele tivesse passado por uma lombada invisível no ar. Blake e Becca abraçaram-se enquanto puderam. O segundo choque fez o avião perder altitude com violência e velocidade. Blake começou a chorar, e quem poderia culpá-la? A última máscara só cai quando se encara o fim, quando desejar mais uma hora, ou minuto, de vida torna-se a única coisa relevante, descartando interesses, posses e realizações. Sem controle sobre esse desejo mais cru e ancestral, o choro é aceitável, é bem-vindo, é esperado. E nunca há ninguém para julgar, afinal de contas, se houver, o juiz estará preocupado com as próprias lágrimas e desespero.

Um novo míssil atingiu a traseira do jato e separou-a do resto da aeronave.

A voz de Joseph soou distante pelos alto-falantes remanescentes.

— Preparem-se para impacto. Vamos cair. Sint...

Becca agarrou o braço de Blake e elas trocaram um último olhar, preferindo enfrentar a catástrofe na companhia uma da outra, encontrando um jeito de partir em paz. Então Becca sentiu uma vibração na bolsa e, em instantes, o mundo foi envolvido por uma penumbra rosa conforme o avião espatifou-se, explodiu e desfez-se contra o solo da ilha do Havaí.

PORTA ABERTA

Aquele que tateia o caminho entre as trevas pode encontrar a beirada do precipício. Porém, só quem arrisca é capaz de descobrir a saída. Aquele que aceita a escuridão como nova realidade nunca mais sairá do lugar até, inevitavelmente, apagar-se por completo. Em pé, em frente ao computador, Erick esperou para agir quando a eletricidade foi sugada para fora do laboratório e a pequena plataforma sobre a qual descansava o módulo de energia revelou ser um elevador e desapareceu por um túnel banhado com luz verde.

Erick estava a bordo de um navio fantasma e precisava decidir se era um dos espíritos ou o último humano desembestando pelos corredores, procurando pela única saída. Entretanto, confiar nas escolhas mais recentes não era tarefa fácil. Escola nenhuma ensina a acreditar em falhas. A vida mostra as consequências, sim, e as lições ensinadas por erros e arrependimentos têm um período de maturação mais longo do que gostaríamos, tão profundo quanto precisamos. Erick errou ao embarcar no turbojato. Erick errou ao ceder pelo tédio e curiosidade e trabalhar novamente para Stanton. Erick acreditava ter errado quando enganou o sistema.

Mas esse último erro foi premeditado. Erick chamou de erro por antecipar os desdobramentos, por acreditar no fim daquela situação bizarra e inconcebível. Era um erro se levasse em conta apenas a continuidade da vida e do *status quo*. Se quisesse acabar com tudo, teria sido a decisão mais acertada de todas.

Por isso, questionava a decisão. Queria viver? Claro. Queria sair dali? Com certeza. Poderia ter as duas coisas? Dificilmente. Fez a escolha difícil e a mente tentava conciliar os dois extremos sob o ponto de vista da lógica, da emoção, do distanciamento, de qualquer alternativa capaz de entregar um resultado satisfatório. Humanos não lidam muito bem com a ideia de morrer ou perder a autonomia. Humanos só sabem existir. Qualquer coisa além disso coloca o organismo em jogo e o instinto de sobrevivência entra em ação.

Por isso, a heroína da ficção que brada preferir morrer a seguir sendo oprimida é mais improvável que a personagem capaz de aceitar anos de abdução e exploração sexual em troca de preservar uma família que, possivelmente, nunca mais verá. Aceitar o fim é sintoma de uma mente destruída por outras razões. Ninguém pensa que o suicida sofreu horrores antes e precisa de muita coragem para puxar o gatilho.

Erick gostaria de acreditar na própria autoria do plano, gostaria de sentir-se dono da ação responsável pelas trevas, gostaria de tantas coisas. Mas tudo era parte do plano de Elza; bem, a intenção surgiu com as ideias radicais da voz implantada na cabeça dele, da imagem da avó na interface independente que, pelo jeito, carregava consigo desde os nove anos de idade e só descobrira ali, naquele laboratório, preso como um roedor destinado a alegrar um mestre sádico e ausente.

As trevas acabaram sendo úteis, pois havia apenas seus pensamentos e vontades na escuridão. Influenciadas, ou não, quando pensava em silêncio, encontrava uma sensação de plenitude. Nada de máscaras ou expectativas, bastava apenas ser. No escuro, foi capaz de encontrar uma verdade: todos somos influenciados a vida toda, por que estava se importando se havia alguém mais próximo dando ideias? Momentos de genialidade são exceções em vidas igualmente amparadas nas ideias, boas ou ruins, de outras pessoas. Einstein questionou Newton, Hawking questionou Einstein, Alves questionou Hawking, Ciritelli questionou todos eles — em segredo, claro — e, provavelmente, alguém questionaria cada passo das teorias de Erick.

Ideias não nascem sozinhas. Grandes ideias são construídas.

E daí se Elza colocou alguns tijolos naquele muro e o ódio contra Stanton foi a argamassa para juntar tudo? A ideia foi de Erick e apenas ele sofreria as consequências. Estava em paz com o cenário.

Só preferia ficar em paz com luz. Tinha mais medo de chutar uma quina e arrebentar o dedinho do que encarar Stanton. Só queria dar um soco na cabeça daquele mentiroso antes de sofrer a punição pela ousadia. Já a dor no dedinho seria mais difícil de lidar.

Por um instante, torceu para ver Tom aparecendo no corredor trazendo uma lanterna grande demais para a situação e cantarolando algo aleatório no ritmo errado. Mas o gênio da lâmpada nunca apareceu e ele precisava agir, independentemente do risco para as extremidades mais vulneráveis do corpo. Sem energia, o melhor plano envolvia encontrar a porta e tentar fugir novamente.

Stanton ficaria furioso se chegasse e encontrasse o laboratório vazio.

Será que ele havia mordido a isca? Erick não tinha como saber. Ele nem tinha certeza se as mensagens haviam conseguido sair antes de o sistema recuperar-se. Apoiava-se apenas na esperança, como um agente secreto que deixara anos de investigação num ponto de encontro e virara as costas, sem saber se o próximo contato seria de compatriotas prontos a levá-lo para casa ou do inimigo aguardando-o com um pelotão de fuzilamento.

Erick deu um passo e, claro, arrebentou o dedinho do pé direito.

— Filho da puta!

*

Meia hora mais tarde, e sem danos adicionais ao corpo, Erick chegou à porta. Trancada.

Arriscou.

— Tom?!

Bateu três vezes contra a porta e tentou a fechadura novamente.

— Tom, cadê você? Eu adoraria ouvir um plano maluco agora. Tom?

Sem sucesso, levou mais meia hora para chegar até a cama. Se ficaria naquele breu por mais tempo, melhor ficar confortável e, quem sabe, tirar uma soneca, lembrar de uma tarde agradável perto da represa do Atibainha, revisitar o sonho da família, pedir perdão para Becca... A inconsciência chegou como sempre chega, sem aviso, sem última lembrança, apenas o sono necessário ou voluntário.

Mais uma vez, Erick estava na praia e ouvia vozes.

Então, sem saber se haviam passado dez segundos ou mil horas, o sol iluminou tudo como a explosão de uma bomba nuclear e as próximas palavras soaram como um tubarão arrancando um pedaço do barco, e o barco era a cabeça Erick.

— Acorde, Erick. Acorde agora!

Erick abriu os olhos no laboratório agora iluminado e sorriu com o canto da boca. O peixe havia mordido a isca.

— Oi, Pete.

— Por que você tem que ser... você? Custava ficar quieto no seu lugar? Você quer briga, é isso?

— Só de ver essa sua cara feliz, já ganhei a luta.

*

Stanton estava furioso. Não, furioso era pouco. Stanton poderia quebrar todas as baquetas da bateria da Mangueira, em pleno desfile, e ainda sobraria raiva para tentar destruir uns três carros alegóricos com as próprias mãos. E ele não fazia nenhuma questão de esconder de Erick.

— Eu fiz tudo isso para você e você me trai, tenta me expor para o mundo, tenta falar com seu amiguinho jornalista.

— Andy vai acabar com você.

— Não, não vai. Sabe por quê?

— Não, mas você está doidinho para me contar, né não?

— Ele nunca recebeu sua mensagem. Aliás, ninguém recebeu suas mensagens.

— Você recebeu.

Stanton ficou mais irritado ainda.

— Mesmo que sua tentativa heroica tivesse saído daqui, ele não teria recebido. Andrew McNab não está mais entre nós.

— O quê?

— Seu amigo está morto.

Erick levou as mãos à nuca e entrelaçou os dedos, respirando fundo e mantendo os olhos, mesmo fechados, virados para o chão. Evitar encarar Stanton era fundamental, não por duvidar da informação, mas justamente por acreditar em cada palavra. Stanton era preciso e, ao mesmo tempo, previsível. Se ele disse algo tão terrível assim logo de cara, tinha algo pior guardado na manga e Erick tinha muito medo de descobrir o que era.

Stanton continuou.

— Saber demais é um negócio perigoso nesse momento delicado da história da Humanidade, Erick. — Ele ligou o terminal usado por Erick e deu um comando para apagar tudo. — E você precisa entender seu lugar, precisa entender que só sabe o que precisa saber, que só sabe aquilo que EU quero que saiba. Você não trabalha mais comigo, você trabalha para mim, você existe pelo projeto. Essa é sua vida.

— Já foi se foder hoje, Pete? Se não foi, tá na hora de ir.

— Está na hora de crescer, garoto.

— Se crescer significa matar pessoas, prefiro morrer criança. De escrotos como você o mundo já está cheio.

— Olha, eu vim até aqui para tentar resolver isso pela última vez.

Erick estava distante, pensando na perda do amigo, tentando assimilar a notícia dada de forma tão maliciosa, como se o caçador visitasse a família do leão e dissesse a todos que o pai estava morto para o deleite do homem frio à frente deles. Seria culpa dele? Teria sido a mensagem? O plano não envolvia colocar mais ninguém em risco. Precisava saber.

— Quando?

— Desculpe? Eu estava...

— Quando Andy morreu?

— No dia que você chegou aqui. Algumas horas antes, talvez.

— Quando VOCÊ começou a mentir para todo mundo?

— Quando nós iniciamos o trabalho, sim.

Erick voltou a ficar em silêncio. Sem Stanton saber, havia acionado o iReality e estava pesquisando tudo sobre a morte do amigo. Viu fotos do enterro. Fotos de Becca. E demonstrou zero surpresa ao ver a investigação desaparecer do noticiário e nunca chegar a uma conclusão. Becca falou a alguns repórteres sobre o desejo de descobrir o que aconteceu com o melhor amigo dela, de como ninguém merecia morrer de repente assim.

Ela disse que não descansaria até desmascarar o assassino.

Erick acreditou.

Stanton continuou tagarelando sobre o tal plano, sobre a responsabilidade dele e sobre a rebeldia de Erick. Erick ouviu apenas a última frase: "você não pode continuar assim."

Em resposta, encarou Stanton com descrença.

— Você me ouviu?

— Não muito, senhor Porta-Voz do Amanhã. Esse é o apelido cafona que você inventou, não é? Você não tem nada que me interesse. Faça o que quiser comigo. Eu não ligo.

Stanton jogou uma imagem na tela.

Erick levantou-se num rompante. Eram seus pais. André e Elena apareciam juntos, em alguma cela ou sala fechada. Havia insegurança e medo no olhar deles. Eles não sabiam onde estavam. André e Elena eram gente simples e sabiam reconhecer perigo quando ele se apresentasse.

— Pode não ligar para você. Mas liga para eles. Você se importa.

Ali estava a cartada de Stanton. Choque e desnorteamento. A morte de McNab havia sido o choque e o aprisionamento dos pais era o desnorteamento. Erick passou semanas preparando-se para jogar a toalha e arriscar tudo contra o inimigo e, por conta da solidão, imaginou que as consequências permaneceriam confinadas ao laboratório. A ele. Ao trabalho. A apenas uma vida. Um subproduto do individualismo social e profissional. Embora tivesse avançado na compreensão do papel dele, Erick ainda pensava apenas em si, a ponto de desconsiderar se o tiro que estava disposto a levar desviaria para atingir outra pessoa, querida por ele ou mais alguém. De quem seria a culpa?

Se você abre uma porta por completo, ou só uma frestinha, alguma coisa vai passar e ninguém consegue controlar a índole do visitante. O ponto é: você está realmente pronto para aceitar a responsabilidade pelo resultado?

Erick não estava. Não daquele jeito. Especialmente por não saber o que aconteceria em seguida.

— O que você quer, Stanton?

— Que você faça a sua parte e pare de tentar gracinhas. Como é a sua primeira ofensa, vim colocar as coisas nos eixos e te lembrar do que está em jogo. E de quem pode se ferir se você decidir ser o herói. — Stanton gesticulou na direção da imagem. — Se você tomar a decisão certa, eles voltam para casa e, quem sabe um dia, volte a vê-los. O que acontece a seguir é uma decisão sua.

— Por que eu? Por que tudo isso?

— Porque você é bom e eu tenho um cronograma a cumprir. Eu consigo o dinheiro, você desenvolve a viagem no tempo.

— E você fica famoso manipulando o mundo, me manipulando.

— Ossos do ofício.

Stanton juntou as mãos com força, quase como uma palma solitária, e aproximou-se de Erick. — Meu garoto, você não tem escolha. Pense em tudo que ganhou até aqui. Qualquer cientista mataria por um laboratório desse, com recursos quase infinitos, com um exército ao seu dispor. Por que se desentender com a gente novamente?

Por que ele falou 'primeira ofensa', netinho?

Boa pergunta, vó.

Quem é ele para prender minha filha e te ameaçar, netinho?

Ele é um valentão sem limites.

Não está na hora de alguém colocá-lo na linha?

Mas eu?

Está vendo mais alguém por aqui?

Vou tentar.

Tentar não há. Faça ou não faça, netinho.

— Me diz uma coisa, Pete.

Stanton ajeitou o terno, prestativo como um caixa de banco esperando pelo próximo cliente. Tudo era sempre negócios com ele. Sem envolvimento, sem compaixão. Sempre negócios.

— Por que você não veio encher o meu saco quando eu tentei fugir?

— Como assim?

— É, há duas semanas. Quando eu tentei fugir daqui e vocês me pegaram nas escadas. Eu tentei fugir com o Tom. Você estava ocupado demais engabelando o mundo?

— Você deve estar delirando, Erick. Não houve fuga nenhuma. E quem é Tom? Essa instalação é totalmente automatizada. Você é o único aqui. Sempre foi. — Ele fez uma pausa vitoriosa. — E sempre vai ser.

— Tem certeza, Pete?

— Absoluta. Será que a dosagem de remédio está errada na sua comida? Vou ter que rever algumas coisas. Já que estamos sendo honestos, podemos voltar a fornecer os comprimidos, se você se sentir mais à vontade. Se você está delirando, isso não pode continuar.

— Só eu aqui? Quer dizer, agora, só eu e você aqui?

— Sim. — Stanton ergueu a sobrancelha e deu um passo para trás.

Erick foi mais rápido e pulou, mãos esticadas na direção do pescoço de Stanton. Em instantes, transformaram-se numa massa de roupas amassadas, grunhidos, arranhões e xingamentos. Erick conseguiu arranhar o pescoço de Stanton e rasgar o colarinho da camisa, mas Stanton era mais forte — e em melhor forma física — e conseguiu desviar da tentativa. Erick deu uma cabeçada contra o oponente, acertando o ombro. Stanton atingiu uma cotovelada nas costas de Erick e ele desabou. Como Erick continuava tentando agarrar Stanton de todas as formas, Stanton apelou para um mata-leão.

— Vou… matar… você… idiota. — Erick lutava com todas forças.

O golpe de Stanton era indefensável. Em instantes, Erick desmaiaria.

— Becca… vai… acabar com… você.

Stanton deu um sorriso fora de hora.

— Sua namoradinha está morta, Sr. Ciritelli. Ela se meteu onde não devia e pagou o preço. Eu acabei de derrubar o avião dela. Assim como o senhor vai pagar. Pois, pensando bem — Stanton grunhiu, contendo mais uma tentativa de Erick —, eu posso me virar sem você e me livrar de dois encrenqueiros no mesmo dia.

— Você… vai… morrer… sozinho. — A nuca de Erick formigou absurdamente.

— Você vai morrer agora. E ainda vai ouvir seu pescoço quebrar. *Malum... consilium... quod... mutari... non potest.*

Erick ouviu.

CREC.

MORTE

O corpo molenga caiu parcialmente e sem nenhuma resistência no chão do laboratório.

Peter Stanton encarava o teto, com os resquícios da surpresa e dor que o acometeram antes da morte. O pescoço dele estalou num movimento fluido e decisivo.

Em princípio, Erick preocupou-se em massagear a garganta, há pouco pressionada até o limite, e respirar, ainda que com certa dificuldade, para recompor um pouco da energia. Pensar na razão de Stanton tê-lo soltado ficaria para depois. Se é que haveria um depois. Tossiu, secando ainda mais a garganta ferida pela força externa e o esforço interno, quando grunhir era a única arma disponível. Olhou para o lado e viu o braço de Stanton, pendurado como um boneco sem ossos.

Deu meia-volta e deu de cara com o olhar vazio de Stanton.

Tom ainda segurava a cabeça do executivo com as mãos.

Como se liberto de um transe, o faxineiro inspecionou o corpo e largou tudo sobre o chão. Encarou as mãos por alguns instantes, aparentemente descrente na capacidade delas.

— Tom? — A voz quebrada de Erick trouxe vida de volta ao ambiente banhado pela morte. — O que você fez?

— Ele ia matar você. Matei ele primeiro.

— Ia sim. O-obrigado.

Tom ofereceu a mão para Erick levantar-se. Ele vacilou, receoso. Como um velhinho poderia quebrar o pescoço de alguém com tanta facilidade? As palavras de Stanton retornaram. O laboratório era automatizado. Ele deveria estar sozinho. Stanton não sabia da tentativa de fuga. Mas Tom estava ali, ele era real, a fuga foi real, os assobios eram reais.

Erick aceitou e a ficha caiu. Ele finalmente aprendeu a lição. Chega de tentar adivinhar, precisava dar um basta em tentar controlar acontecimentos além do controle. Se ele não compreendia Tom, o melhor jeito de descobrir era perguntar.

— Você não deveria estar aqui, Tom.

— Não. Quer dizer, não oficialmente.

— Quem é você, Tom?

— Alguém que nunca deveria ter confiado nele. — Tom cutucou o corpo de Stanton com o pé. A carne reagiu e voltou ao lugar. A alma já estava sendo julgada pelos pecados nos portões da eternidade. — Alguém que arriscou demais e quase perdeu. Se ele te mata, teríamos jogado tudo isso fora. — Ele gesticulou na direção de Erick e na direção do laboratório. — Não poderia deixar que acontecesse.

— Você não é faxineiro.

— Muito bem, Sherlock. Eu te enganei direitinho, não?

Erick concordou com a cabeça.

— Vamos lá, mais uma pergunta certa e você ganha a chance de sair daqui.

— Estou ficando louco, Tom? Ando ouvindo vozes, agora o faxineiro aparece do nada e mata esse filho da puta para salvar a minha vida. E você me diz que posso sair. Estou pirando?

— Estava esperando outra pergunta, mas essa é muito boa também. Não, Erick. Você não está pirando. Todas essas coisas estão acontecendo de verdade. Incluindo as vozes na cabeça. Esperava que tivesse me dito isso antes... se tivesse dito, isso — Tom gesticulou na direção do corpo — não teria acontecido. Mas não me arrependo. Ele tinha passado dos limites. Eu teria que lidar com ele mais cedo ou mais tarde.

— Você fala como se estivesse no controle. Como se estivesse acima de Stanton. Ninguém na M.A.S.E. está acima de Stanton. Bem, estava.

— A M.A.S.E. sempre esteve acima de Stanton. Ele cumpria a parte dele.

— Quem é você, Tom?

— Essa é a pergunta de um milhão de jujubas, não é mesmo? Ela é importante e vai levar um tempo para responder. O que acha de sairmos daqui? Estou precisando de um arzinho. Que tal?

Erick concordou com a cabeça.

Eles saíram do laboratório, seguiram pelo lado oposto ao escolhido durante a tentativa de fuga e encontraram uma porta.

— Quer abrir? — Tom ofereceu, esticando o braço cordialmente na direção da maçaneta. — Vai te fazer bem. Psicologicamente, sabe?

Erick deu um passo à frente e tocou a maçaneta de metal escovado e frio. Ele envolveu o pegador longitudinal com a mão e sentiu o contato com algo novo, diferente do plástico predominante no laboratório. Erick olhou para Tom. O faxineiro que não era faxineiro balançou a cabeça rapidamente e apontou para a porta. Erick abriu.

A brisa entrou primeiro e forçou Erick a fechar os olhos, fazendo-o sentir a luz quente do sol envolvendo seu corpo como um abraço carinhoso e quase esquecido. Ele permitiu-se relaxar e exalou conforme lembrava-se de como era bom ver o mundo lá fora. Pela primeira vez em muitos anos, apreciou a oportunidade de sair de um laboratório.

Abrir os olhos revelou uma floresta nativa e convidativa. Identificou coqueiros, palmeiras e um tapete de hibiscus amarelo estendendo-se até onde a vista alcançava. Mais imediatamente, viu uma escada de metal escuro que levava até o solo. Ela descia por três andares até terminar na areia da praia.

— Eu morri, Tom? Isso sempre esteve nos meus sonhos.

Tom riu.

— Não, Erick. — Ele respirou fundo. — É bonito, né?

— Sim.

— Vamos descer.

— Não. Preciso saber.

— Eu sei. — Tom passou à frente de Erick e encostou-se no corrimão, mantendo o olhar fixo no horizonte. Pela posição do Sol, passava de uma da tarde. Ainda teriam tempo de conversar. — Versão curta?

Erick deu de ombros, encostando ao lado dele no corrimão.

— Versão curta. Vamos lá.

Tom pigarreou e coçou a cicatriz.

— A viagem no tempo existe, Erick.

— Não, não pode ser. Eu ainda não terminei a pesquisa.

— Eu disse que ela existe, não que já foi inventada.

— E toda aquela história de precisarmos de recursos, de dinheiro e de tempo para terminar?

— Tudo verdade. Se não conseguirmos fortunas atrás de fortunas, nunca chegaremos lá. É uma questão de tempo. A viagem no tempo ainda não existe...

Erick ponderou por um instante.

— Nessa realidade.

— Bom garoto.

— Como você sabe que é possível? O viajante do Stanton nunca deve ter saído de Nova Iorque.

— Na verdade, ele saiu sim. O estúdio onde ele filmou tudo aquilo fica em outro lugar.

Erick encarou Tom.

— Onde?

Tom esticou o braço na direção de uma montanha distante.

— Ali. A montanha é só uma projeção. Aquele estúdio é um dos maiores, inclusive.

— Como você sabe, Tom? Aliás, qual seu nome?

— Pode continuar me chamando de Tom. Soa bem. Forte, uma sílaba só. Eu gosto.

— Desembucha.

— Você quer a versão técnica ou a mais engraçadinha?

— Contanto que você não comece a cantar no ritmo errado, qualquer uma das duas serve.

Tom riu.

— Não falei que o Sol ia te fazer bem? Você até sorriu novamente.

Erick entortou o pescoço, cerrou os lábios e respirou fundo pelo nariz.

— Muito bem, lá vai, garoto. Eu sei que é possível porque eu voltei no tempo há 60 anos. Eu sou a garantia e a prova de que seu projeto vai funcionar. — Ele fez uma cortesia digna de Luís XV. Os olhos azuis, o sorriso no rosto e a pele velha e rosada davam um tom de sinceridade a ele. Também adornaram as mentiras dos últimos meses. Tudo em Tom parecia sincero e verdadeiro. Erick não sabia mais distinguir as diversas roupagens do homem ao lado dele.

— E você fundou a M.A.S.E.?

— Eu sou a M.A.S.E. Ela é a minha missão, a razão da minha viagem, do meu sacrifício.

— Não estou vendo sacrifício nenhum. Você parece muito bem para alguém lançado pelo espaço-tempo.

Um toque de melancolia tomou o semblante de Tom. Ele encarou o firmamento, como se esperasse um sinal, uma tempestade ou um disco voador — afinal, em se tratando de Tom, tudo podia acontecer — e estalou os lábios.

— Outra hora eu te conto.

— Certo. — Erick fez de tudo para parecer desinteressado, embora a curiosidade crescesse dentro dele a cada segundo. Enquanto não visse as provas científicas, cálculos e esquemas envolvidos na viagem de Tom, não acreditaria plenamente no crédito que ele assumia ter. — Então, se você é a M.A.S.E., você deixou Stanton sequestrar aquele monte de gente. Deixou ele matar pessoas? Deixou ele prender meus pais.

— Seus pais já estão soltos. Foi isso que chamou minha atenção, aliás. Talvez não tivesse chegado a tempo.

Erick agradeceu.

— Enfim, deixei ele fazer o que era preciso. Minhas mãos não estão limpas. Nunca estarão. — Ele deixou algo não dito no ar, como se o peso da confissão o cercasse por onde fosse e confessar pudesse machucar tudo e todos à sua volta. — O plano pede sacrifícios e cobra um preço.

— Plano, plano, plano. Qual o problema de vocês?

— Como disse, temos uma missão. Ela é mais importante que eu, que você...

— Que meus amigos mortos. Devia ter deixado eu matar o Stanton. Ele matou Andy.

— Não.

— Não o quê?

— Eu matei Andrew McNab.

— Você fez o quê? — A fúria retornou aos olhos e tomou conta do corpo de Erick. Baixar a guarda só permitiu que as emoções se manifestassem com maior intensidade e ocupassem um espectro muito mais amplo. Frustração sobrepunha a raiva. O medo passava por cima do desespero. A violência perdia espaço para a indiferença e depois voltava mais forte que todas as outras. — Seu... seu...

Tom ignorou os protestos de Erick. E levou a mão ao ouvido direito. Erick notou uma interface de iReality. Era diferente. Menor. Tom trocou algumas palavras com alguém e terminou dizendo: — Estou a caminho.

— Erick, escuta aqui. Você pode me odiar o quanto quiser. Pode até me bater, se quiser, mas eu tenho que ir agora. E você precisa me esperar aqui. Eu volto logo. Não vá a lugar nenhum.

Tom empurrou Erick de volta para o prédio do laboratório e fechou a porta. Erick foi lento demais e ficou sem reação, olhando para a porta fechada à frente dele.

No escuro, de volta ao cárcere, Erick Ciritelli decidiu odiar Tom, ou quem quer que ele fosse. Viajante do tempo ou não, ele assassinou seu melhor amigo e deixou o desgraçado do Stanton matar Becca.

MORTE

RESPOSTAS

Você escolheria enfrentar um momento traumático para descobrir se estava sonhando ou acordado, mesmo que a resposta pudesse ser um pesadelo desperto e contínuo?

Erick correu de volta ao laboratório em busca de realidade e encontrou-a estampada no rosto inexpressivo de Peter Stanton. A morte dele era real. Os equipamentos e a cama onde passara os últimos meses eram reais. Tateou os braços e pernas, acariciou o rosto, puxou o cabelo e pegou a foto da família. Ele também deveria ser. Lembrava-se de como havia chegado ali, de todos os eventos que culminaram com a morte de Stanton e as revelações absurdas de Tom. Não era um sonho.

Tom era realmente um assassino. Quebrara o pescoço de Stanton na frente de Erick e assumira ter matado McNab sem muito rodeio. Erick atacou Stanton por raiva, numa explosão de ódio, pela dor da perda. O mundo não costumava ser assim, mesmo os problemas aconteciam com intervalos, com razões, com alguma oportunidade para assimilarmos e criarmos uma casca mais grossa para a próxima porrada. Perder McNab abriu a ferida, perder Becca logo em seguida enfiou a faca fundo o suficiente para liberar o instinto animalesco sedento por vingança. Ele só queria causar dor; nunca pensou, de verdade, em matar. Nem saberia como.

Tom tratava a morte com descaso, e a trivialidade assustou Erick.

E se ele desagradasse Tom? E se ele pedisse o sabor errado de *milkshake* ou criticasse a idolatria desmedida ao café? Tom simplesmente o jogaria dentro de um tanque cheio de piranhas, tubarões ou abelhas assassinas africanas? Por que dera ouvidos a alguém tão frio? Erick decidiu fugir o mais rápido possível.

Há uma saída de emergência antes da escada à esquerda, netinho.

Erick congelou. Elza trabalhava para a M.A.S.E., Elza esteve envolvida numa missão que não deu certo. Um calafrio percorreu o corpo de Erick e ele sentiu um aperto no coração, como se uma mão invisível tivesse se manifestado dentro de seu corpo e estivesse disposta a impedir o próximo batimento. Uma breve falta de ar seguiu.

— Vó, ele matou você?

A porta não tem sinalização. É só abrir e sair.

— Vó, responde. Ele matou você?

Bobagem, netinho. Estou aqui. Agora saia daí.

— Vó...

Vai.

Erick desistiu, arrancou o jaleco branco e saiu correndo, prometendo nunca mais pisar ali. De jeito nenhum. Ele não olhou para trás.

Seguiu até a escadaria da fuga encenada e procurou pela porta certa. Girou a maçaneta, que abriu em seguida. Novamente, o sol invadiu o ambiente antes da brisa e, daquela vez, sentiu o cheiro do mar.

Uma praia paradisíaca revelou-se, com a areia intocada arqueando magnificamente em meia-lua contra ondas gentis de água esverdeada. Outra barreira natural de coqueiros e palmeiras delineava o litoral. Era o lugar perfeito para apaixonar-se. Era um cenário dos sonhos.

Erick sabia onde estava. Sonhava com aquela praia desde os nove anos de idade. Entretanto, sem vozes ou os protagonistas habituais, parecia um ambiente completamente diferente, onde poderia trilhar o próprio caminho. Obviamente, uma voz fez-se presente.

Corre, Erick.

Erick desceu os três lances da escada metálica e tocou a areia. Ele não estava pronto para passear na praia. Sapato de sola grossa, calça *jeans* e uma camiseta de gola olímpica branca e mangas longas digna de ter sido roubada do armário do Steve Jobs reverso. Considerou arrancar tudo e sair correndo de cueca, afinal, por que não? Num dia cheio de loucuras, encerrando um período de insanidades e maluquices, valia tudo. Mas desistiu da ideia, poderia ter que correr para dentro da floresta tropical e não queria terminar a jornada, seja lá para onde o levasse, com os pés cheios de bolhas e feridas e o corpo arranhado por folhas secas.

Era hora de realizar um sonho.

Erick cruzou a praia, optando por molhar os sapatos na borda da água a enfrentar a batalha contra a areia fofa e seca. Algum tempo depois, chegou à outra extremidade, respirou fundo e deu meia-volta.

— E agora, vó?

Agora você espera, netinho.

— Pelo quê?

Para olhar nos olhos de quem você ama e descobrir a resposta certa.

Erick sentiu um formigamento na nuca e no braço direito. Chacoalhou a cabeça para dispersar a sensação incômoda. O nariz coçou e ele espirrou. Levou as mãos à nuca, procurando por algo diferente. Nada mudou. Pelo menos não externamente.

— Vó?

Sem resposta. Ele tentou mais algumas vezes até resolver ativar a interface do iReality. As janelas apareceram. Todas em branco. No quadro onde o rosto de Elza costumava aparecer, leu a mensagem: PROGRAMA CONCLUÍDO.

Programa? Como assim, programa? Erick pensou.

— Vó, fala comigo. — Erick deu alguns trancos na cabeça, como se tentasse fazer um carro pegar na marra. Sem resultado. — Vó, por favor, não vai embora.

Ele não percebeu as lágrimas escorrendo quando caiu de joelhos e o paraíso transformou-se em purgatório.

*

Erick sonhava um sonho que não era dele.

Erick vivia a solidão de mais ninguém.

Erick queria outra chance para mudar o agora.

Se o agora era um presente, não gostou do que havia dentro da caixa. No lugar do confete, encontrou lágrimas. No cartão de felicitações, apenas saudades. No centro do pacote, nada além de uma versão mais miserável e arrependida do garoto de nove anos perdido entre memórias, devaneios e expectativas. Um garoto com o futuro escrito por outros, um futuro definido por decisões erradas e um abandono autoinfligido.

Gritar parecia a única coisa certa, saudável e necessária a se fazer.

— O PRESENTE É UMA MERDA!

— O presente é tudo que temos, Erick.

Tom, o verdadeiro Tom, falava como uma balada dos Rolling Stones mergulhada numa calda condescendente.

— Sem ele, não temos nenhum futuro. Então, no fim das contas, somos o resultado do nosso passado, afinal, qualquer decisão que tomamos fica instantaneamente para trás na progressão da nossa vida.

— Sem o futuro que você e a M.A.S.E. tiraram dos meus amigos, nada disso importa.

— Está vendo todas essas árvores? — Tom apontou para a linha verde que confinava a praia a uma existência solitária, mas pacífica e intocada. Uma memória viva.

Erick olhou.

— Algum passarinho plantou uma. Outras nasceram por causa de uma semente que caiu mais longe ou quando uma árvore caiu, dando vida a novas entidades, novas criaturas. Esperar ordem e preservação a cada passo da evolução é tolo. Hoje a floresta só é vasta e quase impregnável por causa do sacrifício, ou da simples hora de partir de alguma delas. Hoje a floresta sobrevive sem precisar de ninguém, mas nunca chegaria aí sem um passado e do acaso. Para a Humanidade, o acaso não serve. Devemos construir um legado de boas decisões.

— Ou corpos. Tanto faz pra você, né?

— Eu sacrifiquei um planeta inteiro para chegar aqui, Erick.

Erick encarou Tom. Como sempre, tudo nele parecia honesto. Cada palavra, cada olhar, cada respiração. *Como alguém poderia falar assim com tanta naturalidade?* — Eu tenho até medo de perguntar. Você tem zero empatia pelos outros?

— Se não tivesse, não estaríamos tendo essa conversa.

— E que planeta? Você é um alienígena? Um ET do planeta TôCagando-ProsOutros?

Tom mordeu os lábios.

— Não, deste planeta mesmo. E se você não prestar atenção, vai ter que sacrificar todo mundo, novamente. Quando eu viajei no tempo, foi preciso esgotar toda energia disponível na Terra para realizar uma única viagem. Você acha que o módulo de energia vai resolver seu problema, mas ele não é suficiente. Não para permitir a estabilidade da passagem. Por isso você tem que aprimorar o modelo. No momento em que a fenda fechou-se, meu mundo morreu. Bilhões deixaram de existir. Todo mundo que eu amo, ou amei, ainda nem nasceu e, se nascer, só vai existir do jeito que eu lembro na minha cabeça. Eu sacrifiquei tudo. Você não consegue nem abrir mão do sarcasmo.

— Preferia você quando você só era o faxineiro sem dom para música.

— Eu nunca menti.

Erick bufou e deu de ombros.

Tom começou a falar alguma coisa, mas Erick interrompeu sem prestar atenção.

— Vem cá, já que estamos falando de assassinato e planetecídio, use toda essa honestidade e me diga: você matou minha avó?

— Não.

— Agora é meio difícil acreditar no cara que banca o Darth Vader para cima de funcionários fora de linha. Você estalou o pescoço do Stanton sem pensar duas vezes.

— Ah, mas eu pensei. Precisei escolher entre ele ou você. Escolhi você.

— Por que eu?

— Não precisamos mais dele. Precisamos de você. A M.A.S.E. precisa de você. O plano precisa de você.

— Que beleza, agora eu sou o escolhido. Esse dia só fica cada vez melhor. Eu posso voar ou ressuscitar pessoas?

— Não.

— Multiplicar peixes? Abrir minha própria enoteca?

Tom sorriu.

— Não. Mas você pode salvar muita gente.

— Cara, você realmente precisa se decidir. Você quer matar gente, depois quer salvar gente, o que vem depois? Criar bebês mutantes? Experimentos genéticos? Eu voto por criar os homens-peixe primeiro, eles vão vir bem a calhar quando precisarmos lutar contra os zumbis que você vai criar se o plano pedir. Não é?

— Você consegue ser bem babaca quando quer.

Erick fez uma cortesia exagerada.

— Aprendi com os melhores. — E uma pausa. — Isso acontece quando alguém resolve matar meus amigos.

— Um dia, você supera.

— Ha. Quer me ajudar? Comece contando a verdade sobre a minha avó.

— Elza tentou acelerar as coisas cedo demais. Nós discordamos. Ela resolveu desviar do plano e fazer as coisas do jeito dela, sem consultar ninguém, sem entender as consequências das decisões dela.

— Notou que muita gente discorda de você?

— E quem discorda acaba fazendo besteira. Elza cometeu um erro irreversível e pagou por isso.

— Com a vida.

— Sim, mas foi escolha dela. Ninguém a obrigou a vir trabalhar na M.A.S.E.

— Tá me dizendo que a minha vó se matou?

— Não, sua avó me dopou, abriu meu braço com uma faca, arrancou a única coisa que trouxe do futuro comigo. Uma cápsula cheia de informação, esquemas técnicos, diários, linhas temporais e dados que me ajudaram a construir a M.A.S.E. e a colocar o plano em andamento. Ela arrancou isso de mim e achou que tinha uma saída melhor para o nosso problema.

— Ela queria superar você. Fugir. Fazer a coisa certa.

— Não, Erick. Ela queria salvar você da falha dela. E colocou tudo isso aí na sua nuca.

Finalmente, Erick ficou quieto.

O sonho retornou, completo. Elza queria convencer o marido e o resto da família a juntar-se a ela no exterior, na praia, ali. As palavras embaralhadas por tantos anos ganharam foco e significado. Uma mãe arrependida, confessando o maior dos crimes — mentir para aqueles que amava. Um marido colocando a raiva acima de qualquer possibilidade de perdão. Uma criança preocupada com conchinhas, a espuma e o barulho das ondas.

As brumas dispersaram-se, finalmente, revelando a memória de um passado remoto e esquecido na história da família. Ele foi envolvido pela tristeza de Elza e a ingenuidade de Elena. Ela viu a briga sem entender, indiferente ao mundo de expectativas, responsabilidades e lealdades dos adultos. Ela sentiu pelo resto da vida, criada sem um pai e com uma mãe vivendo uma vida dupla, sem coragem de abrir o coração novamente. Sem compreender que as escolhas de Elza nasceram da dor daquele dia, quando o sol banhou os rostos e o pesar impregnou na alma.

Vovô virou as costas, fugiu e encontrou o fim no cano de um .38. Elza mentiu, protegendo-o mesmo no fim. O ataque cardíaco passou de invenção a única história aceitável. Ele morreu sozinho, sem família, sem esperança. Elza carregou o peso da culpa, trabalhando mais ainda e atraindo para si uma responsabilidade maior que a de todos na M.A.S.E., maior até que a do fundador e seus planos imutáveis. Ela precisava contemplar o presente e evitar a dor.

Ele só olhava para o futuro.

O resto da memória continuou. Estava em outra praia, mas a lembrança mantinha tudo no mesmo lugar, como um ponto de ancoragem no espaço-tempo. Desta vez, Erick estava lá. Um bebê, cercado por alegria, amor, beijos e preocupações. Pelo menos por um tempo. André e Elena aproveitavam o primeiro filho. Elza lia em paz. Então uma conversa começou, Elza fez um convite. O mesmo convite de antes, sem muitos detalhes. Mudar de país parecia ser uma ideia tão boa, seria melhor para o bebê, com mais educação, longe da poluição das queimadas, do obscurantismo vigente e da rejeição brasileira aos carros elétricos. Mudar de país fazia sentido. Elena disse não antes mesmo de consultar André. Ela amava a casa onde crescera, onde os filhos dela cresceriam, o único lugar onde sabia ser feliz. Os sorrisos não terminaram ao fim da conversa.

Elza só precisava continuar mentindo.

Mentir destruía a alma. Era o sacrifício dela. Sofrer sozinha para nunca mais perder ninguém. O único risco era perder a si mesma, e ela caiu sobre a própria espada. Viver sem amor é como respirar debaixo d'água, o corpo só funciona até o mar inundar, sufocar, afogar.

Mentiu até não poder mentir mais.

A memória terminou. Diferente, noutro ponto, pronta para ser esquecida.

Erick assimilou as lições, guardou as lágrimas e lamentou não estar lá com a consciência de hoje, não segurar a mão de Elza e, mesmo sem saber direito, dizer a ela que tudo ficaria bem, que a amava, que as pessoas perdoariam. Na vida real, ninguém perdoou. Nem ela mesma.

A memória passou, esquecida, amontoada entre tantas outras, entre as próprias perdas, dores e arrependimentos de Erick. Um lembrete sobre decisões difíceis, sobre amores perdidos e sacrifícios.

Ele compreendeu.

* * *

— O que você quer de mim, Tom?

— Quero que você continue meu trabalho. Eu não vou viver para sempre.

— Eu não vou fazer o trabalho sujo para você. Não sou Stanton.

— Ainda bem que não é. Exatamente por isso você é perfeito.

— Por quê?

— Porque você não quer o trabalho, porque você se contentaria em passar o resto da vida fazendo a pesquisa sem um minuto de glória.

— Não trabalho com assassinos.

— Quer me matar? Se esse é o preço, eu pago.

— Tá falando sério?

— Sim.

— Sei.

— Você não me conhece, Erick. Posso ter feito coisas terríveis, mas não minto. Seu amigo Andrew teve a chance de colaborar, teve a chance de trabalhar conosco e escolheu a pior saída. O mundo não pode saber do plano.

— E se eu resolver contar tudo, vai me matar também?

Tom não respondeu. Sentou-se na areia, pegou uma pedrinha e arremessou contra as ondas.

— O que aconteceu com a minha avó, Tom?

— Você já vai descobrir. — Tom apontou para o outro extremo da praia, onde a prisão de três andares estava. Assim como no sonho, uma forma apareceu, desfocada e diminuta.

Erick sentou-se de frente para o prédio, sem tirar o olhar da novidade. A cada metro de aproximação, uma gota de esperança preenchia o coração de Erick. No sonho, era Elza quem chegava, devagar, feliz, despreocupada. Seria essa a última mentira de todas? Elza estaria viva esses anos todos? Escondida em alguma ilha perdida no oceano?

"Olhar nos olhos de quem você ama e descobrir a resposta certa."

Reencontrar a avó era tudo que mais queria.

Mas nem tudo que queremos é o que precisamos.

A primeira parte que Erick identificou foram os cabelos ruivos. Depois, viu as pernas longas e excessivamente brancas. Os passos eram lentos, quase incapacitados.

— Ela precisa de ajuda?

— Ela quis vir sozinha.

— Não é minha avó.

Tom fitou o firmamento.

— Deus, não. Como eu gostaria.

Erick fixou o olhar na figura novamente.

— Mas não pode ser... não pode. Stanton disse que... BECCA!

Erick levantou-se e correu na direção dela, gritando por todos os anos que guardou o nome dela num canto esquecido do coração devoto ao trabalho.

— BECCA!

DESTINO

O transporte de Tom chegou aos destroços do N7878F cerca de 30 minutos depois do impacto. Os pedaços do jato espalharam-se por uma boa parte da floresta atrás da projeção holográfica das montanhas vertiginosas ao redor da ilha. Ele foi direto até onde o bico da aeronave descansava contra um tronco de árvore. As asas ainda queimavam o resto do combustível. Tom passou por dois bancos e um pedaço do frigobar antes de chegar ao destino.

Ele viu os restos do piloto primeiro. Ou parte dele.

Sem ajuda alguma, empurrou uma parede lateral do jato que cobria um pedaço do assoalho ainda preso às cadeiras frontais. Encontrou o que buscava sem precisar procurar muito. Uma grande massa rósea em formato de ovo de cobra. Ovalado e irregular ao mesmo tempo. Tom escavou a massa facilmente desconstruída até localizar o conteúdo do invólucro protetor. Na base da bolha, viu os restos de um pequeno *snowglobe*. Um objeto que conhecia bem, afinal ele havia inventado a engenhoca e presenteado Elza.

Colocou o corpo desfalecido sobre as costas e deixou os destroços, ignorando os corpos do piloto e de Blake Manners. Cuidaria deles depois. O presente esqueceria deles muito antes; alguém estava prestes a bater o recorde de Camper e ninguém mais lembraria dos demais concorrentes. Ele colocou Becca no banco traseiro do transporte e seguiu até a unidade médica mais próxima.

Ela ficaria bem.

Tudo ficariam bem.

Quando Becca acordou, 20 minutos depois, Tom pediu para encontrá-lo na praia. Erick estaria à espera dela.

Ela não sorriu.

✴ ✴ ✴

O abraço entre Becca e Erick teve gosto de infância, saudade e corações partidos.

Erick balbuciava sem esforço algum para ser entendido. Preferiu passar o maior tempo possível em deleite pela ideia de Becca ter retornado dos mortos. Mais uma mentira de Stanton? Quando alguém começaria a fazer algum sentido naquela ilha maluca?

Becca ainda tentava compreender como sobrevivera depois de o avião ter sido abatido. Blake, o avião e a existência transformaram-se num borrão rosado e ela só ouviu sons dos quais adoraria se livrar, mas que aterrorizariam seus pesadelos para sempre. Ela ouviu o avião desfazer-se. Ela ouviu Blake morrer. Sozinha. Em pânico.

Preferia ter morrido a ouvi-la partir.

Um pernilongo-de-costas-brancas muito bem vestido pousou perto dos dois, bicou a areia molhada pela última onda, pegou uma concha e saiu voando, espirrando água sobre o casal. Erick aproveitou o ensejo para finalmente falar.

— Passarinho besta, jogou água no meu rosto. Molhou tudo. Olha só. — Ele estava chorando e os dois sabiam disso. — Vou trazer um estilingue da próxima vez, aí ele vai ver.

Becca segurou o rosto de Erick, tateando, tocando as sobrancelhas, apertando as bochechas e, claro, puxando as orelhas.

— Corremos tanto atrás de você. Tinha perdido a esperança. Mas a sua mensagem... a sua mensagem chegou e eu acreditei, eu queria muito que fosse verdade.

— Você recebeu? Aquele cretino me disse que você não tinha recebido nada. Que você tinha morrido.

A alegria momentânea fugiu do rosto de Becca como uma criança foge dos pais depois de fazer uma travessura.

— Cadê o Stanton?

Eles ignoraram a aproximação de Tom.

— Ele está morto.

Erick gesticulou na direção do recém-chegado.

— Ele matou o Stanton. Quebrou o pescoço do filho da puta.

Becca deu um tapão em Tom. Quando ele quase caiu, ela passou a mão por trás da orelha e sentiu algo. Com um sorriso matreiro, pressionou o dedo.

— Eu queria ter matado aquela canalha. Isso é por se intrometer nos meus planos.

— Ei, eu salvei você.

Erick aproveitou a oportunidade.

— Ele matou o Andy também.

Becca desceu a mão na cara do idoso, marcando o rosto rosado de Tom novamente. Tom assimilou o golpe bem, mas não perfeitamente como gostaria. Ela batia forte.

— Não é certo bater nos mais velhos.

Erick se meteu.

— Você nem nasceu ainda. Pode arrepiar, Becca.

Ignorando o incentivo, Becca deu uma joelhada na virilha de Tom. E enfiou a mão no bolso, procurando o soco inglês.

— Aquilo foi por matar meu amigo. Isso é por tentar me matar.

— Eu salvei o Erick. Isso não conta?

— É verdade, ele me salvou.

— Quem foi o maldito que atirou os mísseis contra o avião?

— Mísseis? — Erick tentava entender o resto da história.

Tom respondeu. — Stanton.

E logo levantou a guarda, esperando outro golpe. — Não cheguei a tempo de desligar as defesas. Ele instalou tudo aquilo sem que eu percebesse.

Becca ameaçou um soco, Tom encolheu-se. Ela recuou, um golpe com o metal na mão direita causaria danos além do âmbito moral. Hiperventilando, passando as mãos pelos cabelos, tentando encontrar algo para fazer e descarregar a energia.

— Desculpe. — Tom usou a sinceridade inerente para acalmá-la.

Becca fechou a mão e acertou um cruzado de esquerda no rosto de Tom. Ele rodou no ar e foi à lona.

— E isso é por Blake. — Ela cuspiu em Tom. — Está desculpado.

Enquanto Tom levou todo o tempo do mundo para levantar-se, e ter certeza de que a surra havia acabado, Becca e Erick colocaram a conversa em dia. Mas o papo foi encurtado quando Becca relembrou Blake e começou a chorar.

Erick permaneceu em silêncio, ao lado dela, enquanto as lágrimas uniam-se à água do mar para espalhar o carinho, a importância e o amor por uma pessoa que ele nem conhecia, mas já respeitava demais. As profundezas saberiam que Blake Manners foi amada e faria falta.

Quando ela terminou, Erick só tinha uma pergunta: — Onde estamos?

*

— Ele quer o quê? — A indignação de Becca foi declarada sem barreiras e em volume elevado. Da última vez que deixou um imbecil da M.A.S.E. levar a conversa no papo, o supracitado imbecil atirou três mísseis contra ela. Não repetiria o erro.

— Que eu toque a M.A.S.E. no lugar dele. Mesmo depois de tudo que ele fez.

— Vem cá que eu vou te esmurrar de novo, lazarento...— Becca avançou para cima de Tom, mas ele fugiu pela areia, mãos para cima girando compulsivamente. Depois de três passos, ela desistiu da perseguição. — Se você fizer isso, quem vai levar porrada agora é você, Erick.

— Calma, calma. É claro que não vou fazer nada.

Tom aproximou-se novamente, palmas das mãos expostas, passos cuidadosos, lábios apertados.

— Sinto muito pela senhorita Manners, de verdade. Ela trabalhava para mim, eu...

O cotovelo de Becca voou com força, Tom caiu novamente e apagou.

— Bom, ele disse que morreria se fosse necessário. Será que ele morreu?

— Pro bem dele, é melhor que sim.

*

O nariz, o olho e a bochecha direita de Tom estavam inchados e com alguns hematomas. A pele rosa dera lugar a algo parecido com um iogurte com polpa de morango. Ele usou um pedaço da camisa para estancar o sangramento no nariz. Tom sentava-se na areia, de costas para Erick e Becca. Os dois ainda conversavam quando ele cuspiu mais um pouco de sangue — provavelmente um corte na parte interior do lábio, que latejava — e falou:

— Vocês precisam me ouvir.

Eles ignoraram.

— *Ok*, vai do jeito difícil. Vocês não vai sair vivos dessa praia se não me ouvirem, ou se eu não deixar.

Eles olharam.

— Quer apanhar de novo? — Becca disse, correndo na direção dele.

— Para, pode parar! Chega. Quer descontar a raiva, vai chutar as ondas. Paciência tem limite.

— Você matou...

— Sim, matei seu amigo, eu plantei todas as informações na pasta que você e a June receberam, mas foi você quem arrastou a Blake para cá. Ela caiu de amores por você e morreu. — Becca sentiu o golpe. — Podemos brincar de apontar o dedo mais tarde, que tal? Agora precisamos tomar uma decisão.

Com Becca atordoada, Erick entrou no jogo.

— Qual?

— Você vai aceitar minha proposta ou não?

— Já disse que não.

— A M.A.S.E. vai continuar, quer você queira, quer não. Estou dando a oportunidade de continuar do seu jeito, como a sua avó queria, como ela se sacrificou para garantir que fosse.

— Você ainda não me disse. O que aconteceu com ela?

Tom usou os dedos para apertar e mover um dente frontal. Parecia mole.

— Ela está dentro de você.

— Oi?

— A cápsula. Sua avó era a melhor desenvolvedora de inteligências artificiais da M.A.S.E. Nós usamos os programas de IA feitos pela Elza para manipular muita gente, inclusive a senhorita Manners.

— Então o irmão dela... Todd — Becca falou, sem muita esperança e antecipando a resposta.

— Está morto, infelizmente.

— Claro.

— Quando o plano de Elza deu errado e ela não conseguiu abrir o portal temporal permanentemente, decidiu que você — e só você — poderia abrir o próximo. Por isso eu preciso de você. Sem você, tudo isso é em vão. Bom, pelo menos até você morrer e alguém pegar o que precisamos. Ela transferiu a consciência dela para a cápsula implantada na sua nuca. A mesma cápsula...

— Que contém tudo que você trouxe do futuro.

— Sim. Ela tornou-se parte daquela informação, e agora só a Elza controla as informações da cápsula. E ela só vai falar com você. Só vai ouvir você. Você se tornou essencial, garoto. Não que não fosse, suas ideias são realmente fantásticas. Enfim, é isso.

Becca voltou, aos poucos, lutando para separar memórias de imagens presentes, dor de raiva, frustração de motivação. Lutar fazia bem, trazia foco. Ela precisava de foco.

— E você quer que o Erick mate, minta e cause dor por você?

— Sim, sim, sim, mil vezes sim. Se ele quiser, sim.

— Por quê? Ninguém em sã consciência aceitaria algo assim. Só um psicopata como Stanton faria isso.

— Porque eu enganei Stanton. Ele saiu do controle, mas acreditou que salvamos a vida dele das bombas nucleares. Ele era um garoto de rua. Eu o acolhi, contei essa história toda e criei o guardião perfeito, o zelote criado pela nossa necessidade de alguém capaz de agir sem limites. Sabe por que, senhorita Stone? Porque se não continuarmos com o plano de contingência, vamos quebrar o ciclo que já vem de pelo menos 15 viagens no tempo. A viagem no tempo é nossa única chance de recomeço, de tentar de novo, de esperar por algo novo capaz de salvar o planeta caso falhemos em resolver a situação.

— Do que você está falando, Tom? — Erick estava genuinamente curioso. — Aliás, fazendo de conta que eu acredito, por que você viajou no tempo?

— Eu preciso da cápsula. Se você me entregar a cápsula, eu conto tudo.

— E a minha avó? A consciência dela?

— Vai perdê-la. Ela é uma espécie de bibliotecária consciente dentro dos circuitos. Esse é seu primeiro sacrifício, abrir mão dela.

— Não. — O corpo de Erick ficou irrequieto, ele começou a dar passos aleatórios pela areia. — Não, não, de jeito nenhum.

E afastou-se dos dois.

— Quer a cápsula? Então me diz a razão. Eu já perdi gente demais nesse circo de vocês. Abre o jogo.

Tom contou tudo.

*

— Depois de uma chuva de asteroides corriqueira, cerca de cinquenta anos no futuro, um astrônomo amador italiano chamado Benedito Pepino vai apontar o telescópio dele para um ponto aleatório no espaço e descobrirá um asteroide renegado, do tamanho do Japão, em possível rota de colisão com a Terra. Poucos anos depois, a trajetória será confirmada e a ciência vai colar um adesivo com o prazo de validade no planeta.

— A partir de hoje, no total, a Humanidade terá 197 anos para encontrar um jeito de evacuar o planeta. Se não der certo, o asteroide vai atropelar a Terra e a gente morre. Todo mundo morre. A memória dos seus amigos morre. Não vai sobrar ninguém.

— A viagem no tempo é o plano de último recurso. O meu mundo não conseguiu fazer nada novo a tempo. Nenhum dos 15 mundos anteriores conseguiu. Mas fomos juntando informações importantes de cada realidade, de cada tentativa, e temos um ótimo plano dessa vez.

— Se ele quiser, temos uma chance.

— Ele sacrifica a avó, a Humanidade ganha uma chance.

Becca deixou toda a informação assentar, procurando furos inexistentes. Bem, se fosse um trabalho de ficção, faria todo o sentido. A realidade não costumava manifestar-se embalada de forma tão clara e direta.

— Mas então não seria só arrancar a cápsula dele?

Tom gesticulou negativamente com as mãos.

— Não. Não. Erick tem que dar o comando para que a inteligência artificial integre-se ao *mainframe* da base. Eu demorei para ver, mas a presença da Elza no sistema e as ideias do Erick estão acelerando bastante o processo. Eles são a nossa melhor chance.

— Ou isso, ou ele vai ter que passar o resto da vida servindo como um iReality orgânico, retransmitindo tudo que a inteligência artificial transmitir.

Sinceramente, prefiro o jeito mais rápido. Precisamos construir naves, colonizar planetas, dar o fora daqui. É aí que você entra.

— Eu? Pensei que precisasse só dele.

— Por que você acha que coloquei a senhorita Manners atrás de você e construí o labirinto para te atrair até aqui? Preciso de vocês dois. Preciso dele para acessar os dados. E, além disso, e em todas as versões, é ele quem torna a viagem no tempo possível. Stanton quase estragou tudo. O Dr. Erick Ciritelli, ou seja lá qual o nome que ele leva em cada realidade, é o inventor da viagem no tempo. Ele garante o último recurso, o reinício. Que outro eu volte para tentar novamente.

— E onde eu entro nisso?

— Dra. Rebecca Stone, a senhorita foi quem chegou mais perto de nos levar para as estrelas. Eu nunca tentei matá-la. Por isso manipulei a pasta de McNab. Queria você interessada, queria você aqui. Só não tão rápido. Por isso mandei Blake te atrasar. Eu só queria afastá-la de riscos desnecessários. Entrei em pânico quando soube que o jato havia sido abatido.

— Como eu sobrevivi?

— O *snowglobe*. Eu fiz para Elza. Foi um presente. A água dentro dele era um composto esponjoso capaz de criar uma membrana protetora em instantes em situações catastróficas. Um avião abatido definitivamente entra nessa classificação. O sensor na base do globo detectou o perigo iminente e acionou a membrana. De nada.

Tom respirou com dificuldade, checando as costelas. Tudo doía.

— Vocês dois precisam existir e precisam escolher agora qual dos rumos vamos seguir. Se vamos fazer tudo de novo, o que vai me deixar muito puto, mas acontece, ou se vamos tentar salvar nossa espécie. De um jeito ou de outro, o planeta já era.

— Nem 200 anos para salvar o planeta?

— O planeta não, as pessoas.

— E se escolhermos não fazer nada?

Tom jogou as mãos para o alto e deixou todo o ar sair pelos lábios, bufando como uma criança.

— Olha, eu fiz minha parte. Meu mundo já era. Minha família, meus amigos, todos deixaram de existir no momento em que encerrei a conexão. Eu construí tudo isso para facilitar a vida de vocês. Se vocês quiserem jogar tudo fora, o problema é de vocês. Mantive esse segredo por 60 anos. Dediquei minha vida a isso. Quer jogar tudo pro alto porque seu amigo morreu?

Fique à vontade. Não terei tempo de encontrar gente como vocês para conseguir fazer tudo a tempo. Se vocês fizerem isso, a missão real da M.A.S.E. morre comigo. Só espero ter tempo de deixar a viagem no tempo pronta.

— Espera aí. Construiu tudo o quê?

— Isso, Dra. Stone. — Tom tocou num botão virtual na interface que ela tinha certeza que ele estava usando. As árvores esmaeceram e, atrás da vegetação, uma cidade imensa e moderna como ela nunca imaginara revelou-se. — Tenho a honra de apresentar a verdadeira M.A.S.E., onde viagens no tempo e no espaço, explosões nucleares, ameaças terroristas e colônias espaciais, reais ou não, são imaginadas, filmadas, editadas, projetadas e executadas para garantir que o mundo siga em paz, sem saber de tudo isso.

— Vocês armaram tudo, desde a explosão que deveria ter acontecido aqui na ilha?

— Sim, assim como a detonação na Escócia. Precisávamos de uma base na Europa. Os humanos só ficam longe do que temem e radiação era o melhor jeito. E, como Stanton fez o favor de contar a Erick, o pouso em Marte também. E faremos o que mais for necessário para atingir nosso objetivo.

Becca chacoalhou a cabeça, incrédula. O sorriso irônico seguiu o olhar raivoso.

— Acho que nada mais me surpreende hoje. Tudo é uma mentira, é isso? Vivemos num *snowglobe* controlado pela sua vontade?

— Pela minha vontade não. Pelo bem maior, pela paz. A ignorância faz parte do processo.

— Mas é aí que você se engana, Tom. — Becca disse o nome dele com ironia. — Eu transmiti tudo isso para centenas de milhares de espectadores desde que dei o primeiro soco em você. Blake me passou a interface dela e eu liguei. O mundo sabe de tudo isso. Seu segredo acabou.

O rosto de Tom ficou branco e a dor sumiu por um instante, enquanto a incredulidade assentava-se.

ONDAS

Não é preciso abrir a caixa de Pandora para revelar as mazelas da Humanidade, basta contar uma verdade inconveniente.

Em instantes, a transmissão de Becca transformou-se num pandemônio descontrolado. Gritos de ódio contra a M.A.S.E., grupos pregando a destruição de escritórios da empresa e cientistas pedindo calma por conta das declarações inflamatórias e desprovidas de provas do fim do mundo. Os primeiros vídeos com violência e caos nas ruas demoraram alguns minutos para aparecer.

Tom permaneceu calado o tempo todo. Observando o horizonte e entretendo-se com a reação de Erick à cidade escondida atrás das árvores. Ele ficou particularmente deslumbrado com as acrópoles circulares e rodeadas por vegetação, mesmo nos andares mais altos.

Becca tentou pedir calma, explicar que estava usando a interface de Blake e, por descuido, deixou escapar a informação da morte dela. Foi combustível de foguete jogado contra o homem de palha. Tudo queimaria muito mais rápido, com mais fúria, causando mais estragos.

Alguns grupos suplicavam para que Becca e Erick aceitassem a missão e salvassem a Humanidade. Fotos de bebês entupiram a transmissão. Bebês pedindo uma chance de ter um legado, de dar tranquilidade para famílias que ainda nem imaginavam ter. Então, o prédio da M.A.S.E. em Nova Iorque começou a queimar, levando um pedaço do Central Park com ele.

Em menos de dez minutos, a transmissão de Becca fizera tudo que Stanton desejava ter feito, mas foi podado pela devoção ao plano. Ela incendiou o mundo e, antes de desligar o *feed*, para encontrar alguma paz, viu o nome dela e de Erick ser vinculado ao anticristo, ao fim dos tempos, aos arautos das trevas cuja única função é destruir o planeta.

— Meu Deus.

— É.

Becca esfregou as mãos contra o rosto pálido e moveu o maxilar com calma, procurando recolocar a autoestima e a consciência no lugar. Era demais. A destruição, a raiva contida nas pessoas e liberada imediatamente, o ódio. Ela não tinha culpa sobre a M.A.S.E., sobre o plano, sobre a escolha. Como ela poderia estar errada por recusar-se a trabalhar com um assassino? Ele matou Andy, ele estava errado, por definição. Tinha que estar errado.

— Tanta destruição, tanta gente morta, meu Deus.

— Você matou mais gente que eu com o seu *showzinho*. Onde está seu padrão moral agora? Será que devo espancar você em punição? Devo retirar minha oferta?

Becca não respondeu.

— Se aceito a responsabilidade por algumas perdas lamentáveis, também aceito o bem-estar e a salvação de milhares.

— Você quer relativizar o assassinato. — Ela estava furiosa e a voz indiferente buscava ferir o homem do futuro.

— E vocês querem condenar o planeta. — Nada mudaria a opinião dele.

— Não é justo. Nada disso é justo.

— Não é justiça. É sobrevivência. É pensar além do indivíduo. É enviar homens e mulheres para o espaço sem garantia de retorno, sem a certeza do sucesso. O programa espacial foi construído sobre os erros que mataram muitos pilotos e astronautas. Quando passamos a valorizar mais a vida de um voluntário que os benefícios da missão, colocamos o pé no freio. Ou existimos como espécie ou perecemos como indivíduos. Você escolhe.

— Nem dá mais para escolher. O mundo está queimando, agonizando. Ele grita, basta querer ouvir. — Becca jogou um pouco de água na nuca. E daí que ficaria melado com o sal depois? Estava quente e precisava refrescar o corpo de alguma forma.

— Humm. Fato. — Tom continuava inabalável. — Elza errou por agir por impulso. Eu sei que o impulso nos torna quem somos, é quando fazemos a diferença ou estragamos tudo. Por isso eu sigo o plano. Por isso quero que vocês sigam o plano. Uma mulher quase fez o plano dar certo antes do prazo e outra mulher vai salvar a Humanidade, será a mãe de todos, não duvido. Você.

— No momento, só estou machucando pessoas.

— Horrível, né?

— Sim.

A incredulidade verdadeira surge em duas ocasiões: quando algo totalmente inesperado acontece, ou quando um plano funciona tão bem que ninguém é capaz de perceber. É difícil enganar pessoas inteligentes, e Becca e Erick estavam entre os mais preparados daquela realidade, porém os abalos emocionais recentes mexeram tanto com a convicção dos dois que eles tentavam partir para xeques inocentes enquanto caminhavam para a armadilha do adversário.

Tom ficou atônito com a tentativa heroica de Becca de revelar os planos dele para o mundo e aproveitou o momento da melhor maneira possível. Acionou um comando na interface e olhou para Becca.

— Ligue sua transmissão novamente.

— Oi?

— Vai, liga.

Ela ligou.

Nada estava acontecendo.

— Como assim?

— Você viu o preço que pagaremos se não tentarmos. Uma realidade anterior tentou revelar a verdade antes da viagem deles. O laboratório quase foi destruído nos protestos. Por isso trouxe a gente para cá, num santuário intocado e bem protegido.

— E a transmissão?

— Ninguém pode transmitir nada daqui de dentro. Bem, não sem minha autorização. Tudo que você viu foi produzido nos melhores estúdios de cinema e realidade aumentada do mundo. Essa ilha serve como coração da M.A.S.E. em tudo que a empresa precisa para realizar o plano.

— Você sabia...

— Claro. Eu vim do futuro, lembra? Eu conheço você.

— Nós nos conhecemos?

— Não, eu só tenho uma foto.

— Tarado.

Ele riu.

— Adoro seu espírito. Mas eu nunca pensaria isso, nem levantaria a mão para a minha avó. Muito menos na presença do meu avô. — Tom olhou na direção de Erick e ergueu as sobrancelhas.

Becca quase desabou na areia molhada.

Uma cidade oculta, um viajante no tempo, uma missão maior que a vida. Nada mais poderia surpreender Erick naquele dia de muitas obrigações e pouca satisfação. Ele tentou procurar a voz interior responsável por torná-lo um cientista, para esganá-la e nunca mais ouvir nenhum conselho dela. Encontrou apenas um garoto clamando, sem resposta, pela avó tão próxima e tão distante. Tinha tantas perguntas, tantos perdões a pedir, tantas promessas a cumprir. Nunca transmitira o pedido de desculpas de Elena.

Sentado de costas para o oceano, e indiferente ao constante avanço e borbulhar das ondas, encontrava apenas a mensagem de programa concluído.

Becca chegou e agachou-se perto dele.

— Oi, Erick.

— Oi, Becca. Obrigado por vir atrás de mim.

— Você teria feito o mesmo por mim, né?

— Sim. Tentei te achar, te avisar, eu...

— Eu sei. Tudo bem. Não tem problema. Não imaginava que você estivesse sozinho esse tempo todo. Deve ter sido horrível. Eu não aguentaria, credo.

— É.

Ela tocou a nuca de Erick.

— Alguma novidade aí dentro? Ela está falando com você?

— Nada.

— Tom me disse que se você quiser ir embora, ele sabe como reiniciar o sistema. Aí ela volta e vocês podem ficar juntos.

— Mesmo?

— A-hã. — Mesmo sem nenhuma vontade de parecer feliz, descontar em Erick toda a dor que Becca sentia naquele momento seria injusto. Ela foi a amiga de que ele precisava.

— Bom. Bom.

— O que você quer fazer, Erick?

— Quero ir pra casa. — A voz de Erick era sincera, sentida.

— Eu também, querido. Eu também. — Becca precisava concordar. — Eles precisam da gente. Todo mundo precisa da gente. O que me diz de passarmos uns dias em casa, comendo a comida da sua mãe, brigando com ela todo dia, e depois voltarmos pra cá e fazer muitas coisas boas? Juntos?

Se Erick estava perdido ao fim de tantas transformações e uma sequência de castelos de cartas derrubados, Becca precisava ser a consciência dos dois. E apoiar-se na lógica, pelo menos por um pouquinho, ajudava a esquecer.

— Talvez. Não quero voltar pra cá. Esse lugar só me dá pesadelos.

— Eu sei.

— Você quer ficar com ela, né?

— Sim. Ela me ajudou. Ela me manteve vivo. Eu devo isso a ela. Não posso simplesmente deixar ela virar sistema operacional de uma empresa que só me fez sofrer.

— Não tenho como discordar. Mas, olha — Becca ajudou Erick a levantar-se, sem ligar para as roupas encharcadas —, se você resolver fazer isso, eu vou estar ao seu lado. E prometo nunca mais sumir. E, olha só, se você fizer isso, ela sempre vai estar perto de você, acompanhando cada descoberta e cada vitória sua. Nós duas estaremos ao seu lado.

— Mas e você?

— Eu vou ficar bem. Tudo que preciso agora é de um amigo e um ombro para chorar. Pode fazer isso por mim?

— Por você, tudo. Mas não sei, não sei...

Erick continuou falando sozinho enquanto desligou o resto do mundo de si e distanciou-se, rumo ao prédio do laboratório, continuando a busca pela avó implantada na nuca, por uma nova lógica num mundo desmontado e urgentemente pedindo por reorganização. Ele caminhou a esmo, ora mergulhando até os joelhos na água, ora arrastando quilos de areia com os pés.

O resto da caminhada era só dele, se Erick fosse perder-se mais ainda ou reencontrar-se, faria isso sozinho.

O olhar atento e carinhoso de Becca seguiu o trajeto, tentando imaginar se o isolamento no cárcere teria castigado Erick mais do que a descoberta, e a perda, de um grande amor fizera com ela. Mas Tom chegou logo em seguida e os pensamentos íntimos foram embora, como se tentasse mantê-lo longe daquilo que só pertencia a ela.

Eles observaram Erick desaparecer por alguns instantes antes de Becca virar-se para Tom.

— Me dá o código para reativar a inteligência artificial.

— Não, só quando ele concordar.

Becca fingiu avançar contra Tom e ele recuou imediatamente.

— Tá bom, tá bom. — E entregou o código.

Ela correu até Erick, deu um último abraço e deixou-o continuar em seu caminho.

— E agora, Rebecca?

— A praia é curta, Tom. Ele vai mudar de ideia.

— E se não mudar?

— Nenhuma dor dura para sempre. Quando ela transformar-se em tristeza, ele volta. Além disso, o amor deles vai superar qualquer engrenagem emperrada no seu plano.

REENCONTRO

Memórias são traiçoeiras. Elas nascem dos fatos, dos fragmentos de realidade coletados ao longo de vidas inteiras. Memórias são o nosso jeito de contar uma história com muitas verdades e versões. Memórias eram tudo o que Erick tinha da avó até ali, entretanto, quando ele reiniciou a interface do implante, os fragmentos do passado reuniram-se, amalgamando lembranças e realidade, e, no processo, operando o impossível. Elza estava ali. Desperta. Presente. Viva.

Dentro da mente dele, claro.

Erick permaneceu em silêncio. Milhões de perguntas, ideias e palavras explodiam e lutavam por espaço e, mesmo assim, nada soava certo ou relevante; tal qual o cão que finalmente alcançou o pneu do carro, ou o próprio rabo, e não sabia o que fazer com o troféu. Ele aguardou, sem pressa. O que mais poderia fazer?

Elza começou a murmurar uma cantiga da infância e inundou Erick com memórias compartilhadas, versões duplas de sensações e emoções afetivas. As migalhas remanescentes depois da avalanche de hormônios e conflitos da adolescência ganharam volume e relevância conforme ele revisitava a própria existência pelos olhos da avó. Ela, adulta, recordava de tudo como um vídeo antigo, mas completo e cheio de propósito. Ela continuou a cantarolar, abrindo as comportas e levando Erick a um outra época. Mesmo sem máquina ou tecnologia, sem alarde mundial ou trama intertemporal, Erick Ciritelli realizara o grande sonho: ele havia realizado a própria viagem no tempo.

Porém, era um mero observador.

Ao lado de Elza, ele observava um garotinho deitado no colo da avó enquanto os dois assistiam ao programa dominical na TV e riam das piadas tolas do apresentador de cara quadrada e voz de locutor de *trailer* de cinema. Repetira tanto aquele hábito que pouco se lembrava daquele dia em especial, afinal, até aquele momento, o mero conceito não passava de uma atividade do passado. Algo que sempre fazia ao lado dela, mas cujos detalhes e repetições desapareceram como senhas antigas ou rostos irrelevantes. Por isso, Erick aguardou. Deveria haver uma razão.

A resposta veio de Elza, que quebrou o silêncio com sua voz real, não com as linhas de comando disponíveis na versão limitada da inteligência artificial; sem palavras-chave como "netinho", sem acesso restrito ao núcleo do programa — a personalidade dela.

— Foi aí que tudo começou. Nesse dia, vendo você sorrir, tão feliz, tão cheio de vida, tão disposto a ser maior que seus sonhos que decidi envolver você nos meus devaneios. Me desculpe, Erick.

— Por quê? — ele respondeu sem tirar os olhos da cena à frente dele; disposto, desta vez, a memorizar cada detalhe.

— Porque eu achei importante...

— Por que está pedindo desculpas?

— Meus sonhos alimentaram os seus pesadelos, Erick, e custaram boa parte da sua vida. Eu errei.

Erick deu de ombros.

Em frente aos dois, no sofá, Elza acariciava o cabelo do pequeno Erick. O observador adulto podia sentir o toque, o calor na ponta dos dedos, os caminhos percorridos por dentre os fios rebeldes e cheios de rodamoinhos. Ele respirou fundo e exalou até o limite, expulsando não apenas o ar, mas aliviando também um peso invisível das costas. E, então, sorriu para si.

Elza ergueu a sobrancelha fina.

Erick abriu um sorriso antes de falar, soando mais adulto e responsável do que jamais se imaginara.

— Você pode ter aberto a porta, vó. Ter mostrado o caminho, sabe? Mas quem entrou e nunca mais quis sair fui eu. E sempre tive a chance de ignorar aquelas sugestões súbitas. Eu escolhi esse caminho. Se você errou, erramos juntos. Meu problema é o que fazer agora. Como é que alguém pode tomar uma decisão dessas? Fiz de tudo para voltar aqui, para ficar com você, para reviver mais um dia ao seu lado, e agora me pedem para abrir mão de tudo isso, vó, me diz? Como?

Elza coçou a ponta do nariz e estalou os lábios.

— Você nunca quis voltar para reviver o passado, Erick. A verdade sobre a viagem no tempo que ninguém compreende é algo em que mesmo você falhou. Você queria voltar para reviver a sua versão dos fatos, uma versão na qual eu não abandonei todos vocês, quando tudo se resumia a nós dois sentados nesse sofá, vivendo felizes e sem o peso das decisões do mundo lá fora. Você queria voltar a viver aquilo que você achava certo, não como as coisas realmente aconteceram. Olha ali. — Ela apontou para o sofá. A Elza mais nova levantou-se dizendo ir buscar biscoitos de cebola para os dois; na TV, o programa de auditório terminou, deu espaço a uma partida de futebol e o Corinthians entrou em campo. — Essa é a parte da verdade que você não vai querer lembrar. Eu demorei, talvez disso você se lembre?

Erick afirmou com a cabeça.

— Enquanto você estava ali, vendo o começo do jogo, eu comecei a esboçar os primeiros passos do plano que culminou com nós dois, aqui, juntos novamente. Eu passei boa parte da minha vida enganando vocês todos, planejando controlar o *seu* destino, privando você de tudo aquilo que *eu* sempre tive. Liberdade. Voltar significa mudar tudo...

Erick compreendeu a lógica.

— Voltar significa destruir o que ficou para trás. Tom...

— Sim, ele tem memórias que nunca mais acontecerão. Elas não podem repetir-se.

— Então você quer que eu recuse o pedido dele? Que eu sacrifique a Humanidade para nunca mais te perder?

Erick acreditou no abraço que recebeu. Como não crer? O cérebro comanda as sensações, o corpo decide o que sente e como sente. Naquele momento, os dois eram um e nada mais importava. Os olhos de Erick transbordaram; os de Elza também.

— No sonho... na praia... foi você quem sumiu, não foi?

— Sim. — Ela fez uma pausa, sem largar o neto. — Foi a primeira vez que tentei escolher a M.A.S.E., mas não consegui. Eu precisava de tempo. Eu precisava de alguém para continuar meu trabalho caso eu falhasse... eu precisava de você, Erick.

— Eu teria ajudado, era só ter me pedido, vó. Eu teria ajudado.

— Eu sei. Como eu disse, eu errei.

A Elza do passado retornou com os biscoitos a tempo do primeiro gol. Os dois pegaram a bandeira sempre a postos ao lado do sofá e agitaram-na como se estivessem no estádio, mas sem medo da violência ou de ser contaminados com doenças respiratórias. Ela olhou para o neto, puxou o *tablet* e começou a rabiscar alguma coisa. De posse das memórias dela, Erick viu as anotações. Imerso naquele mundo, Erick não percebeu a tolice e optou apenas por pensar em algo, em vez de dizer. Não havia mais barreiras, ele e avó eram um. Ela compreendeu a pergunta mesmo assim.

— Sim, a versão final do iReality nasceu naquele dia. Viu o que eu fiz? Aproveitei aquela sensação de segurança e apliquei no sistema, era o melhor jeito de manter todo mundo conectado, seguro e totalmente imerso.

— O que você vai me dizer agora? Que você também é a Mamãe Noel ou inventou a Coca-Cola?

— Ai, Erick. Deixa de ser bobo.

Eles riram por um instante. O jogo continuava. Um novo silêncio formou-se entre Elza e Erick, entre criadora e criatura.

Erick olhou para o porta-retratos na prateleira da sala e lembrou-se de algo importante.

— Mamãe queria estar aqui no meu lugar. Ela percebeu, ela me pediu. Ela chorou.

Elza entrelaçou os dedos com força. O sofrimento era real. Se ela podia antecipar a pergunta de Erick, ele também podia compartilhar o pesar. A mistura de arrependimento, culpa e devoção crescia, diminuía e mudava de forma conforme várias decisões digladiavam-se dentro dela. — Eu sei.

Pedir desculpas era inútil, palavras nunca serão suficientes para curar as feridas mais profundas. Os dois haviam aprendido essa lição. Em situações como aquela, a única esperança é ansiar pelo perdão.

A voz de Erick engrossou com o pesar de um homem decretando a própria sentença.

— O que você quer que eu faça?

— O que *você* quer fazer?

— Tom me deu duas alternativas. Ambas terríveis, ambas capazes de destruir tudo o que sou, tudo que acredito... e aqueles que amo, vó.

— O que você *quer* fazer, Erick?

— Nenhuma das duas coisas. Quero ficar aqui para sempre, vó.

— Cada vida é uma eternidade. Sempre viverei na infinidade do seu amor. E se você não quer fazer nenhuma das duas coisas, como você pode resolver o problema?

— Encontrando uma terceira alternativa que ninguém pensou até agora.

— Bom garoto. Eu posso ter errado, mas você sempre foi a escolha certa. Confie em quem você é.

— E quem sou eu?

— Você é meu neto. E *você* vai fazer a coisa certa. E quando fizer, estarei aqui, te esperando até o fim dos tempos.

*

Era tarde da noite quando Erick voltou à consciência na praia deserta, com os lábios rachados e o estômago reclamando. Só havia uma coisa a ser feita, e Tom não ficaria nem um pouco feliz quando soubesse.

Repetir os erros não bastaria e um plano de contingência só garantiria a continuidade da dor e da separação de outras versões dele daqueles que amava. Uma terceira via era a única alternativa.

E ela aconteceria graças a três pessoas,

Erick precisava do conhecimento e da companhia de Elza. Becca precisava da genialidade de Erick. Todo mundo precisava da obstinação de Becca. Elza precisava dos dois para manter a individualidade e não se transformar em código binário.

Se o amor e o intelecto de gente como eles, e de quem mais alistassem na criação da terceira via, não fosse o suficiente, nada mais seria. Estava na hora da Humanidade quebrar o ciclo e arriscar tudo.

Uma vida pulsante e curta deve, precisa, tem que ser melhor que uma eternidade agonizante.

VISITA

Tudo que alguém precisa para começar bem o dia são duas colheres de ovos mexidos, um copo de suco de laranja fresco batido com gelo e açúcar, um pão na chapa e uma boa caminhada solitária para colocar as ideias em ordem. Erick Ciritelli fez tudo isso na última manhã de setembro. Ninguém se importou com o homem de barba por fazer que lia uma cópia física de "O Nome do Vento", presente da esposa, dentro do metrô. Ele divertia-se e imaginava como tentaria tocar as músicas do livro no alaúde que acabara de comprar de um fabricante artesanal.

Erick guardou o livro na pasta, confirmou se as anotações estavam no lugar certo e saltou na estação da 42nd com a Lexington Avenue. Caminhou as três quadras na direção do East River, desviou de dois táxis desatentos, mostrou a credencial na guarita de segurança e entrou no prédio. Foi cumprimentado por algumas pessoas nos corredores, pegou um elevador e logo foi abordado por um assessor cheio de instruções e orientações. Ele não precisava. Sabia exatamente o que precisava fazer. Ninguém mais reclamava do sujeito que usava bermuda e blusa de agasalho praticamente todos os dias da vida e, nos últimos anos, aprendera a falar com a paixão de Freddie Mercury e a intensidade de Bruce Springsteen.

Ele recebeu o sinal e caminhou na direção do púlpito, retirou as anotações da pasta, tomou um gole d'água, testou o microfone e começou a falar.

— Senhoras e senhores, nobres delegados, estimados colegas. É com muito orgulho que confirmo o início das operações de mineração e construção da primeira estação espacial no Cinturão de Asteroides sob o comando da Dra. Rebecca Stone. Esta iniciativa começou há anos numa parceria exclusiva entre a República Popular da China e a M.A.S.E. Acreditamos que o desenvolvimento do cinturão e o sucesso da estação 庞然大物, a Behemoth, serão fundamentais para os avanços da raça humana e para a prosperidade da nossa sociedade. O cruzador Manners, nossa nave-capitânia, já iniciou a frenagem e os trabalhos começam em breve. Neste momento, gostaria de dar a oportunidade às demais nações para juntarem-se a nós em outros projetos tão importantes quanto esse. Eu garanto, precisamos da ajuda de todos vocês se quisermos sobreviver e prosperar como espécie.

O discurso continuou por mais 25 minutos e, novamente, não precisou dizer para ninguém que havia abandonado a viagem no tempo em prol de um plano melhor e definitivo; Erick finalmente pôde deixar o prédio da ONU e voltar para casa em paz

Um turista passou na frente dele com uma camisa do Havaí. Ele sorriu.

Era um bom dia para uma visitinha.

As crianças adorariam ir brincar na praia, rever os avós e a bisavó na praia e criar boas memórias delas mesmas.

AGRADECIMENTOS

É impossível começar esses agradecimentos sem reconhecer o esforço, o sacrifício, o suporte e a fé de Luiza Barreto, minha esposa, companheira e maior apoiadora. Ela aturou meses de dedicação quase exclusiva, dias inteiros — incluindo finais de semana — cuidando das crianças e fazendo tudo que eu deveria estar fazendo em casa. Lu, obrigado. Eu te amo. Sem você, *Snowglobe* continuaria sendo apenas um sonho cada vez mais distante de ser realizado.

Obrigado aos meus filhos — Ariel e Erik. Papai ficou longe por três meses, mas valeu a pena, agora vocês vão enjoar de me ver. Curiosidade: o Erik da história é bem mais velho que o Erik da vida real. Não, eles não são a mesma pessoa. Obrigado a Hope, a caçula. Ela chegou depois da publicação, mas enquanto reviso a versão impressa, ela está aqui ao meu lado, observando tudo. E, sim, ela está me julgando constantemente.

Outros dois grandes parceiros me acompanharam nesta jornada. Johnny Bijos criou uma capa fantástica, com cara de filme, sem ilustração, do jeitinho que eu queria e o projeto merecia. E o que dizer do guerreiro Sol Coelho, que aceitou revisar um livro que nem tinha o primeiro capítulo pronto, me acompanhou semana a semana e lutou ao meu lado nas revisões finais durante madrugadas, num fim de semana insano. Vocês dois merecem meus agradecimentos eternos.

Obrigado aos meus pais — Aloisio e Elizabeth — por nunca ligarem por aparecerem em quase todos os meus livros. Desta vez, papai participou. Ele imprimiu os marcadores de página de *Snowglobe*.

Obrigado à sempre eterna memória da minha avó, Elza. Ela foi homenageada neste romance, para viver para sempre na memória da minha família e dos leitores. Você merece. Só cheguei até aqui por causa, Vó. Te amo.